기린의 날개

麒麟の翼

기린의 날개

초판 1쇄 펴낸 날 2017년 2월 6일 **19쇄** 펴낸 날 2025년 2월 5일
지은이 히가시노 게이고 **옮긴이** 김난주 **펴낸이** 박설림 **펴낸곳** 도서출판 재인 **디자인** 오필민디자인
등록 2003. 7. 2. 제300-2003-119 **주소** 서울시 강남구 도곡동 467-6 대림아크로텔 1812호
전화 02-571-6858 **팩스** 02-571-6857

ISBN 978-89-90982-67-4 03830 Copyright © 재인, 2017 Printed in Korea.

책값은 뒤표지에 표시되어 있습니다. 잘못된 책은 바꿔 드립니다.

기린의 날개

히가시노 게이고 지음 · 김난주 옮김

재인

1

그 남자가 니혼바시 파출소 앞을 지나간 시각은 밤 9시가 되어 갈 무렵이었다. 방금 파출소에서 나와 주위를 둘러보던 순경이 남자의 뒷모습을 목격했다.

일찍도 취했네, 순경은 그렇게 생각했다. 남자의 걸음걸이가 불안했던 탓이다. 뒷모습이라 나이를 가늠하기는 힘들었지만 헤어스타일 등으로 보아 오십 대 초반쯤이겠다고 짐작했다. 중키에 살이 적당히 찐 남자는 그래도 차림새가 반듯했고, 짙은 갈색 양복이 고급스러워 보이기까지 했다. 굳이 불러 세워서 주의를 줄 필요까지는 없겠군, 순경은 그렇게 판단했다.

남자는 몸을 좌우로 흔들며 다리를 향해 나아갔다. 남자 앞에 놓인 다리는 메이지 44년, 그러니까 1911년에 세워진 국가 중요 문화재, 니혼바시 다리다. 이윽고 남자는 다리를 건너기 시작했다. 미쓰코시 백화점 니혼바시점 쪽으로 가려는 것으로 보였다.

순경은 남자에게서 시선을 거두고 주변을 둘러보았다. 통행인은 약간 줄어든 듯하지만 복잡하게 교차하는 도로를 오가는 차량은 조금도 줄어들 기미가 없었다. 불경기인데도, 아니 불경기니까 더욱이 사람들은 일을 해야 하는 것이다. 밤이 돼서도 트럭과 상업용 차량은 달리기를 계속하고 있었다. 경기가 좋을 때와 다른 점이라면 운반하는 물품이 별로 값비싼 것들이 아니고 수량도 많지 않다는 것뿐이다. 이곳 니혼바시는 그렇게 땀 흘리며 일하는 상인들이 일본 전역으로 향하는 출발점이었다.

중국인으로 보이는 10여 명의 단체 관광객이 고속도로를 올려다보며 니혼바시 다리를 건너고 있다. 그들이 무슨 말을 주고받고 있을지 순경은 쉽게 상상할 수 있었다. 이렇게 아름다운 다리 위에 왜 저토록 멋대가리 없는 고속도로를 만들었을까, 아마도 그런 얘기일 것이다. 도쿄 올림픽을 개최하기 위해서는 고속도로가 필요했지만 그럴 만한 땅을 확보할 수가 없었기 때문이라고 가이드가 설명하면 광활한 영토를 지닌 나라에서 온 그들은 어떤 느낌일까.

그런 생각을 하며 시선을 다시 옆쪽으로 옮기던 순경의 눈에 아까 그 남자가 들어왔다. 니혼바시 다리 중간쯤에는 두 마리의 기린 조각상으로 장식된 기둥이 있는데, 남자는 그 기둥의 받침대에 기대어 있었다.

순경이 한참 지켜보았지만 남자는 이동하는 기색이 없을뿐더러 움직임조차 전혀 없었다.

내 참, 이 시각에 저런 데서 잠이 들다니.

혀를 끌끌 차며 순경은 성큼성큼 걷기 시작했다. 그리고 고속도로 밑을 지나 니혼바시 다리로 들어섰다.

여전히 오가는 사람은 많았지만 아무도 남자를 눈여겨보지 않았다. 술에 취한 노숙자가 길거리에서 잠들거나 주저앉아 있는 것쯤 도쿄에서는 흔히 볼 수 있는 광경이다.

순경이 남자에게 다가갔다. 아무리 봐도 서양의 드래건을 꼭 닮은 기린상이 내려다보는 아래에서 남자는 마치 기린상을 향해 기도라도 하듯이 등을 둥글게 말고 엎드려 있었다.

"이봐요, 괜찮아요?"

순경이 남자의 어깨에 손을 얹었다. 아무런 반응이 없었다.

"잠든 겁니까? 좀 일어나 보세요."

손에 살짝 힘을 주고 남자를 흔들었다.

순간 남자의 몸이 스르륵 허물어져 내렸다. 순경이 얼른 그 몸을 받쳤다. 이 인간, 아주 떡이 되도록 마셨군. 그렇게 생각하는 한편으로 뭔가 좀 이상하다는 느낌이 들었다. 술 냄새가 나지 않았다. 취한 게 아닌가 본데…… 어디가 아픈가?

이리저리 살피던 순경의 눈길이 남자의 가슴께에서 멈췄다. 뭔가가 꽂혀 있었다. 그리고 와이셔츠가 검붉게 물들어 있다.

이런……. 서에 연락해야 해. 하지만 순경은 늘 사용하던 무전기가 몸 어디에 붙어 있는지 얼른 떠오르지 않았다.

2

휴대 전화 액정 화면에 다음 달 달력을 띄워 맞은편에서도 잘 보이도록 테이블 가운데에 가로로 놓았다.

"기일이 다음 달 셋째 수요일이거든요. 그러니까 그 전 주 토요일이나 일요일이 어떨까요? 그때쯤이면 저도 짬을 낼 수 있을 것 같은데."

날짜를 가리키며 도키코가 물었다. 아무 대답이 없다. 고개를 들어 보니 상대의 눈은 휴대 전화가 아닌 그녀의 뒤쪽을 향해 있었다.

가가 씨. 도키코가 그를 불렀다. 그는 그런 그녀를 제지하듯이 손을 살짝 들었다. 그러면서도 시선은 움직이지 않는다. 움푹 파인 눈에 날카로운 빛이 깃들어 있었다.

도키코는 슬쩍 뒤를 돌아보았다. 두 테이블 건너에 안경 낀 노인이 앉아 휴대 전화를 만지작거리고 있었다. 안경은 돋보기인 듯하다.

가가 교이치로가 느닷없이 자리에서 일어섰다. 그리고 노인에게 성큼성큼 다가가더니 말을 건다. 두 사람은 조그만 소리로 얘기를 나눴다.

잠시 후 가가가 도키코가 있는 자리로 되돌아왔다.

"무슨 일이에요?"

"아, 별일 아닙니다."

가가는 커피를 한 모금 마셨다.

"아까 저분이 여종업원한테 볼펜을 빌리더라고요."

"그래서요?"

"실은 그때 휴대 전화로 통화하고 계셨거든요. 그러다가 볼펜을 빌려 종이 냅킨에 뭔가를 적는 것 같았어요. 그런데 전화를 끊은 후에 적은 걸 보면서 다시 휴대 전화를 거는 것 같아서 혹시나 하고요."

"혹시나…… 뭐요?"

"아는 사람이 전화해서 바뀐 자기 전화번호를 알려 준 게 아닌가 싶어서요. 확인해 봤더니 맞더군요. 이번에 대학생이 되는 손자가 전화해서 번호가 바뀌었다고 하더랍니다. 그래서 제가 새 전화번호를 저장하기 전에 원래 번호로 한번 전화해 보시라고 말씀드렸죠."

"그거 혹시……."

"네."

가가가 고개를 끄덕였다.

"보이스피싱일 가능성이 있거든요. 흔히 쓰는 수법이죠. 이미 저장돼 있는 전화번호를 변경하게 한 다음 그 번호로 전화를 걸면 발신자의 이름이 뜨니 전혀 의심을 하지 않는 겁니다."

그때 예의 노인이 허둥지둥 다가왔다.

"아이고, 이거 큰일 날 뻔했어요. 선생이 말한 대로더라고. 원래 번호로 걸었더니 손자가 받는 거예요. 휴대 전화 같은 거 잃어버린 적도 없고 번호를 바꾼 적도 없대요. 정말 큰일 날 뻔했어요."

"다행입니다. 아까 걸려 온 번호는 '보이스피싱'이라는 이름으로 등록해 두세요. 다음에 그 번호로 전화가 걸려 오면 절대 받지 마시고요. 그리고 되도록 빨리 가까운 경찰서에 신고하시는 게 좋겠습니다."

"그래야겠어요. 이거 정말 고맙소."

노인은 몇 번이나 고개를 숙인 후 계산대로 향했다.

가가는 미소를 띤 채 커피를 마셨다. 그 눈에 아까와 같은 날카로움은 없었다.

"범죄 냄새에 민감하시네요."

도키코가 말했다.

"개처럼요?"

"누가 그렇대요? 그런데…… 그런 식으로 늘 주위에 신경을 곤두세우고 있는 거, 피곤하지 않아요?"

"직업병이죠, 뭐. 안타깝게도 특효약이 없어요."

가가는 커피 잔을 내려놓고 앞에 있는 휴대 전화로 시선을 떨어뜨렸다.

"아, 미안합니다. 하던 얘기 계속하시죠."

도키코는 다시 일정에 관한 얘기를 꺼냈다. 가가가 이내 난색을 표했다.

"그때는 좀 곤란해요. 다른 날로 했으면 좋겠는데요."

"그럼 그 전전 주말로 할까요? 제 스케줄이 어떨까 모르겠네요."

"아니에요."

가가가 손을 내저었다.

"이번 달부터 다음 달에 걸쳐서 서에 이런저런 일이 많아요. 다다음 달 중순쯤이면 괜찮을 것 같은데……."

그러자 도키코가 못마땅한 표정으로 음영이 깊은 가가의 얼굴을 바라보았다.

"안 돼요, 기일보다 늦추는 건요."

"하지만 시간이 안 나는 걸 어쩝니까. 우리 서는 관할 구역이 넓은 데다 인력이 부족해서 늘 일거리가 쌓여 있거든요."

"윗사람한테 부탁해서 네리마 서로 다시 돌아오는 건 어떻겠어요?"

"거기도."

가가가 손가락으로 눈썹 옆쪽을 긁적거렸다.

"별로 한가하지는 않거든요."

도키코가 한숨을 내쉬었다.

"바쁘시다는 건 알아요. 늘 예기치 않은 일이 발생한다는 것도 알고요. 하지만 그건 다다음 달도 마찬가지잖아요. 가가 씨는 단지 미루고 싶은 것뿐이라고요."

"아니에요, 그런 건 절대 아닙니다."

"아니긴 뭐가 아니에요. 두말 말고 제가 하자는 대로 하세요. 아버님 3주기는 다음 달 둘째 토요일 오전 11시에 하는 거예요. 됐죠? 그렇게 해 주세요."

가가는 대답하지 않았다. 미간을 찡그린 채 생각에 잠긴 얼굴을 했다.

"가가 씨!"

도키코가 테이블을 탁 쳤다.

그러자 그가 움찔하면서 몸을 뒤로 젖혔다.

"아이고, 무서워라."

"분명히 말씀해 주세요. 그렇게 하실 거죠?"

가가가 떨떠름한 표정을 지은 채 고개를 끄덕이려는 순간이었다. 그의 웃옷 속에서 진동음이 들렸다. 가가는 "아, 잠깐만요."라며 휴대 전화를 꺼내 들고 얼른 자리를 떴다.

도키코는 짜증이 솟는 것을 간신히 참으며 찻잔으로 손을 뻗었다. 그리고 차를 한 모금 마신 후 시계를 봤다. 밤 9시가 넘어 있었다. 병원 일을 마치고, 자주 가는 식당에서 저녁을 먹은 다음 긴자에 있는 이 찻집까지 일부러 왔다. 니혼바시 경찰서에 근무하는 가가가 이 시간이 돼야 틈이 난다고 해서였다.

잠시 후 그가 돌아오는데 안색이 좋지 않았다. 무슨 안 좋은 일이 있나 보다고 도키코는 짐작했다.

"죄송합니다. 급한 일이 생겼어요."

가가는 미안한 듯 말했다.

"아니, 이 시간에 또요? 근로기준법은 대체 뭐하러 있는 건지……."

농담으로 한 말이었지만 가가는 웃지 않았다.

"긴급 출동이에요. 요 근처에서 사건이 발생했어요. 가 봐야겠습니다."

그의 진지한 눈빛에 더는 농담으로 받아칠 생각이 들지 않았다.

"그럼 어떻게 할 건지만 말씀해 주세요."

도키코가 아까 그 상태대로 달력이 표시돼 있는 휴대 전화 액정 화면을 가리켰다.

가가는 잠시 망설이는 기색을 보이다가 마침내 고개를 끄덕였다.

"말씀하신 일정으로 진행해 주세요. 도키코 씨에게 모두 맡기죠. 다만……."

그가 도키코의 눈을 바라보면서 혀로 입술을 쓱 핥았다.

"그날 제가 꼭 참석한다고 보장할 수는 없습니다."

도키코는 턱을 아래로 당기고 치뜬 눈으로 가가를 노려보았다.

"저는 꼭 참석하시겠다는 약속을 받고 싶은데요."

가가가 난처한 듯 얼굴을 찡그렸다. 그 모습을 본 도키코가 표정을 누그러뜨렸다.

"하는 수 없네요. 천국에 계신 아버님께서도 일을 우선으로 하라고 하실 테니."

가가는 겸연쩍은 듯 머리를 긁적이고 나서 "노력해 보죠."라고 말했다.

찻집을 나오자 가가는 손을 들어 택시를 세웠다. 그리고 도키코에게 먼저 타라고 권했지만 그녀는 고개를 저었다.

"전철 타고 갈 거예요. 가가 씨 타세요."

"아, 그럼 그렇게 하겠습니다. 조심해서 돌아가세요."

"네. 가가 씨도 너무 무리하지 마세요."

가가는 상냥하게 웃는 얼굴로 고개를 끄덕이고 택시에 올라탔다. 그러나 택시 기사에게 행선지를 말할 때 그는 이미 형사의 표정으로 돌아가 있었다. 택시가 움직이기 시작해 도키코 앞을 지날 때 가가는 다시 한 번 미소를 지었지만 조금 전과는 달리 어색한 느낌이었다.

멀어지는 택시를 바라보며 도키코는 3년 전 기억을 떠올렸다. 가가의 아버지 가가 다카마사가 사망한 날의 기억이다. 그녀는 담당 간호사로서 그의 곁을 지켰다.

그날 외아들인 가가는 다카마사가 숨을 거둔 후 병원에 나타났다. 임종은 다카마사의 여동생과 조카, 그러니까 가가의 고모와 사촌 동생이 지켰다. 가가는 시간을 맞추지 못한 게 아니라 일부러 아버지가 돌아가신 후에야 나타난 것이었다. 그때만 그런 것이 아니라 그는 아버지가 병원에 있는 내내 면회를 오는 일이 거의 없었다. 주위에서 보기에 상당히 냉담한 자식으로 비쳤을 것이다. 그의 사촌 동생인 마쓰미야는 가가의 그런 태도를 매우 불만스러워 하는 것 같았다.

그러나 가가가 결코 매정한 사람이 아니라는 것을 도키코는 알고 있었다. 마음속으로는 아버지의 죽음이 멀지 않았음을 그 누구보다도 슬퍼했고, 어떻게든 아버지 본인이 만족스러운 임종을 맞기를 바랐다. 하지만 그에게는 나름의 신념이 있어서 그런 자신의 생각을 겉으로 드러내지 않았다. 다만 그가 이따금씩 도키코에게 보내는 메일에서만은 그의 진심을 엿볼 수 있었다.

도키코는 다카마사가 세상을 뜨고 사흘 후 치러진 장례식에도 참석했다. 조문객의 태반이 경찰 관계자인 듯했다. 그들 모두가 경외심을 품은 눈빛으로 영정을 바라보는 모습을 보고 도키코는 다카마사가 주위로부터 존경받는 경찰관이었나 보다고 짐작했다.

가가는 상주로서의 역할을 충실히 해냈다. 조문객들이 분향하는 모습을 조금 떨어진 곳에 서서 사촌 동생들과 함께 조용히 지켜보았다. 도키코가 그의 앞을 지날 때는 그가 고맙습니다, 라고 인사하고 있다는 것을 입술 모양으로 알 수 있었다.

그 후 한동안은 가가를 만나지 못했다. 하지만 메일은 계속해서 주고받았다. 물론 안부를 묻거나 근황을 알리는 정도가 전부였지만.

다카마사가 죽은 지 1년이 됐을 때 도키코는 1주기를 언급하는 메일을 보냈다. 얼마 후 가가에게서 답장이 왔다. 시간이 없어서 1주기를 준비하지 못하고 있다는 내용이었다. 아마도 성묘조차 하지 않으려는 것 같았다.

도키코는 답신에서 함께 성묘를 가자고 제안했다. 구체적인 날짜도 몇 개 적어 보냈다.

당혹스러워하는 가가의 표정이 눈에 보일 듯한 답장이 왔다. 그래도 일단은 제안에 응하겠다는 내용이었다. 도키코는 즉시 일정을 정해 메일을 보냈다.

오지랖도 넓은 간호사라고 생각했을 것이다. 도키코 자신도 자기가 왜 그렇게까지 그의 일에 신경을 쓰는지 알 수 없었다. 직업이 직업이니만큼 여태까지 수많은 환자의 죽음을 지켜보았다. 개중에는 몇 년 동안이나 간호를 계속해 가족 같은 유대감을 느끼는 환자도 있었다. 그런 경우라도 환자가 사망하면 가능한 한 감정을 오래 끌지 않도록 애써 왔다. 그런데 다카마사 부자에 대해서만은 마음이 잘 정리되지 않았다. 무언가 자신이 해야 할 일이 남아 있는 듯한 느낌이었다.

약속한 날 두 사람은 함께 다카마사의 묘소를 찾았다. 들어보니 가가가 그곳을 찾은 것은 장례식 이후 처음인 듯했다. 오히려 그의 사촌 동생이 더 자주 성묘하러 온다는 말을 듣고 도키코는 기가 막혔다.

"아버지도 제가 자주 찾아오는 것을 바라시지 않을 겁니다. 이제 겨우 편히 잠들었으니까 가만 좀 내버려 둬, 그러시지 않을까 싶네요."

묘석을 바라보면서 가가는 담담한 어조로 말했다. 그 옆모습을 보면서 도키코는 뭔지 모를 답답함을 느꼈다. 꼭 해야 할 말이 있는데 그게 무엇인지 알 수 없는, 그런 답답함이었다.

그 후로도 메일을 계속 주고받았다. 도키코는 그에게 메일을 보낼 때마다 맨 마지막에 '성묘는 다녀왔나요?'라는 질문을 덧붙였다. 가가는 비교적 성실하게 답장해 주었지만 성묘에 대한 언급은 하지 않았다.

그리고 어느덧 다카마사의 3주기가 다가왔다. 도키코는 그날을 어떻게 지낼 예정인지 메일로 가가에게 물었다. 아니나 다를까, 아무 계획이 없다는 대답이 돌아왔다.

바쁘면 자신이 도울 테니 3주기는 꼭 지키라고 회신을 보냈다. 남아 있는 사람들이 고인을 기릴 수 있도록 자리를 마련해 주는 것은 유족의 의무, 라는 다소 강경한 표현을 썼다.

그리고 가가에게 전화가 걸려 온 것이 바로 이틀 전이었다. 가가는 고모와 사촌 동생이 하도 시끄럽게 굴어서 3주기를 지내려 하는데 정말로 도와줄 수 있겠느냐고 물었다.

물론이라고 도키코는 망설이지 않고 대답했다. 그동안 정체돼 있던 무언가가 움직이기 시작한 느낌이었다.

3

마쓰미야 슈헤이가 현장에 도착했을 때 니혼바시 다리는 일방통행 상태였다. 봉쇄된 한쪽 차로에는 경찰차가 줄줄이 서 있었다. 중앙로에서 쇼와로로 빠지는 일방통행로는 완전히 통행이 금지돼 있었고, 교차로 한가운데에서 제복을 입은 경찰이 교통정리를 하고 있었다. 도로 반대쪽에는 방송국 스태프인 듯한 사람들의 모습이 보였다.

그러나 구경꾼의 수는 그리 많지 않았다. 피해자는 진즉 병원으로 이송됐고, 눈에 띄는 범행 흔적이 남아 있는 것도 아니어서 지나가다 굳이 걸음을 멈출 이유는 없을 것이다. 애초에 현장 위치를 전해 들었을 때는 인파를 헤치고 가야겠구나 싶어 넌더리가 났는데 생각보다 한산한 모습을 보자 어쩐지 맥이 풀리는 느낌이었다.

장갑을 낀 후 완장을 팔에 감고 있는데 누가 오른쪽 어깨를 쳤다. 고바야시 주임이었다. 가느다란 눈에 턱이 뾰족한 남자다.

"아, 고생 많으시죠?"

"운이 없군, 마쓰미야. 데이트 중이었을 텐데 말이야."

고바야시가 표정 없는 얼굴로 장갑 낀 새끼손가락을 세워 보였다.

"아닌데요. 왜 그렇게 생각하세요?"

"아까 퇴근 때 보니까 들썩들썩하던데? 출동이 없어서 다행이라는 표정으로 말이지."

"당번 때 출동 명령이 없으면 주임님이라도 기쁘지 않겠어요? 가족과 느긋하게 지낼 수 있잖아요."

그러자 고바야시가 흥, 콧방귀를 뀌었다.

"집에 있다가 연락받고 나오려고 했을 때 내 딸 표정이 어땠는지 보여 주고 싶군. 이제 당분간 아빠의 찡그린 얼굴을 안 봐도 되니 다행이다, 하며 시원해하는 느낌이더라고. 마누라도 옆에서 똑같은 표정이고. 내 미리 말해 두는데, 만일 마쓰미야 자네가 결혼해서 딸이 생기면, 그 딸이 중학교에 올라갈 때가 이별할 때라고 생각하면 돼. 시집갈 때가 아니고 말이야."

마쓰미야는 피식 웃으면서 "기억해 두죠."라고 대답했다.

두 사람은 현장 보존을 위해 보초를 서고 있는 경찰에게 인사를 건넨 후 출입 금지 구역으로 들어갔다. 피해자가 발견된 니혼바시 다리 위에는 감식반원의 모습이 보이지 않았다. 범행 현장이 그곳이 아니라 다른 장소라는 것은 통신 지령 본부에 첫 보고가 들어왔을 때부터 이미 알려져 있었다.

수사 1과 소속인 마쓰미야가 집에서 느긋하게 쉬다가 불려 나온 건 사실이었다. 하지만 다수의 경찰이 그보다 훨씬 먼저 출동 명령을 받았을 터였다. 어쨌거나 도쿄라는 대도시 한복판에서 사람이 칼에 찔렸고 게다가 범인은 도주 중이니 관할 서인 니혼바시 경찰서는 물론이고 인근 모든 경찰서에 긴급 수배 명령이 떨어졌을 게 분명했다. 아마 지금쯤이면 니혼바시 다리와 이어지는 모든 간선 도로에서 검문이 실시

되고 있을 것이다.

마쓰미야는 고바야시와 함께 다리 끝자락에 있는 초소를 들여다봤다. 그곳에서 근무하는 야스다라는 순경이 피해자를 맨 처음 발견했다고 들었기 때문이다.

잠시 후 서른이 좀 넘어 보이는 야스다 순경이 초소 안에서 나왔다. 그는 경직된 표정과 움직임으로 경시청 수사 1과 형사들을 맞았다. 경례를 할 때는 손이 살짝 떨리기까지 했다.

"조금 이따가 우리 계장님이 오실 테니 자세한 얘기는 그때 하셔도 됩니다만, 먼저 대략적인 상황을 듣고 싶은데요."

말은 그렇게 했지만 고바야시는 결국 야스다 순경에게 자세한 설명을 들었다. 마쓰미야는 옆에서 그 내용을 기록했다.

야스다의 얘기를 들으면서 마쓰미야는 뭔가 이상하다고 생각했다. 피해자가 가슴을 칼에 찔린 상태로 이동을 시도했다는 것까지는 이해할 수 있었다. 범인으로부터 도망치려 했다든가 또는 사람들에게 도움을 청하려고 했다든가 하는 여러 가지 해석이 가능했다. 그런데 어째서 파출소를 그냥 지나쳤을까.

고바야시도 같은 의문을 품었는지 야스다 순경에게 그 점에 대해 물었다. 야스다 순경은 고개를 갸웃했다.

"모르겠습니다. 이쪽은 거들떠보지도 않고 지나갔어요. 그래서 그때는 술에 취해 휘청거린다고만 생각했는데……."

뒤쪽에서 걸어와 그를 지나쳤다면 파출소 앞에 서 있던 야스다에게는 피해자의 뒷모습밖에 보이지 않았을 것이다. 피해자가 어떤 상태인지 눈치채지 못했다고 해도 전혀 이상할 것은 없다.

"출혈로 의식이 몽롱해서 파출소가 눈에 들어오지 않았는지도 모르지."

고바야시가 내뱉듯 말했다.

잠시 후 계장인 이시가키를 위시한 수사반원들이 초소 앞에 도착했다. 이시가키는 야스다 순경의 보고를 듣기 전에 먼저 부하들을 모아 놓고 "피해자가 결국 죽었다는군." 하고 말했다.

"즉 이건 살인 사건이야. 이사관과 관리관이 니혼바시 경찰서로 왔다고 한다. 긴급 수배로 범인을 잡아들이지 못한다면 곧 특별 수사본부가 설치될 것이니 그렇게 알고 있도록."

이시가키의 말이 끝난 후 모두가 야스다 순경의 얘기를 듣고 있는데 후지에라는 형사과 계장이 초소 안에서 나와 인사를 건넸다. 그는 마흔이 좀 넘어 보이는 깡마른 남자였다. 후지에는 범행 현장으로 추정되는 장소가 발견됐다고 했다.

"여기서 한 블록 떨어져 있는 곳입니다. 제가 안내하겠습니다."

후지에가 그렇게 말하고 통행이 금지된 차도를 앞장서 걷기 시작했다. 이시가키 일행과 함께 마쓰미야도 그 뒤를 따랐다. 왼쪽에 있는 보도에서는 감식반원들이 일정한 간격으로 자리를 잡고 작업을 하고 있었다.

"보도에 군데군데 혈흔이 있는 모양입니다. 양은 별로 많지 않고요. 피해자가 피를 흘리면서 이동한 것으로 보입니다."

후지에가 설명했다.

보도 너머에는 유명한 증권 회사 건물이 있다. 밤의 어둠 속에서도 그 외관은 건물의 유구한 역사를 느끼게 해 주었다. 피해자는 가슴에 칼이 꽂힌 상태로 대체 무슨 생각을 하며 이 길을 걸었을까.

"이 길은 사람이 잘 지나다니지 않습니까?"

이시가키의 질문에 후지에는 고개를 끄덕였다.

"낮이라면 몰라도 밤에는 그럴 겁니다. 증권 회사 말고는 아무것도 없는 길이니까요."

"그러니까 피살자를 눈여겨본 사람이 없다 해도 하등 이상할 게 없다는 말씀이군요?"

"그렇죠."

"피해자의 신원이 밝혀졌다고 하던데, 가족에게는 연락이 됐습니까?"

"네, 됐습니다. 아마 지금쯤 병원으로 향하고 있을 겁니다."

후지에가 안내한 범행 현장은 수도 고속도로 에도바시 다리 입구 바로 앞쪽이었다. 보도에서 지하로 내려가는 길이 있었다. 그러나 지금은 출입 금지 테이프가 쳐진 상태였다. 각종 장비들이 여기저기 놓여 있고 감식반원들이 분주히 움직이고 있었다.

"아실지 모르겠지만 이 지하도를 건너면 저 에도바시 다리 입구가 나옵니다."

후지에가 가리킨 곳에는 니혼바시 강 양쪽을 잇는 에도바시 다리가 있었다.

"지하도의 길이는 10미터 정도인데 그 중간에 혈흔이 남아 있었습니다. 그보다 더 뒤쪽에서는 혈흔이 발견되지 않았습니다."

"그러니까 이 지하도 내부가 범행 현장이라는 말씀이군요?"

이시가키의 질문에 후지에는 "그렇게 추정하고 있습니다."라고 대답했다.

여러 사람이 한꺼번에 지하도로 들어가면 감식에 방해가 될 것이므로 순번을 정해 다녀오기로 했다. 마쓰미야는 구두에 커버를 덧씌우고 고바야시와 함께 지하도로 들어갔다. 지나다닐 수 있는 부분이 테이프로 구분돼 있었다. 두 사람은 그 바깥쪽을 밟지 않도록 주의하면서 안으로 들어갔다.

지하도는 생각했던 것보다 좁아, 너비가 3미터 정도밖에 되지 않았다. 천장도 낮아, 키가 큰 사람이 점프하면 손이 닿을 정도였다. 길이는 약 10미터. 그 중간쯤 되는 곳 바닥에 핏자국이 있었다. 양은 별로 많지 않아, 크기 5센티미터 정도의 거무스름한 얼룩처럼 보였다.

그 외에 달리 눈에 띄는 흔적은 없는 듯했다. 마쓰미야와 고바야시는 계속해서 앞으로 나아갔다. 지하도 반대쪽에서 이시가키를 비롯한 몇 명이 기다리고 있었다. 거기서부터는 길이 에도바시 다리를 건너는 보도로 이어져 있다.

후지에가 수첩을 보며 말했다.

"알고 계시겠지만, 니혼바시 파출소의 야스다 순경이 사건을 통보한 시각이 밤 9시 정각입니다. 그로부터 약 4분 후에 이 일대에 긴급 수배령이 내려졌습니다. 하지만 현재까지 수상한 인물을 목격했다는 정보는 들어오지 않은 상태입니다."

이시가키는 고개를 끄덕거리면서 주위를 한 바퀴 둘러보았다.

"이 다리는 사람들의 통행량이 얼마나 될까?"

그는 마치 혼자 중얼거리듯 의문을 표시했다.

"밤 9시경이라면 행인이 많지 않습니다. 이 지하도 역시 사람이 별로 다니지는 않고요. 보시다시피 차량 통행은 많은데 말이죠."

후지에의 말대로 쇼와로와 연결된 에도바시 다리에는 택시와 트럭들이 끊임없이 오갔다.

"피해자는 칼에 찔린 후 혼자서 니혼바시 다리까지 이동했다는데, 시간이 어느 정도 걸렸을 거라고 보나?"

이시가키가 마쓰미야에게 물었다.

"정상적인 상태라면 3, 4분밖에 안 걸렸겠죠. 하지만 가슴에 칼이 꽂혔다는 걸 고려하면 그 배는 걸리지 않았을까요?"

마쓰미야는 상황을 머릿속에 그려 가며 신중하게 대답했다.

"그렇겠지. 그럼 약 10분이라 치고……, 그 정도 시간이면 도망칠 방법이 얼마든지 있었겠군."

"택시 회사들에는 이미 연락을 취했습니다."

후지에가 말했다.

"하지만 그 시간대에 이 근처에서 범인으로 보이는 인물을 태웠다는 정보는 아직 들어오지 않았습니다."

"만일 택시를 타지 않았다 해도,"

고바야시가 작은 소리로 말하며 강 건너 쪽을 손가락으로 가리켰다.

"저 다리만 건너면 범인으로서는 도망친 거나 다름없었을 거야."

마쓰미야도 고바야시가 가리키는 쪽으로 시선을 돌렸다. 다리 건너에 쇼와로를 가로지르는 횡단보도가 보였다. 그곳에는 지금도 오가는 사람이 많았다.

아닌 게 아니라 범인이 저 인파 속으로 도망쳤다면 일이 귀찮아질지도 모르겠다고 마쓰미야는 생각했다.

4

병원에 거의 다 와 가는데 뒤 좌석에 앉은 후미코가 부스럭거리기 시작했다. 가방 속을 뒤지는 모양이었다. 조수석에 앉은 유토에게도 그녀의 초조함이 전해졌다.

"왜 그래?"

하루카가 물었다.

"깜박한 것 같아."

후미코가 기어 들어가는 소리로 대답한다.

"설마…… 지갑?"

"응."

"뭐라고?"

하루카가 비명에 가까운 소리를 냈다. 유토도 저도 모르게 혀를 찼다.

"엄마, 도대체 뭐 하는 거야."

"그게, 허둥대느라고……."

그래도 그렇지, 라고 말하고 싶은 걸 유토는 가까스로 참았다. 엄마가 중요한 순간에 깜박깜박하는 건 새삼스러운 일이 아니다.

오가는 대화를 들었는지 운전사가 "두고 오신 게 있나요?"라고 물었다.

"그런가 봐요……."

후미코가 미안한 듯이 대답했다.

"돌아갈까요?"

"아니에요. 나, 돈 좀 있어."

유토가 택시미터를 봤다. 메구로 집에서부터 타고 왔지만 그다지 큰 액수는 아니었다. 유토는 만일을 위해 들고 온 자신의 지갑을 꺼내 속에 든 돈을 확인했다.

"택시비는 되겠어."

다행이네, 라고 후미코가 중얼거렸다. 그러나 목소리에 기운이 하나도 없었다. 그녀에게는 지금 지갑이 문제가 아닐 것이다. 그건 유토도 마찬가지였다.

밤 11시가 가까워 오는데도 도로가 몹시 혼잡했다. 그리고 경찰차가 유난히 눈에 많이 띈다. 무슨 일이 생겼나 봅니다, 라고 운전사가 말을 붙이는데 무시하기도 그렇고 해서 글쎄요, 라고 애매하게 대꾸했다.

이윽고 택시가 병원에 도착했다. 세 사람은 정면 현관 앞에서 내렸다. 그런데 현관문 안쪽이 캄캄했다. 자동문도 열리지 않는다.

"이상하네. 어디로 들어오라는 거지."

후미코가 사방을 두리번거렸다.

"엄마, 야간 출입구라고 하지 않았어, 아까 전화에서?"

하루카의 지적에 후미코는 손으로 입을 막았다.

"아, 맞아. 경찰이 그렇게 말했어."

유토가 또 혀를 찼다.

"뭐야, 엄마. 제발 정신 좀 차려."

출입구를 찾아 셋은 건물 옆으로 돌아갔다. 그러자 앞쪽에서 손전등을 든 땅딸막한 남자가 나타나 "아오야기 씨입니까?" 하고 물었다.

"네, 그런데요."

후미코가 대답하자 남자는 손전등을 끄고 세 사람에게 다가와 경찰 배지를 보여 주었다.

"기다리고 있었습니다."

남자는 니혼바시 경찰서의 형사였다.

"저, 제 남편은……."

후미코가 물었다.

"상태가 어떤가요?"

그러자 형사의 얼굴에 복잡한 표정이 떠올랐다. 세 사람이 아무것도 모르고 있다는 사실에 당황한 듯했다. 그 순간 유토는 사태를 파악했다.

정말, 하고 형사가 운을 뗐다.

"정말 유감입니다만, 이곳으로 이송되고 얼마 안 있어 사망이 확인됐습니다. 삼가 조의를 표합니다."

형사가 힘들게 내뱉는 말을 유토는 마치 남의 일인 양 들었다. 사실로 받아들일 수 없다는 심정과, 역시…… 하는 생각이 가슴속에서 교차했다.

유토 옆에서는 하루카가 양손으로 입을 막은 채 눈을 휘둥그렇게 뜨고 얼어붙은 듯이 서 있었다.

"거짓말!"

후미코가 소리쳤다.

"어떻게 그런 거짓말을……. 왜죠, 왜 그래야 하죠? 그 사람이 왜 살해당해야 하냐고요!"

형사에게 악을 쓰며 달려드는 엄마를 유토가 팔을 붙잡아 말렸다. 후미코는 무너지듯 그 자리에 주저앉았다. 그리고 꺽꺽 흐느끼기 시작했다.

하루카도 선 채로 울음을 터뜨렸다. 두 사람의 울음소리가 어둠을 깨뜨리며 퍼져 나갔다.

"아빠는…… 아빠의 시신은 어디 있나요?"

유토가 형사에게 물었다.

"안내해 드리죠. 저를 따라오세요."

"가요, 엄마. 하루카도. 이렇게 울고만 있을 때가 아니야."

유토가 후미코를 일으켜 세웠다. 바닥에 자신들의 그림자가 드리운 걸 보자 그제야 겨우 현실감이 들었다.

죽은 다케아키의 얼굴은 상상했던 것보다 훨씬 말끔했다. 골프로 그을린 피부 역시 가무잡잡한 그대로여서, 숨을 쉬지 않는다는 것만 빼면 평소의 잠든 얼굴과 별다를 바 없었다. 굳이 지적하자면 표정이 온화하다는 점이 다케아키답지 않았다. 잠들었을 때조차 불퉁하게 뭔가 생각에 잠긴 것처럼 보이는 게 유토의 기억에 남아 있는 아빠의 얼굴이다.

"여보!"

후미코는 무릎을 꿇고 앉더니 죽은 남편의 얼굴을 쓰다듬기 시작했다. 왜 이렇게 된 거야, 왜. 그녀는 같은 말을 하고 또 했다. 하루카는 침대 가장자리에 얼굴을 묻고 있어 표정을 볼 수 없었지만 등이 가늘게 떨리고 훌쩍이는 소리가 새어 나왔다.

일부러 배려해서 그러는 것인지 형사는 세 사람만 남겨 두고 병실을 나갔다.

유토는 아빠의 시신 앞에서 자신이 뭘 어떻게 해야 하는지 판단이 서지 않았다. 머리로는 슬퍼해야 하는 상황이라는 걸 이해했지만 그런 감정이 조금도 생겨나지 않는 것이었다. 흐

느껴 우는 엄마와 여동생의 모습을 보면서도 '뒤에서는 그렇게 아빠를 흉보더니.'라는 냉정한 생각만 떠올랐다.

잠시 후 노크 소리가 나더니 문이 열렸다. 아까 그 형사가 슬며시 얼굴을 들이밀었다.

"저, 괜찮으시다면 잠시 말씀을 나눴으면 하는데요."

유토가 엄마를 보았다.

"어떻게 할래?"

후미코는 고개를 끄덕이고 손수건으로 눈물을 훔치며 일어섰다.

"네, 그러죠. 저희도 여러 가지로 묻고 싶은 게 있으니까요."

형사는 고개를 끄덕하고서 "그러시겠죠."라고 대답했다.

다케아키가 누워 있는 방과 같은 층에 '담화실'이라는 팻말이 붙은 방이 있었다. 그곳에서 후미코 일행은 형사와 마주앉았다.

"니혼바시가 어디 있는지는 아시죠? 니혼바시 다리 말입니다. 니혼바시 강에 걸쳐 있는 다리요."

"미쓰코시 백화점 근처에 있는 거 말인가요?"

후미코가 묻자 형사는 "그렇습니다."라고 대답했다.

"오늘 밤 9시경, 아오야기 씨가 그 다리 위에서 칼에 찔린 채 발견됐습니다. 처음 발견한 사람은 니혼바시 파출소에 근무하는 순경이었고요."

"거기서 칼에 찔렸다는 건가요?"

"아니요, 그렇지 않습니다. 찔린 곳은 다른 장소였습니다. 아오야기 씨는 니혼바시 다리까지 혼자서 이동했습니다. 가슴에 칼이 꽂힌 상태로 말입니다. 발견된 후에는 곧바로 구급차에 실려 병원으로 이송됐습니다. 소지하고 계시던 휴대전화에 '집'이라고 등록된 번호가 있어서 구급차에 동승한 경관이 댁으로 연락을 드렸다고 합니다."

후미코가 받은 게 그 전화였던 모양이다. 지금으로부터 약 한 시간 전의 일이다.

"그때는 남편이 아직 살아 있었나요?"

"아마 그럴 겁니다. 하지만 이미 꽤 위독한 상태였던 것은 확실합니다. 자세한 건 부검 결과가 나와야 말씀드릴 수 있겠지만요."

부검, 이라는 말에 유토는 이것이 중대한 형사 사건이며 자신들이 당사자라는 사실을 새삼 깨달았다.

"저…… 대체 누가 그런 짓을 한 거죠? 범인은 잡혔나요?"

후미코가 물었다.

"아니요, 현재 도주 중입니다. 범인의 정체에 대해서는 알려진 게 없습니다만, 지갑이 없어진 것으로 보아 금품을 노린 강도에 의한 범행일 가능성이 있습니다. 현재 긴급 수배

령이 내려져 있습니다. 니혼바시 서뿐만 아니라 인근 모든 경찰서의 인력이 동원돼 범인 수색에 총력을 기울이고 있습니다. 경시청 기동 수사대도 출동했고요. 여러분들도 여기 오시는 동안 경찰 차량과 오토바이를 여러 대 목격하셨을 겁니다."

형사의 말을 인정한다는 듯 유토가 고개를 끄덕거렸다.

"범인이 멀리 가지는 못했을 겁니다. 곧 잡힐 걸로 봅니다."

확신에 찬 형사의 말에 유토는 "그래서요?"라고 묻고 싶은 것을 간신히 참았다. 아빠는 이미 죽었다. 아무리 범인이 체포된다 한들, 그래서 사형에 처해진다 한들 죽은 사람이 살아서 돌아오지는 않는다. 아마도 내일부터는 물리적으로나 정신적으로 힘든 나날이 시작될 것이다. 절망적인 앞날을 생각하니 유토는 현기증이 나는 것만 같았다.

갑자기 분노가 치밀어 올랐다. 어디 사는 누구인지는 모르지만 왜 남에게 이런 짓을 한단 말인가.

형사는 다케아키의 생년월일과 출신지, 근무처, 경력 등의 프로필과 일상생활에 대해 물었다. 또한 친구 관계가 어땠는지, 특별히 사이가 나쁜 사람이 있었는지, 일이나 사생활에서 문제는 없었는지에 관해서도 물었다. 그러나 세 사람 모두 다케아키의 경력에 관한 것 외에는 무엇 하나 제대로 대답할 수 없었다. 다케아키가 집에서는 회사 얘기를 좀처럼 하지 않았던 것이 사실이지만 자신들이 무관심했다는 것도 인정하지 않을 수 없었다.

형사가 난감한 표정으로 수첩을 들여다보았다. 세 사람이 질문에 대답할 때마다 수첩에 그 내용을 기록했지만 아직까지 수사에 도움이 될 만한 것이 거의 없었기 때문이다. 형사가 아무 도움이 안 되는 이 유족에게 짜증을 느끼고 있는 건 아닐까, 유토는 그런 상상을 해 보았다.

그때 형사의 품속에서 진동음이 들렸다. 그는 잠깐 실례하겠습니다, 라고 말한 뒤 방을 나갔다.

후미코가 깊이 한숨을 내쉬었다. 그리고 두통을 잠재우기라도 하려는 듯 이마에 손을 댔다.

"도대체 왜 우리에게 이런 일이 생겼을까."

"뭐 짚이는 거 없어, 엄마?"

"없어. 그런 게 있을 리 없잖아. 아아, 당장 내일부터 어떻게 살아야 할지. 회사에서 좀 도와주려나……."

엄마는 수입을 걱정하는 듯했다. 남편이 죽은 지 몇 시간이나 됐다고……, 경박스럽기는. 얼핏 그런 생각이 스쳤지만 유토는 자신도 그런 생각을 할 처지가 못 된다는 것을 금세 깨달았다. 실은 유토의 머리 한구석에도 앞으로 생활을 어떻게 해야 하는지, 대학에는 갈 수 있을지, 그런 생각이 이미 자리하고 있었기 때문이다.

잠시 후 돌아온 형사의 얼굴에 조금 전보다 생기가 돌았다.

"알려 드릴 일이 있습니다. 의심 가는 인물이 나타났다는군요."

유토는 숨을 삼켰다.

"범인이 잡힌 건가요?"

후미코가 물었다.

"아직 범인인지 아닌지 확실하지는 않습니다. 젊은 남자라고 합니다만. 그래서 의논드리는 건데, 혹시 지금 니혼바시 경찰서로 함께 가 주실 수 있을까요?"

"만나는 건가요, 우리가?"

후미코가 그렇게 반문했다. 절박한 심정이 목소리에 묻어나왔다.

"우리가 남편을 찔러 죽인 범인을 만나는 건가요?"

형사가 손을 내저었다.

"그런 게 아니라 확인해 주셨으면 하는 게 있어서요. 그리고 아직 그 인물이 범인으로 확정된 것도 아닙니다. 부탁드려도 되겠습니까?"

후미코가 유토를 향해 고개를 돌렸다. 거절할 구실이 생각나지 않았다.

"가 보죠, 뭐."

유토가 말했다.

약 30분 후, 후미코 가족은 경찰차로 니혼바시 경찰서에 도착했다. 밤이 깊었지만 경찰서 주변에는 매스컴 차량들이 모여들어 있었다. 혹시 그들이 질문 공세를 퍼붓지나 않을까 걱정했지만, 세 사람이 경찰차에서 내리는데도 달려드는 사람은 아무도 없었다. 아직 그들에게까지는 정보가 미치지 않은 모양이었다.

밖에서 본 니혼바시 경찰서는 마치 오피스 빌딩처럼 산뜻하고 세련됐지만, 안으로 들어가 보니 분위기가 딴판이었다. 맨 먼저 눈에 들어온 것은 정면에 자리한 계단이었다. 정교하게 조각된 난간이 중후한 분위기를 자아냈다. 안내 카운터는 고풍스러운 대리석으로 만들어져 있고 천장에 매달린 조명기구는 골동품에 가까웠다. 형사 말로는 건물을 개축할 때 원래 건물의 아름다움을 보존하자는 목소리가 많아 일부는 옛 모습 그대로 남겨 두었다고 한다.

세 사람은 조그만 응접실 같은 곳으로 안내되었다. 음료는 뭐로 하겠냐고 묻기에 필요 없다고 대답했지만 몇 분 후 여경이 녹차를 들고 왔다.

후미코가 녹차를 한 모금 마시더니 "젊은 남자란 말이지……."라고 중얼거렸다.

"누구 짚이는 사람이라도 있어?"

유토가 물었다.

"글쎄."

후미코는 힘없이 고개를 저었다.

"회사에는 젊은 남자가 많겠지만……."

그리고 더는 대화가 이어지지 않았다. 유토는 후미코 이상으로 다케아키의 회사 생활에 무관심했다. 건축 부품 제조회사에 다니고 있으며 나름의 지위에 있다는 것 외에는 아는 게 없었다.

그렇게 한 시간가량이 지났을 무렵 아까 그 형사가 다시 얼굴을 비쳤다.

"많이 기다리셨죠? 그럼 같이 가시죠."

그리고 형사는 세 사람을 회의실 같은 곳으로 데려갔다. 그곳에는 남자 몇 명이 커다란 책상을 둘러싸듯이 서 있었다. 양복을 입은 사람이 있는가 하면 제복 차림을 한 사람도 있었다. 그들의 심각한 표정과 긴장감 어린 분위기에 유토는 다리가 얼어붙는 느낌이었다. 그 누구와도 눈을 마주칠 수 없었다.

형사가 아오야기 가족을 그들에게 소개했다. 모두가 말없이 세 사람에게 목례만 했다. 그것이 그들 나름의 애도의 표현일까.

"그럼 예의 물건들을 유족에게 확인하도록 하겠습니다."

형사가 목소리를 높여 선언하듯 말한 후 "이쪽으로 와 주시죠."라며 세 사람을 손짓해 불렀다. 책상으로 가까이 오라는 뜻인 듯했다.

책상 위에는 비닐봉지 몇 개가 나란히 놓여 있었다. 모두 속에 무언가가 들어 있었다. 유토는 눈을 부릅뜨고 그것들을 살펴봤다.

"좀 전에 제가 의심 가는 인물을 찾았다고 말씀드렸죠?"

형사가 물었다.

"그 인물이 소지한 지갑에 아오야기 다케아키 씨의 운전면허증 등이 들어 있었습니다. 그래서 저희는 그 지갑을 아오야기 씨의 것으로 판단하고 압수했습니다. 또한 그 인물이 숨어 있었던 곳으로 보이는 장소에서는 서류 가방이 발견됐습니다. 여기 있는 것들이 그 지갑과 가방, 그리고 그 속에 들어 있던 물건들입니다. 일단은 지갑부터 확인해 주셨으면 합니다. 비닐 위로 만지는 것은 문제가 되지 않으니 손에 들고 확인하시기 바랍니다."

후미코가 먼저 지갑을 집었다. 유토는 하루카와 함께 옆에서 들여다봤다. 검은 가죽으로 된 지갑은 길쭉한 타입이었다. 오래 써서 엄지손가락 닿는 부분이 많이 닳아 있었다.

아빠 거 맞아. 하루카가 중얼거렸다.

레스토랑 같은 데서 계산할 때 다케아키가 양복 안주머니에서 그 지갑을 꺼내 마술사처럼 만 엔짜리 지폐를 쑥 뽑아

들던 광경이 유토의 뇌리에도 되살아났다. 다만 요즘 들어서는 가족끼리 식사하러 나간 적이 거의 없었다.

"남편 지갑이 틀림없어요."

후미코가 말했다.

형사는 고개를 끄덕이고 나서 다른 비닐봉지들을 가리켰다.

"내용물은 어떻습니까? 들어 있어야 할 것이 없어졌다거나 뭔가 이상한 점이 있으면 말씀해 주세요."

지갑이 놓였던 자리 옆쪽으로 현금과 운전면허증, 각종 카드, 진찰권, 영수증 등이 각각 다른 비닐봉지에 나뉘어 담겨 있었다. 현금은 지폐와 동전으로 분류돼 있고, '총액 11만 4,850엔'이라고 적힌 메모지가 그 옆에 있었다.

"어떻습니까, 아오야기 다케아키 씨가 소지했을 만한 금액입니까? 평소에 더 많은 현금을 가지고 다니지는 않으셨나요?"

형사의 질문에 후미코는 고개를 갸우뚱하더니 "아마 이 정도일 거예요."라고 대답했다.

"돈 관리는 남편이 알아서 하고 있었기 때문에 뭐라고 말씀드리기가……."

"다른 것은요, 없어진 건 없나요?"

형사가 거듭 물었지만 후미코는 대답하지 못했다. 그녀는 지금까지 남편의 지갑을 열어 본 적조차 없었다. 유토 역시 아빠의 지갑이 어떻게 생겼는지는 기억해도 아빠가 그 지갑 속에 뭘 넣고 다니는지까지는 알지 못했다. 관심을 가져 본 적도 없었다.

다만 카드류 중에 미심쩍다고 생각되는 것이 하나 있었다. PC방 회원증이다. 컴퓨터라면 집에도 있었고 회사에서도 사용하고 있을 터였다. 그런데 무슨 이유로 그런 곳의 회원이 된 것일까. 하지만 유토는 그런 의문을 입 밖에 내지 않았다.

"딱히 이상한 점이 없으신가 보군요."

형사가 다짐하듯 말했다.

"그럼 서류 가방 쪽은 어떤지 보시죠."

후미코가 커다란 비닐봉지에 든 서류 가방을 집어 들었다. 짙은 갈색 가방은 지퍼를 닫은 후 다시 커버를 덮도록 돼 있는 것이었다. 어깨에 멜 수 있는 타입인 듯했지만 메는 끈은 따로 떼어 놓은 듯, 달려 있지 않았다.

남편 거예요, 라고 후미코가 말했다.

"남편이 부탁해서 제가 백화점에 가서 사다 줬거든요. 확실해요."

형사는 고개를 끄덕이고 다시 다른 비닐봉지를 가리켰다.

"내용물은 어떻습니까?"

유토가 시선을 옆으로 옮겼다. 줄줄이 놓인 비닐봉지 속에는 각각 서류와 수첩, 안경 케이스, 명함 지갑, 필기구, 문고본

등이 들어 있었다. 모두 처음 보는 것이라서 할 말이 없었다.

그런데 유독 눈길을 끄는 것이 있었다. 디지털 카메라였다. 후미코도 같은 생각인지 그걸 집어 들었다.

"그게 무슨 문제라도 있습니까?"

형사가 물었다.

후미코가 고개를 갸웃하더니 유토와 하루카에게 카메라를 내밀었다.

"너희들 이거 본 적 있어?"

아니, 하고 유토가 대답했다. 하루카도 고개를 저었다.

"남편 분께서 일이나 취미로 디지털 카메라를 사용하신 적이 없었습니까?"

"글쎄요, 그런 취미는 없었던 것 같아요."

후미코는 카메라를 책상에 도로 내려놓았다.

그때였다.

"제가 좀 봐도 될까요?"

누군가 그렇게 말했다. 검은색 양복 차림의 키 큰 남자였다. 그는 얼굴의 음영이 깊고 눈매가 날카로웠다. 그가 긴 팔을 뻗어 비닐봉지 하나를 집어 들었다. 안경과 안경 케이스가 든 것이었다.

"이것도 남편 분의 물건이 맞습니까?"

그는 후미코의 얼굴을 뚫어질 듯이 바라보았다.

"네, 남편 안경이에요."

"이 케이스도 부인이 사 주신 건가요?"

"아니요, 그 케이스는 본 적이 없어요. 남편이 샀나 봅니다."

고풍스러운 문양이 새겨진 안경 케이스는 유토도 처음 보는 것이었다.

그렇군요, 하면서 키 큰 형사가 비닐봉지를 제자리에 내려놓았다.

"그 안경 케이스가 왜요?"

후미코가 물었지만 형사는 "아니, 아무것도 아닙니다."라며 고개를 저었다.

그 같은 대화를 듣는 동안 유토의 머릿속에 한 가지 의문이 떠올랐다.

"저…… 뭐 좀 물어봐도 될까요?"

모두의 시선이 유토에게 쏠렸다. 그 시선들을 의식하며 유토가 다시 입을 열었다.

"왜 우리가 이런 일을 해야 하는 거죠? 의심 가는 인물이 잡혔다면서요. 그 사람은 뭐라던가요? 아빠를 찌르고 이 지갑과 가방을 훔쳤다고 하지 않던가요?"

형사들의 얼굴에 곤혹스러운 빛이 떠올랐다. 그중 나이가 제일 많아 보이는 회색 양복 차림의 남자가 심각한 표정을 한 채 유토에게 고개를 돌렸다.

"그 인물에게 얘기를 듣고 싶은 마음이야 굴뚝같지만 그럴 수가 없네."

"왜죠?"

유토가 물었다.

"질문해도 답을 할 수 없는 상태거든. 현재 의식 불명이야."

5

가오리가 반찬 가게 아르바이트를 마치고 집에 돌아온 시각은 저녁 8시가 지나서였다. 평소 같으면 곧장 실내복으로 갈아입었겠지만 오늘은 옷을 갈아입지 않고 후유키가 돌아오기를 기다리기로 했다.

오후 5시가 조금 지났을 때 그에게서 문자가 왔다. 일자리가 나서 지금 그쪽 사람을 만나러 간다는 내용이었다. 만약 무사히 채용이 결정되면 둘이 근처에 있는 선술집에 가서 건배라도 해야겠다고 가오리는 마음먹고 있었다. 그는 그가 좋아하는 맥주로, 그녀는 우롱차로.

그런데 9시가 지나고 10시가 돼도 후유키는 돌아오지 않았다. 휴대 전화를 걸어 봤지만 받지 않았다. '어디 있어? 걱정되니까 연락해 줘.' 그렇게 문자를 보냈다.

면접 결과가 좋지 않았을지도 모른다. 전에도 비슷한 일이 한 번 있었다. 이케부쿠로에 있는 다트 바에서 종업원을 모집하니 가 본다면서 나갔는데 다음 날 아침까지 돌아오지 않는 것이었다. 걱정스러워 찾으러 나가 보니 후유키는 근처 공원에서 술에 취한 채 쓰러져 있었다. 옆에는 빈 발포주 캔이 수북했다. 무슨 일이냐고 채근했더니 얼굴 표정이 어둡다는 이유로 채용을 거절당했다고 한다. 그래서 자포자기하는 마음으로 편의점에서 술을 사 마시기 시작했다는 것이다. 바보같이, 라고 말은 했지만 가오리는 그의 심정을 십분 이해할 수 있었다. 그녀를 볼 면목도 없고 자신의 처지가 한심하기도 했을 것이다.

오늘 후유키가 어떤 곳에 면접을 보러 갔는지 가오리는 알지 못했다. 만일 손님을 상대해야 하는 일이라면 어려울지도 몰랐다. 그는 말주변도 없고 사람을 대하는 데도 서툴렀다. 처음 보는 사람 앞에서는 말을 더듬기까지 했다.

기계를 상대하는 게 편해, 그는 늘 그렇게 말했다. 실제로 지금까지는 공장에서 일한 적이 많았다. 그리고 여전히 그런 일을 찾고 있다. 하지만 불황 탓인지 아니면 그에게 문제가 있는 것인지, 인력 파견 회사에서 좀처럼 좋은 소식이 오지 않았다.

일자리를 못 찾는 것쯤 큰일도 아닌데. 휴대 전화로 시간을 확인하면서 가오리는 그렇게 생각했다. 바탕 화면은 크리스마스 날 둘이서 찍은 사진이다.

11시가 조금 지나서야 그 휴대 전화가 울렸다. 후유키였다. 가오리는 허둥지둥 전화를 받았다.

"여보세요. 후유키, 지금 어디야?"

대답이 없었다. 전화가 끊어진 것 같지는 않았다. 자동차 지나가는 소리 같은 것이 들렸다.

"여보세요?"

다시 한 번 그를 불렀다.

"가오리……."

그제야 그는 끊어질 듯한 목소리로 대답했다.

"어떡하지? 나, 일을 저질렀어."

"응? 뭐라고?"

"일이 좀 잘못된 것 같아. 어떡하면 좋지?"

"잠깐만. 무슨 일이 어떻게 잘못됐다는 거야, 찬찬히 설명해 봐."

그리고 그의 입에서 대답이 나오기 전에 전화가 끊어졌다. 가오리가 급히 전화를 다시 걸어 봤지만 신호는 가는데 전화를 받지 않았다.

대체 무슨 일이 생긴 걸까. 후유키가 무슨 일을 저질렀다는 걸까.

초조해서 견딜 수가 없었다. 가오리는 계속해서 재다이얼 버튼을 눌렀다. 몇십 번을 반복한 끝에 겨우 전화가 연결됐다.

"여보세요."

상대의 목소리가 들렸다. 그런데 후유키가 아니었다. 어떻게 된 영문인지 몰라 대답을 못하고 있는데 저쪽에서 다시 "여보세요." 하고 부르는 소리가 들렸다.

가오리는 침을 한 번 꿀꺽 삼키고 나서 "저어……, 지금 전화 받으시는 분은 누구시죠? 그거 후유키 휴대 전화 아닌가요?"라고 물었다.

그러자 상대는 뜻밖의 말을 했다. 가오리는 순간 자신이 잘못 들은 것 아닐까 생각했다. 상대가 "경찰입니다."라고 대답했던 것이다.

"경찰……이라고요?"

"이 전화기 주인이 야시마 후유키 씨 맞습니까? 오토바이 면허증으로 확인했는데요."

"네, 맞아요."

오토바이 면허증으로 확인했다고, 왜지?

"야시마 씨가 교통사고를 당했습니다. 현재 병원으로 이송 중이에요."

"뭐라고요?"

갑자기 머릿속이 하얘졌다. 교통사고라고? 어떻게? 조금 전까지 통화했는데…….

의문스러운 게 너무 많아 무엇부터 물어야 할지 혼란스러웠다.

"실례지만 전화하신 분은 누구시죠? 야시마 씨와는 어떤 관계입니까?"

"같이 살고 있는 사람이에요. 저, 어떻게 사고를 당했나요? 많이 다쳤어요?"

"자세한 건 아직 말씀드릴 수 없습니다. 우선 전화 거신 분의 신원부터 확인해야겠는데요, 이쪽 전화에는 '가오리'라고 표시됩니다. 가오리 씨 맞습니까?"

"네, 맞아요. 나카하라 가오리예요."

"아, 네, 나카하라 씨. 그럼 전화를 끊고 잠시 기다려 주세요. 저희가 다시 연락드리겠습니다. 이 전화 말고 다른 전화로 걸 테니 그렇게 아십시오."

상대는 단숨에 거기까지 말한 후 일방적으로 전화를 끊었다.

가오리는 정신이 아득해지는 느낌이었다. 무슨 일이 일어난 것일까. 도대체 무슨 일이.

실마리라고는 후유키가 한 말밖에 없었다. 나, 일을 저질렀어, 일이 좀 잘못된 것 같아. 그는 그렇게 말했다. 혹시 면접을 보다가 실수를 저지른 것일까. 하지만 교통사고는 또 뭐지?

자살, 이라는 단어가 뇌리를 스쳤다. 설마. 채용되지 못한 것 정도로 그렇게까지 자포자기야 않았겠지. 하지만 전화 목소리로 봐서 몹시 낙망한 것만은 틀림없는 듯했다.

가오리는 고개를 내저었다. 무슨 일인지 아무리 생각해 봐야 소용없다. 지금은 일단 후유키의 상태가 문제다. 얼마나 다친 것일까.

집에 돌아온 후로 아무것도 먹지 않았는데도 식욕이 전혀 없었다. 식욕은커녕 위 속이 쿡쿡 찌르는 것처럼 아프고 울렁거렸다.

경찰과 통화한 지 30분쯤 지났을 때 다시 휴대 전화 벨이 울렸다. 모르는 번호였다. 받아 보니 아까와는 다른 남자의 목소리가 들렸다. 그 역시 경찰이었다.

그는 가오리에게 병원 이름을 알려 주었다. 교바시에 있는 응급 병원이라고 했다. 후유키는 현재 의식 불명이며 곧 수술을 받을 예정이란다. 빨리 와 줄 수 있겠느냐고 묻기에 곧바로 가겠다고 대답하고 전화를 끊었다.

가오리는 아파트를 나와 택시를 잡아탔다. 이렇게 예정에 없는 지출을 하면 이번 달 생활비가 빠듯하겠지만 지금은 그런 걸 따질 때가 아니었다.

병원 앞에는 경찰차가 여러 대 서 있었다. 가오리가 들어가자 남자 몇 명이 달려왔다. 그중 둘은 제복 차림의 경찰이었다.

후유키의 상태를 물으니 아직 수술 중이라고 한다. 살아날 수 있을지 확실치 않다는 말에 가오리는 하마터면 정신을 잃을 뻔했다. 사람들이 부축해 간신히 대합실 의자에 앉았다.

궁금한 게 산더미 같았지만 말이 나오지 않았다. 거꾸로 그녀는 질문 공세에 시달렸다. 후유키에 대해 이것저것 물었지만 머리가 혼란스러워 가오리는 제대로 대답할 수 없었다. 결국 경찰이 한발 물러섰다. 내일 하지. 리더인 듯한 남자가 말하는 소리가 귀에 들려왔다.

대합실 의자에 앉아 가오리는 후유키가 살아날 수 있기만을 간절히 빌었다. 물론 마음에 걸리는 점이 한두 가지가 아니었다. 경찰들의 얘기를 종합해 보면, 불심 검문을 받게 된 후유키가 무슨 이유에선지 도망치다가 찻길로 뛰어들어 트럭에 치인 것 같다. 그가 왜 도망치려 했는지는 알 수 없었다. 그러나 지금 그런 건 아무래도 좋았다. 무슨 일이 있었는지는 나중에 후유키 본인에게 물어보면 될 일이다. 가오리는 세상 누구보다도 후유키를 신뢰했다. 그는 가오리에게 거짓말을 하지 않는다. 그것만은 자신 있었다.

의자 위에 발을 올려놓고 무릎을 껴안은 채 얼굴을 파묻었다. 아무와도 얼굴을 마주치고 싶지 않았다. 누가 말을 거는 것도 싫었다. 후유키가 살아났다는 말 외에는 그 어떤 말도 듣고 싶지 않았다.

가만히 눈을 감고 있으니 후유키가 옆에 있는 것만 같은 느낌이 들었다. 지금이라도 당장 어깨를 감싸 안아 줄 것 같다. 그렇게 몸을 맞대고 서로가 서로를 의지하며 지금까지 살아왔다.

두 사람은 후쿠시마 현 출신이다. 가오리는 어렸을 때 사고로 부모를 잃고 보육원에 맡겨졌다. 반면에 후유키는 엄마가 양육을 포기한 경우였다. 그의 엄마는 열여덟 살에 결혼도 하지 않은 채 상대 남자가 행방불명된 상태로 후유키를 낳았다. 그 엄마가 지금 어디서 뭘 하는지는 전혀 모른다.

고등학교 졸업 후 가오리는 간호 직종에 취직했고 후유키는 조그만 건축 사무소에서 일하기 시작했다. 그런데 후유키가 스무 살 때 그 건축 사무소가 도산하고 말았다. 그는 다시 취직하려고 했지만 좀처럼 일자리가 찾아지지 않았다.

도쿄로 올라가자는 제안을 누가 먼저 했는지 이제는 기억조차 가물가물하다. 둘 다 망설임이라고는 전혀 없었다. 도쿄로 가고 싶다는 얘기를 평소에도 늘 해 왔기 때문이다. 도쿄라면 일자리가 얼마든지 있을 테고 수입도 많아질 것이라고 생각했다. 시골에서 일생을 마치고 싶지 않다는 마음도

작용했다.

지금으로부터 약 5년 전, 얼마 안 되는 저금을 들고 두 사람은 도쿄로 올라왔다. 그리고 원룸 아파트를 빌려 동거하기 시작했다. 가난했지만 마음은 풍요로웠다. 매일 밤 각자의 꿈에 대해 이야기를 나눴다. 후유키는 기술을 배우고 싶어 했다.

그러나 젊은 두 사람이 상상했던 것보다 경기가 훨씬 좋지 않았다. 일자리를 쉽게 찾을 수 있을 거라는 기대가 무너지기까지 그리 많은 시간이 필요치 않았다. 후유키는 파견 사원으로 공장에서 일하거나 일용직으로 노동하는 것 외에는 길이 없었다. 가오리는 몇 군데 아르바이트를 겹치기로 뛰었다. 그렇게 해서 겨우 먹고사는 상황이 이어졌다. 일하고 또 일해도 생활은 나아지지 않았다.

그러던 중에 더욱 안 좋은 일이 생겼다. 작년부터 구니다치에 있는 공장에서 일해 온 후유키가 반년 전쯤 계약이 해지된 것이다. 그 직후 몸 상태까지 나빠진 그는 한동안 아무데도 취직하지 못했다. 그러니 생활을 전적으로 가오리의 수입에 의지할 수밖에 없었다. 급기야 최근 몇 달 동안은 월세도 내지 못하는 사태가 벌어졌다.

"미안해, 가오리. 내가 변변치 못해서."

최근 후유키는 무슨 일이 있을 때마다 사과의 말을 했다.

그리고 이렇게 덧붙였다.

"하지만 열심히 해서 꼭 행복하게 해 줄게. 하루빨리 일자리를 찾아 편안하게 만들어 줄게."

그래, 힘내, 후유키. 힘내서 건강한 미소를 보여 줘.

가오리는 두 손을 맞잡고 기도하듯 중얼거렸다.

6

마쓰미야가 니혼바시 경찰서 강당으로 갔을 때 고바야시는 사카가미와 함께 강당 바로 앞에 있는 흡연실에서 담배를 피우고 있었다. 둘 다 표정이 심상치 않았다.

두 사람과 헤어진 것은 어젯밤 늦게였다. 그러고서 마쓰미야는 집으로 돌아가 잠시나마 눈을 붙였다.

좋은 아침입니다, 하고 마쓰미야가 두 사람에게 인사했다.

"우리 얼굴 보니까 어떤 생각이 들어?"

골초인 고바야시가 누런 이를 드러내며 물었다.

"안 좋은 소식이 있나 보군요."

마쓰미야의 말에 고바야시는 아랫입술을 비죽 내밀고 고개를 끄덕거렸다.

"그 남자, 아직도 의식이 안 돌아왔대. 위태로운 상태인가 봐. 잘못되면 골치 아픈데……. 이번 사건은 간단히 처리될 줄 알았는데 말이지."

"신원은 밝혀졌나요?"

"그야 밝혀졌겠지. 관할 서 등등이 밤새 움직인 모양이던데."

마쓰미야는 말없이 고개를 끄덕이고 나서 강당 입구로 시선을 돌렸다. 니혼바시 경찰서 직원들이 끊임없이 들락거리고 있었다. 수사본부를 설치하느라 분주한 듯했다.

의심 가는 인물이 트럭에 치였다는 보고가 들어온 것은 어젯밤 마쓰미야를 비롯한 수사관들이 에도바시 일대에서 한창 정보를 수집하고 있을 때였다. 순찰 중이던 경찰을 보고 달아나 도로로 뛰어들었다가 트럭에 치였다고 했다. 갖고 있던 지갑에서 에도바시에서 칼에 찔린 채 발견된 아오야기의 운전면허증이 발견됨에 따라 용의자로 의심받게 된 것이다.

그 보고를 들은 순간 그곳에 있던 수사관들 사이에는 안도감이 흘렀다. 아마도 그 남자가 아오야기를 찌른 범인일 것이다, 병원으로 실려 갔다고 하니 의식이 돌아와 본인 얘기만 들으면 사건은 종결되는 거나 다름없다, 모두가 그렇게 생각했다. 덕분에 어젯밤 수사 팀이 일단 해산할 수 있었고 마쓰미야도 귀가했던 것이다.

"만약 사망한다면 사건이 그대로 종결되지 않을까요?"

사카가미가 주위를 살피면서 목소리를 낮추어 물었다.

"피해자의 지갑을 갖고 있었다는 건 금품을 노린 범행이라는 얘기잖아요. 피의자 사망으로 깨끗이 처리되지 않겠어요?"

그러자 고바야시가 얼굴을 찡그렸다.

"그렇다 해도 준비해야 할 자료가 한두 가지가 아니야. 서류상으로 모양은 갖춰야 하니까. 피해자의 동선을 검증하는 것만도 보통 일이 아니라고. 하지만 살아난다면 진술 내용을 뒷받침할 증거만 수집하면 되잖아. 그러니까 살아나기만 기도하는 거지."

그렇게 말하고 그는 담배를 비벼 껐다.

강당에서는 수사본부 설치가 끝난 상태였다. 책상과 의자가 즐비하게 놓이고 무전기와 팩스, 전용 전화 등이 마련됐으며 수사 회의 때 간부들이 앉을 연단도 설치돼 있었다.

수사관들은 각자의 자리가 미리 정해져 있었다. 마쓰미야가 자신의 이름이 붙은 자리로 가 보니 잘 아는 인물이 옆 자리에 앉아 있었다.

어서 와, 하고 상대 남자가 알은 체를 했다. 가가 교이치로였다.

어떻게 응대하나 궁리하고 있는데 고바야시가 다가왔다.

"조금 전에 계장님과 의논했는데, 이번에도 가가 군과 자네를 붙이기로 했어. 불만 있나?"

"아닙니다. 별로요."

마쓰미야는 고개를 젓고 나서 가가를 내려다보았다.

"잘 부탁합니다."

"부탁은 내가 해야지."

고바야시가 사라질 때까지 기다렸다가 마쓰미야도 자리에 앉았다.

"위에서는 네리마 소녀 살해 사건이 나와 교이치로 씨를 한 조에 넣은 덕분에 해결되었다고 생각하나 봐요."

"교이치로 씨라고 부르는 거, 이제 그만하면 안 되겠어? 우리가 사촌이라는 걸 모르는 사람이 없잖아."

"그럼 가가 경부보님으로 할까요?"

"거참, 딱딱하게 구네."

"좋아요, 가가 선배로 하죠."

"그래그래, 알았어."

음영이 짙은 얼굴을 한 사촌 형이 고개를 끄덕였다.

"지난번 사건 때도 말했지만, 수사 1과가 나선 이상 자네들이 주역이야. 뭐든 주저 없이 지시해도 좋아."

"말이야 늘 그렇게 하시죠."

마쓰미야가 얼굴을 찡그리는데 갑자기 주변 공기가 달라졌다. 출입구 쪽을 돌아보니 이시가키 계장 뒤로 이사관과 관리관 등의 간부들이 들어오고 있었다. 맨 끝에는 니혼바시 경찰서 서장이 있었다.

그들이 연단에 자리 잡자 수사 회의가 시작되었다.

진행은 이시가키가 했다. 형사 과장의 사건 경위 보고에 이어 감식반과 기동 수사대 대표들의 수사 결과 발표로 사건의 개요가 파악됐다.

피해자는 아오야기 다케아키, 55세. 건축 부품 제조 회사 '가네세키 금속'에 근무했으며 직함은 제조 본부장. 신주쿠 본사에서 어제 오후 6시경에 퇴근했고, 니혼바시에 간 이유는 아직까지 알려지지 않음. 그 점에 대해서는 가족도 모르는 듯함.

칼에 찔린 시각은 밤 9시 10분 전에서 15분 전으로 추정. 에도바시 지하도에서 찔린 후 혼자서 니혼바시 다리까지 이동. 니혼바시 파출소 야스다 순경에게 발견돼 곧바로 병원으로 이송됐으나 곧 사망. 흉기는 길이 약 18센티미터의 접이식 나이프로 날의 길이는 약 8센티미터. 손잡이 직전까지 흉부에 꽂혀 빼기가 어려웠던 탓에 범인이 흉기를 방치했던 것으로 보임. 손잡이의 지문은 천 같은 것으로 닦여 있었음.

사건 발생으로부터 약 두 시간 후인 밤 11시 10분경, 니혼바시 닌교초에 있는 하마초료쿠도라는 공원에 수상한 남자가 잠입해 있는 것을, 긴급 수배 명령을 받고 부근을 순찰하던 경찰이 발견.

말을 걸고 검문하려는 순간 달아나기 시작했고, 경찰이 뒤따르자 신오하시 도로를 그대로 횡단하다 지나가던 트럭에 받혀 두부에 심한 손상을 입고 정신을 잃음. 남자는 곧장 병원으로 이송됐으며, 소지하고 있던 지갑에서 아오야기 다케아키의 운전면허증이 발견된바 살인 사건과 관련이 있는 것으로 추정. 남자가 숨어 있던 장소에서 서류 가방도 발견됨.

남자의 이름과 주소는 오토바이 면허증으로 판명됨. 야시마 후유키, 26세. 현주소는 아다치 구 우메다. 밤 11시경 '가오리'라는 이름으로 등록된 번호로 전화한 기록이 있었음. 수사관이 연락을 취해 본 결과 야시마와 동거 중인 나카하라 가오리라는 여자로 밝혀짐. 사정을 전해 들은 여자는 곧바로 병원으로 달려왔지만 충격이 심해 자세한 얘기를 들을 수 없었음.

야시마가 소지하고 있던 지갑과 하마초료쿠도 공원에서 발견된 서류 가방은 아오야기 다케아키의 가족이 확인한바 모두 다케아키 것이 틀림없다는 증언을 확보함.

이상이 현재까지 밝혀진 사건의 개요였다. 이 정보를 바탕으로 수사 방침이 세워지고 수사 팀 편성도 결정됐다.

사건에 대한 수사를 시작할 때는 당연히 나름의 긴장감이 있다. 그런데 오늘은 평소 회의 때와 비교해 분위기가 한결 느슨하다고 마쓰미야는 느꼈다. 이사관이나 관리관은 간간이 웃기까지 하며 얘기했고 다른 간부들에게서도 여유가 느껴졌다. 마쓰미야 주위에 앉은 형사들도 어깨의 힘을 뺀 채 편안한 자세로 앉아 있었다. 그다지 큰 어려움은 없을 거라고 다들 사태를 낙관하는 모양이었다.

수사 회의가 끝나자 각자 맡은 역할에 따라 그룹별로 다시 모였다. 마쓰미야는 가가와 함께 고바야시가 지휘하는 그룹에 배정됐다. 이 그룹은 감식 수사 담당으로, 통상은 피해자와 관련된 모든 사항을 조사하도록 돼 있지만 이번에는 상황이 조금 달랐다.

"야시마와 피해자 사이의 관계를 파헤치는 게 우선일 것 같다. 가가와 마쓰미야는 야시마가 입원해 있는 병원으로 가 봐. 동거 중인 여자가 어젯밤부터 내내 붙어 있다는데, 웬만큼 마음이 진정될 때가 됐으니까 얘기를 들을 수 있을 거야. 증거품 담당자들이 그쪽으로 갈 모양이니 그 차로 같이 가도록."

고바야시의 지시에 마쓰미야는 "알겠습니다."라고 대답했다.

"야시마 본인이 의식을 되찾는다면 문제는 간단하겠지만, 만일의 경우도 있을 수 있으니까 우선은 할 수 있는 데까지 해 두도록 해."

평소와 비교해 사뭇 낙관적이기까지 한 말투로 고바야시가 말했다.

병원으로 간다는 증거품 담당자들이란 사카가미와 젊은 수사관으로 이루어진 팀이었다. 운전은 그 젊은 수사관이 했다. 가가가 조수석에 앉고, 마쓰미야와 사카가미는 뒷자리에 탔다.

"시원스럽게 해결되면 좋겠는데."

차가 달리기 시작하자 사카가미가 말했다.

"야시마 그자가 어떻게든 살아서 자백해 주면 좋겠지. 거기에 복잡한 사정이 없고 그저 금품을 노린 강도 사건이라면 이상적이고. 돈이 있어 보이는 인간을 되는대로 노렸다, 그런 거 말이야."

"금품을 노린 건 사실 아닐까요? 지갑과 가방을 가지고 있었잖아요."

마쓰미야가 말했다.

"그랬으면 좋겠는데, 그러기엔 찜찜한 구석이 많단 말이지. 일단 그런 데서 덮쳤다는 것부터가 그래. 아무리 지나가는 사람이 많지 않다 해도 어쨌든 길 한복판이잖아. 아주 늦은 시간도 아니고 말이야. 누가 보기라도 하면 끝장 아니야? 제정신을 가진 인간이라면 그런 짓은 하지 않지."

"제정신이 아니라면, 약을 먹었다거나……?"

"그랬으면 아까 회의에서 얘기가 나왔겠지. 병원으로 실려 갔으니 검사도 이것저것 받았을 텐데 말이지. 생각해 볼 수 있는 건 술에 취한 김에 그랬다, 그 정도 선인데, 문제는 미리 흉기를 준비했다는 거야. 다시 말해 어느 정도는 계획적인 범행이었다는 얘기지. 제길, 역시 야시마에게 부탁하는 수밖에 없겠어, 살아 주기를 말이야."

사카가미는 짜증스럽다는 듯 머리를 벅벅 긁었다.

마쓰미야는 조수석에 앉은 가가의 뒤통수를 바라보았다. 본인에게 의견을 물어보지 않는 한 수사 1과의 대화에 끼어들 생각이 없다는 듯 그는 말없이 앞만 바라보고 있었다.

병원에는 지역과의 사에키라는 순경이 연락책으로 대기하고 있었다. 그는 아직까지 특별한 이상은 없다고 했다. 야시마는 집중 치료실에 들어가 있고 면회는 되지 않는다고 한다.

"그럼 나카하라라는 여자는요?"

마쓰미야가 물었다.

"조금 전까지 대합실 한구석에서 쉬고 있다가 방금 편의점에 간다면서 나갔습니다. 곧 돌아올 겁니다."

"밤새 여기 있었나요?"

"네, 그렇습니다."

"면회가 되지 않으니 여기 있어 봐야 아무 소용이 없을 텐데……."

"그야 그렇죠."

마쓰미야는 한숨을 내쉬고 가가와 사카가미의 얼굴을 바라보았다.

"너무 놀라서 냉정한 판단을 못하는 거겠지. 회의 때 들은 얘기로는 충격 때문에 말도 제대로 못한다더라고."

사카가미가 소곤소곤 말했다.

나카하라 가오리가 돌아오기를 기다리는 동안 담당 의사의 소견을 들어 보기로 했다. 다섯 시간에 걸친 수술을 마친 후 교대로 잠깐씩 수면을 취하면서 야시마의 상태를 지켜보고 있다는 사십 대 중반의 호리호리한 의사는 조금 성가시다는 표정이었다.

"전문적인 설명은 생략하겠습니다. 가장 심각한 건 두개골의 복잡골절입니다. 그게 뇌에 영향을 미쳐서 의식이 돌아오지 않는 겁니다. 간단하게 말씀드려, 그런 상황입니다."

"의식이 돌아올 가능성은 있습니까? 돌아온다면 언제쯤이 될까요?"

사카가미의 질문에 초조함이 묻어났다. 그러나 의사는 냉담한 표정으로 고개를 저었다.

"그건 아무도 모릅니다. 분명하게 말할 수 있는 건 의식이 돌아오지 않는다 해도 이상할 게 없는 상태라는 거죠. 하지만 동시에, 지금 당장 돌아올 가능성이 없다고도 할 수 없습니다. 몇 달 동안 혼수상태로 있다가 기적적으로 의식을 되찾는 경우도 적지 않으니까요. 물론 깨어나지 못한 채 영원히 잠드는 케이스가 그 몇 배는 됩니다만."

사카가미의 어깨가 축 늘어지는 것을 마쓰미야는 뒤에서 보았다. 자신의 뒷모습도 비슷하겠지, 하는 생각이 들었다.

마쓰미야와 가가가 1층으로 내려가자 사에키 순경이 젊은 여자 하나를 데리고 다가왔다. 나카하라 가오리였다. 청바지와 셔츠, 카디건 차림에 둘둘 만 다운재킷과 큼직한 가방을 가슴에 품은 그녀는 얼굴에 화장기가 없고 안색도 좋지 않았다. 길게 늘어뜨린 머리카락이 살짝 흐트러져 있었다.

1층 구석에 있는 커피숍으로 그녀를 데리고 갔다. 다행히 손님이 없어 종업원에게 양해를 구하고 안쪽 테이블 두 개를 사용하기로 했다. 사카가미가 재떨이를 찾았지만, 말할 것도 없이 금연 구역이었다.

"마음은 좀 진정이 되셨습니까?"

마쓰미야가 나카하라 가오리에게 물었다.

그녀는 고개를 숙인 채 "조금요."라고 들릴락 말락 하게 대답했다.

"자세한 상황은 들으셨나요?"

이 질문에 그녀는 대답하지 않았다. 마쓰미야는 혀로 입술을 축였다.

"어젯밤 주오 구 니혼바시에서 한 남성이 칼에 찔려 사망한 사건이 발생했습니다. 그래서 경찰이 부근을 조사하다가 수상한 남자를 발견하고 검문을 하려 하자 그 남자가 갑자기 달아나면서 횡단보도로 뛰어들어 트럭과 충돌했어요. 그 사람이 야시마 후유키 씨였습니다."

마쓰미야의 말이 끝나자 나카하라 가오리는 고개를 들고 형사들을 죽 둘러봤다. 그러더니 마쓰미야에게 시선을 고정했다.

"사건은 아까 뉴스로 봤어요. 그런데 그 사람, 그런 짓 할 사람이 아니에요. 사람을 찌르다니, 말도 안 돼요."

"피해자의 지갑을 갖고 있었습니다."

그녀가 눈을 부릅떴다.

"뭔가 착오가 있었을 거예요."

그리고 그녀는 다시 시선을 떨어뜨렸다.

"어젯밤 11시경에 야시마 씨의 전화를 받으셨죠? 용건이 뭐였습니까?"

"그냥…… 별다른 용건은 없었어요."

"자세한 내용을 말씀해 주세요."

그러자 나카하라 가오리는 잠시 머뭇거리다가 "지금 곧……,"이라고 하고 나서 목이 잠기는지 헛기침을 했다.

"지금 곧 갈게, 늦어서 미안해, 그 말뿐이었던 것 같아요."

"어디에 있다든지 뭘 하고 있다든지, 그런 얘기는 없었습니까?"

"없었어요."

"어제 야시마 씨는 몇 시쯤 집에서 나갔나요?"

"잘 모르겠어요. 제가 아르바이트 때문에 저녁 8시 넘어서 들어왔거든요. 5시쯤 면접 보러 간다는 문자만 왔었어요."

"면접이라니요?"

"일자리를 찾고 있었어요. 일자리가 나서 지금 그쪽 사람을 만나러 간다고……."

마쓰미야가 앞으로 바싹 다가앉았다.

"야시마 씨가 현재 실업 상태인가요?"

네, 하고 대답하고 나서 그녀는 놀라는 표정으로 허리를 쭉 폈다.

"그렇다고 사람을 해치고 지갑을 훔칠 사람이 절대 아니에요. 분명히 무슨 오해가 있을 거예요."

그녀의 눈이 차츰 붉어졌다. 자, 자, 하며 마쓰미야가 그녀를 달래듯 손짓했다.

"야시마 씨에 대해 얘기해 주세요. 가오리 씨가 아는 범위에서요. 두 분은 어떻게 만났나요?"

"그게 이 일과 무슨 관계가 있죠?"

"나카하라 씨가 그런 것까지 생각할 필요는 없습니다. 만약 오해가 있다면 그걸 풀기 위해서라도 저희가 모든 걸 파악해야 합니다. 괴로우시겠지만 부탁드립니다."

마쓰미야가 고개를 숙이자 나카하라 가오리는 마지못한 표정으로 자신들이 나고 자란 과정에 대해 얘기하기 시작했다. 두 사람 다 보육 시설에서 자랐다는 얘기에 마쓰미야는 살짝 놀랐다.

"돈은 없지만 그런대로 행복하게 살아왔어요. 반년 전에 회사에서 잘리기 전까지는요. 그는 영문을 모르겠다고 하더군요. 자신이 왜 재계약이 안 됐는지."

나카하라 가오리의 목소리에는 분노가 서려 있었다.

"그게 어떤 회사였죠?"

마쓰미야가 물었다.

"자세히는 모르지만 무슨 부품을 만드는 회사였어요. 건물을 지을 때 사용하는 거라고 하던데……."

"건물이라고요?"

마쓰미야의 머릿속에서 번뜩 스치는 것이 있었다.

"회사 이름은요?"

가오리가 미간에 주름을 세우고 "가네다……였나, 가네모토였나……." 하고 중얼거렸다.

"가네세키?"

"아, 맞아요."

그 순간 마쓰미야와 가가, 사카가미가 서로 눈을 마주쳤다.

그리고 사카가미가 젊은 형사에게 뭐라고 귀엣말을 했다. 젊은 형사는 긴장한 얼굴로 일어서더니 커피숍을 나갔다. 본부에 보고하려는 것이다.

"그 회사에 관해 야시마 씨가 혹시 다른 말은 안 하던가요? 회사의 다른 사람 이름은 들은 적 없어요?"

나카하라 가오리는 의아하다는 표정으로 잠시 생각하다가 고개를 가로저었다.

"기억이 안 나요. 갑자기 해고당했다고 말한 것밖에는요. 그 사람, 원래 남에게 설명 같은 거 잘 못하거든요. 근데 왜 그런 걸 물으시는 거죠? 그 회사가 왜요?"

"아니, 별일 아닙니다."

마쓰미야는 어영부영 넘어가려 했지만 가오리는 납득하지 못하겠다는 표정으로 그를 뚫어져라 보았다.

"말씀해 주세요. 질문만 하고 저한테는 왜 아무것도 안 가르쳐 주시는 거죠?"

마쓰미야가 대답을 못하고 난처해하는데 "그 정도는 가르쳐 줘도 되잖아?"라며 가가가 나섰다.

"어차피 언젠가는 알게 될 일인데. 피해자의 신상에 관해서는 석간에도 나올 거고 말이야."

틀린 말은 아니었다. 마쓰미야는 나카하라 가오리를 향해 바로 앉았다.

"실은 니혼바시에서 칼에 찔린 피해자의 근무처가 가네세키 금속입니다."

그녀는 그 말의 의미가 금방은 이해되지 않는 듯했다. 한동안 눈만 깜박거리다가 마침내 숨을 크게 들이쉬듯이 입을 열었다.

"그래서 그가…… 후유키가 그 사람을 찔렀다는 건가요? 아니에요, 그건. 그건 아무 관계도 없어요. 그 사람이 그럴 리 없어요."

그녀의 붉어진 눈에서 눈물이 넘쳐흐르기 시작했다. 그녀는 가방에서 손수건을 꺼내 눈물을 닦았다.

"야시마 씨의 최근 상태가 어땠습니까? 평소와 다른 점은 없었나요?"

"없었어요. 아무것도 없었어요."

눈 밑에 손수건을 댄 채 그녀가 고개를 흔들었다.

"두 분의 사생활에 변화는 없었어요? 좋은 일이든 나쁜 일이든 상관없습니다."

"없었어요. 똑같았어요, 모든 게."

그녀는 이성적으로 생각하기를 포기한 사람 같았다. 그럴 여유가 없을 것이다.

"이걸 좀 봐 주세요."

사카가미가 끼어들며 폴라로이드 사진 한 장을 가오리 앞에 내밀었다. 피 묻은 나이프가 찍힌 사진이었다.

"이거, 혹시 본 기억 있습니까?"

가오리는 손수건으로 뺨을 누른 채 사진으로 시선을 떨어뜨렸다. 그녀의 얼굴에 겁먹은 기색이 스친 것은 나이프에 혈흔이 있기 때문일 것이다.

"그가 이 나이프를 갖고 있는 걸 본 적 있나요?"

사카가미가 거듭 물었다.

가오리는 고개를 저었다.

"본 적 없어요."

"정말이에요? 잘 봐요. 호신용으로라도 가지고 다니지 않았어요?"

"아니요. 그 사람은 그런 사람이 아니에요."

가오리는 떨치듯 사진을 밀어내더니 테이블에 엎드려 엉엉 울음을 터뜨렸다.

7

차광 커튼 사이로 늦가을 햇살이 새어 든다. 유토는 휴대전화를 귀에 갖다 대며 '쓸데없이 날씨만 화창하네.'라고 머리 한구석으로 생각했다.

“사정은 알고 있다. 이쪽 일은 내가 알아서 처리할 테니 넌 걱정 안 해도 돼.”

담임 사나다가 무거운 음성으로 말했다.

“무엇보다 몸조심하고. 식욕이 없겠지만 잘 챙겨 먹어야 해. 혹시 곤란한 일이 생기면 얘기해라. 내가 할 수 있는 범위에서 최대한 힘이 돼 줄 테니. 여러 가지로 힘든 일이 많겠지만, 어머니 잘 보살펴 드려야 한다. 너를 그 누구보다 의지하실 거야.”

“알겠습니다.”

“그래, 그럼 마음 단단히 먹고.”

네. 라고 대답하고 전화를 끊었다. 평소에는 경박해 보여 별로 신뢰하지 않았던 담임이지만 오늘만은 빈말을 하는 것으로 들리지 않았다.

그대로 휴대 전화를 들고 문자를 넣었다. 상대는 같은 학교에 다니는 스기노 다쓰야다. 스기노와는 같은 중학교에서 수영부 활동을 같이했다. 고등학교에 와서는 둘 다 동아리 활동을 하지 않는다.

잠시 생각한 끝에 제목을 ‘아빠가 죽었다’라고 했다.

‘제목 보고 깜짝 놀랐겠지. 사실이야. 이미 텔레비전으로 봤을지도 모르지만. 칼에 찔려 죽었어. 한동안 학교에 못 갈 것 같으니 잘 부탁한다. 대학도 그렇고, 앞으로 어떻게 할지

는 미정. 아무튼 귀찮으니까 위로 같은 건 하지 말라고 모두에게 전해 줘. 그럼 또 연락하마.'

문자를 보낸 후 다시 침대에 쓰러졌다. 머리가 무겁고 몸도 나른했다.

어젯밤에 잠을 잤는지 못 잤는지 유토 자신도 잘 몰랐다. 눈을 감은 채로 몇 시간이나 꼼짝 않고 있었으니 아마 조금은 잤을 것이다. 하지만 자고 나서의 상쾌한 느낌은 전혀 없었다.

잠시 후 스기노로부터 답신이 왔다. 제목은 'Re:아빠가 죽었다'였다.

'뭐라고 말을 해야 좋을지 모르겠다. 인터넷으로 사건 내용 확인했어. 끔찍한 일이구나. 일단 알았다. 위로고 뭐고 다 귀찮다는 심정, 이해할 것 같아. 네 일이라면 다들 내게 물어보러 올 테니 그렇게 전할게.'

신기하게도 문자를 주고받으니 아빠의 죽음이 실감 났다. 우리 가족은 기둥을 잃었다. 지금까지 당연하게 해 왔던 생활을 두 번 다시 할 수 없을지도 모른다. 불안감이 엄습했다.

머리는 여전히 무거웠지만 꿈지럭거리며 일어났다. 옷을 갈아입고 방을 나와 계단을 내려가는데 거실에서 후미코의 목소리가 흘러나왔다.

"아직 나도 잘 몰라요. ……장례식에 대해서는 생각도 못해 봤어요. ……아니, 모른다니까. ……몰라, 나도."

유토가 문을 열어 보니 후미코가 수화기를 들고 서 있었다. 말투로 보아 상대는 집안사람인 듯했다.

"아무튼 그만 끊을게요. ……알게 되면 연락할게. ……응. ……응. 네."

후미코가 전화를 끊더니 한숨을 길게 내쉰다.

"누구야?"

유토가 물으니 후미코는 얼굴을 찡그렸다.

"센다이 할머니."

아아, 하고 유토는 고개를 끄덕였다. 센다이에는 유토의 외가가 있다. 그곳에는 외삼촌과 외할머니가 살고 계신다.

"할머니가 먼저 거신 거야?"

"응. 안 그래도 전화하려던 참이었는데 외삼촌이 뉴스를 보고 걸었지 뭐니. 도중에 할머니를 바꿨는데 어찌나 꼬치꼬치 캐묻는지. 아직 아무것도 모른다는데도."

그러는데 또 전화벨이 울렸다. 후미코는 미간을 찡그리며 다시 수화기를 집어 들었지만 발신자 표시를 보고 표정을 약간 누그러뜨렸다.

"네, 아오야기입니다. ……아아, 그래요? ……네, 저희는 아무 때나 괜찮아요. ……그래요? 그럼 잘 부탁드려요. ……네, 기다리겠습니다."

전화를 끊고 후미코는 "고타케 아저씨야."라고 말했다.

"지금 우리 집에 와도 되겠느냐고. 회사 측 연락을 받으셨나 봐."

고타케라는 사람은 다케아키의 직속 부하로, 유토와 하루카도 어렸을 때부터 얼굴을 보아 온 사이이다. 회사에도 사건이 알려진 모양이었다.

"마쓰모토 쪽에는?"

유토가 물었다. 나가노 현 마쓰모토 시는 다케아키의 고향이다. 그러나 태어난 집은 이미 없어졌고 부모님도 두 분 모두 돌아가셨다. 친척이 몇 명 있기는 하지만 교류가 거의 없었다.

"응, 기요코 고모에게는 알렸어. 뉴스를 못 봤나 봐. 자초지종을 설명하느라 애먹었어. 기요코 고모가 얘기를 듣고 막 울더라."

기요코는 다케아키의 여동생으로, 결혼해서 나가노 현에 살고 있다. 만난 지 3년도 넘은 고모는 야무진 데다 늘 웃는 이미지여서 우는 모습을 상상하기 힘들었다.

그때 하루카가 소리 없이 방으로 들어왔다. 눈물 자국은 지워졌지만 눈두덩은 여전히 부어 있었다.

"너희들, 학교에는 알렸니?"

후미코가 물었다.

유토가 "응." 하고 대답하자 하루카도 고개를 끄덕거리며 "선생님이 사건에 대해 알고 계셨어."라고 말했다.

"그런데 우리 아빠일 줄은 상상도 못했다면서 굉장히 놀라시더라고."

유토는 리모컨을 집어 들어 텔레비전을 켰다. 화면에 기상도가 비쳤다. 여자 기상 캐스터가 날씨를 설명하고 있다.

채널을 다른 곳으로 돌려 봤다. 몇 개 채널에서 정보 프로그램을 방송하고 있었지만 어젯밤 사건은 나오지 않았다. 다시 일기 예보를 방송하던 채널로 돌렸다.

"좀 기다려 보면 어디선가 나오겠지."

하루카가 말했다.

유토는 심경이 복잡했다. 아빠 살해 사건을 다루는 뉴스 따위는 보고 싶지 않다는 생각도 있었지만, 한편으로는 어떤 식으로 보도되는지 알고 싶기도 했다. 아플 줄 뻔히 알면서도 욱신거리는 충치를 눌러 보고 싶은 기분과 비슷했다.

현관에서 벨 소리가 들렸다. 고타케가 도착했을지도 모르겠다며 후미코가 나가서 인터폰 수화기를 들었다.

"네. ……네에? ……아니, 갑자기 그런 걸 물으시면……. 죄송합니다, 그런 질문에는 대답할 수 없습니다. 그럼 이만."

후미코는 당황한 표정으로 수화기를 내려놓았다.

"누군데?"

유토가 물었다.

"방송국 사람. 심정이 어떤지 듣고 싶대."

"그게 지금 우리한테 할 소리야? 무슨 방송이래, 정보 프로그램인가?"

"그렇겠지, 뭐."

그러자 하루카가 벌떡 일어나 방을 나갔다. 이어서 계단을 뛰어 올라가는 소리가 들렸다.

유토가 한숨을 쉬었다.

"내 참, 어이가 없네."

"왜들 저러는지 모르겠다. 우리가 지금 그런 인터뷰나 하고 있을 땐가……."

후미코도 한숨을 짓는데 하루카가 2층에서 도로 내려왔다.

"집 앞에 승합차가 서 있어. 방송국 스태프 같아 보이는 사람들도 왔다 갔다 하고."

유토가 마당 쪽으로 나 있는 유리문에 다가갔다. 그곳에서 집 앞길이 보이는 건 아니지만 유토는 몹시 언짢다는 듯이 커튼을 닫았다.

"아이참, 어떡하지. 이러면 밖에 나가기도 어렵잖아."

후미코가 우울한 목소리로 말했다.

그때였다. 텔레비전에서 경박하면서도 음침한 음악이 흘러나왔다. 화면에는 니혼바시 다리가 비쳤다. 다음 순간 '대도시의 사각! 도쿄 중심지에서 살인 사건!'이라는 자막이 눈에 날아들었다.

고타케가 부하 직원 두 명과 함께 유토네 집으로 온 것은 오전 10시가 조금 지나서였다. 그들은 정중하게 애도의 말을 건넨 뒤 앞으로의 일을 후미코와 의논하기 시작했다. 의논이라고 해도 실제로는 그들이 일방적으로 하는 말을 후미코가 듣고 있는 것이나 다름없었다. 후미코가 같이 있어 달라고 하는 바람에 유토도 자리를 함께했지만 유토는 회사에 관해 아는 바가 없었다.

장례 절차에 관해서도 얘기가 나왔지만 시신이 아직 도착하지 않아 내용에 진전이 없었다. 일단 준비는 시작하지만 일정은 경찰 쪽 얘기를 듣고 나서 정하기로 했다.

회사 사람들도 사건에 대해 자세히는 알지 못했다. 다케아키가 왜 그런 장소에 있었는지도 전혀 모르는 듯했다.

"조금 전에 니혼바시 서에서 회사로 연락이 왔다고 합니다. 형사들이 정오 무렵에 찾아오겠다고 했다는군요. 그때 자세한 내용을 들려줄지 모르겠습니다."

고타케가 침통한 표정으로 말했다.

그들이 있는 동안에도 친척과 지인들에게서 전화가 여러 통 걸려 왔다. 전화는 유토가 계속 응대했다. 물론 호기심 때문이 아니라 진심으로 걱정돼서 걸었겠지만 제발 이쪽 사정도 좀 헤아려 달라고 투덜거리고 싶은 심정이었다. 아직 아무것도 몰라요. 똑같은 말을 되풀이하는 것만도 피곤한데 감사 인사까지 해야 하니 이만저만 짜증 나는 게 아니었다.

그런 와중에 현관 벨도 몇 번이나 울렸다. 그 대부분이 정보 프로그램 리포터들의 짓이었다. 할 얘기가 없다는데도 "범인에게 하고 싶은 말은 없나요?"라고 묻는 사람도 있었다. 그럴 때마다 유토는 말없이 인터폰 수화기를 내려놓곤 했다.

"도쿄 한복판에서 살인 사건이 벌어졌으니 센세이셔널하게 다루고 싶은 거겠죠. 제가 주의를 주겠습니다."

고타케가 집을 나서며 말했다.

실제로 단단히 이르고 갔는지, 그 후로는 인터폰이 울리지 않았다.

한낮이 가까워서야 세 사람은 겨우 식사를 하게 됐다. 샐러드에 계란과 베이컨, 토스트와 캔 수프의 썰렁한 메뉴였다. 식욕은 없었지만 기계적으로 입에 밀어 넣었다. 셋 다 말이 거의 없었다.

식사 후 유토의 휴대 전화로 문자가 몇 통 들어왔다. 전에 같은 반이었던 친구들과 중학 시절 친구들이었다. 하나같이 위로하는 내용이었고, 답장할 기분은 내키지 않았다. 순수하게 걱정하는 마음에서 보낸 거라고 생각하고 싶지만, 호기심에서 이러는 게 아닐까 하는 의심이 마음 한구석에서 피어오르기도 했다.

오빠, 하고 부르는 소리가 들려 고개를 돌리니 하루카가 턱으로 텔레비전 화면을 가리켰다.

화면에 약도가 비치고 있었다. 그 한쪽에 '니혼바시 다리'라고 표기된 것을 보고 유토는 움찔했다.

남자 뉴스 캐스터가 지시봉으로 약도의 한 부분을 짚었다.

"……이 에도바시 다리 남쪽에 길이 10미터 정도의 짧은 지하도가 있습니다. 이 지하도에서 아오야기 씨의 것으로 추정되는 혈흔이 발견됐습니다. 따라서 경찰은 아오야기 씨가 칼에 찔린 곳이 바로 이 지하도 내부일 가능성이 높다고 보고 있습니다. 현재 의식 불명인 남성은 아오야기 씨로부터 지갑과 가방을 탈취한 후 에도바시 다리 쪽으로 지하도를 빠져나와 다리를 건너 동쪽으로 도주한 것으로 추정됩니다. 한편, 칼에 찔린 아오야기 씨는 중상을 입은 채 범인과는 반대쪽으로 지하도를 나와 니혼바시 다리로 향했습니다. 그 이유를 현재로서는 두 가지로 생각해 볼 수 있습니다. 하나는 범인으로부터 도망치기 위해서, 다른 하나는 구조를 요청하기 위해서입니다."

뉴스 캐스터가 빠르면서도 매끄럽게 말하는 내용에 유토는 귀를 기울였다. 어젯밤 형사도 그렇게 말했었다. 다케아키가 어딘가 다른 장소에서 칼에 찔린 후 니혼바시 다리 위까지 혼자 걸어갔다고.

하지만 어떻게 칼에 찔린 사람이 걸어가는데 아무도 알아차리지 못한단 말인가.

유토의 그런 의문을 듣기라도 한 것처럼 캐스터는 다시 말을 이었다.

"에도바시 다리와 니혼바시 다리 사이에는 유명한 증권 회사의 본사 건물이 있습니다. 그곳에 근무하는 사람들에게 물어본 결과, 사건이 일어난 시각인 밤 9시경이 되면 회사 출입문이 닫히기 때문에 사람들의 출입이 거의 없다고 합니다. 통행인도 생각보다 적기 때문에 아오야기 씨가 누구와도 마주치지 않고 니혼바시 다리까지 갈 수 있는 가능성도 충분히 있다는 것입니다."

뉴스 캐스터의 설명을 들으면서 유토는 당시 상황을 머릿속에 그려 보았다. 가슴에 치명상을 입은 상태에서 걸어갔다면 그 고통이 이만저만 아니었을 것이다. 지기 싫어하는 성격에 고집도 센 다케아키는 평소에 어지간한 일로는 괴로운 표정을 보이지 않았다. 하지만 그런 상황에서는 자기도 모르게 내색하지 않았을까. 의식이 멀어져 가는 와중에 대체 무슨 생각으로 거기까지 걸음을 옮겼을까.

그건 그렇고, 니혼바시 다리라니.

다케아키는 왜 그런 장소에 있었던 것일까. 고타케 씨와 부하 직원들도 짐작되는 바가 없다고 하는 걸 보면 업무와는 무관한 일인 듯했다.

그런저런 생각을 하다 퍼뜩 정신을 차려 보니 어느 틈엔가 후미코도 옆에 와서 텔레비전을 보고 있었다. 그녀의 손에 작은 수건이 쥐여 있었다. 하루카도 또다시 울기 시작했다.

프로그램에서는 패널로 나온 유명인과 탤런트들이 저마다 한마디씩 떠들어 대고 있었다. 세상이 험악해졌다느니, 사람들의 마음이 황폐해지고 인명을 가벼이 여기게 되었다느니 하는 결론들을 제멋대로 내렸다.

유토는 리모컨을 들고 다시 채널을 돌렸다. 그러자 어디선가 본 듯한 여자의 얼굴이 화면에 클로즈업됐다. 중년 여성이었다. 누구더라 생각하고 있는데 후미코가 "야마모토 씨네."라고 중얼거렸다.

"우리 집에서 세 집 건너에 사는 아줌마잖아."

"아아."

그제야 유토도 생각이 났다. 몇 번인가 길에서 마주친 적이 있었다.

"……네, 아주 착실한 사람이었어요. 믿음직한 아버지 같은 인상이고 행복해 보였는데……. 정말 안됐어요."

마이크에 대고 야마모토 씨가 말했다.

유토는 텔레비전을 끄고 리모컨을 내던졌다. 저들에게 악의가 있을 거라고는 생각하지 않지만, 우리 가족에 대해 멋대로 떠드는 건 불쾌했다.

하루카가 화장지에 코를 풀었다. 그러는 동안에도 하루카의 눈에서는 눈물이 끊임없이 흘러내렸다.

"그만 좀 해. 언제까지 울고 있을 거야."

유토가 소리를 지르자 하루카는 빨개진 눈으로 오빠를 노려보았다.

"슬픈 걸 어떡해? 난 오빠랑 다르단 말이야."

"다르다니, 뭐가 다르다는 거야? 너는 여자라서 그렇단 말이야?"

"그런 건 아무 상관도 없어. 바보같이. 오빠랑 다르게 나한테는 아빠가 소중했단 말이야. 효도하고 싶었다고."

"무슨 소리야. 뒤에서는 욕만 했으면서."

"아빠한테 혼났을 때나 그랬지. 늘 그랬던 건 아니야. 오빠는 아빠라면 치를 떨었잖아. 아침마다 아빠랑 마주치기 싫어서 일찌감치 나가고. 어제 아침에도 그랬으면서."

여동생의 반격에 유토는 말문이 막혔다. 정곡을 찔렸던 것이다.

"나도 아빠가 소중하지 않았던 건 아니야."

말은 그렇게 했지만 목소리는 한풀 꺾여 있었다.

"그건 애정이 아니야. 돈 벌어 오는 사람이 없어질까 봐 걱정한 것뿐이지."

"시끄러워. 넌 안 그랬어?"

"난 다르다니까. 나는 아빠를 사랑했단 말이야."

하루카는 얼굴을 바짝 치켜들고 "그래서 우는 거야."라고 덧붙였다.

"그럼 왜 그렇게 버릇없이 굴었는데?"

"안 그랬어."

"안 그러긴 뭘 안 그래."

"유토, 그만해. 하루카도."

후미코가 신음하듯이 말하며 관자놀이를 눌렀다.

"싸우지 좀 마. 제발 부탁이니까 사이좋게 지내."

실내에 어색한 침묵이 흘렀다. 유토는 휴대 전화를 손에 들고 일어섰다.

"잠깐 나갔다 올게."

"어디 가려고?"

후미코가 물었다.

"딱히 갈 데가 있는 건 아니야. 집에 있어 봐야 답답하기만 하니까."

"무슨 소리야. 네가 어슬렁어슬렁 나돌아 다니면 주변에서 뭐라고들 할지 몰라."

"지금 밖에 나갔다가는 방송국 사람들의 먹잇감이 될걸."

그러면서 하루카가 유토를 올려다봤다.

"텔레비전에 나가고 싶은 거야?"

그 말에 유토가 옆에 있던 쿠션을 집어 들어 소파에 내동댕이쳤다. 그때 또 전화벨이 울렸다. 후미코가 수화기를 들었다.

"네, 아오야기입니다. ……아, 그건…… 네, 괜찮아요. ……알겠습니다. 30분 후쯤이라고요. 그럼 기다리겠습니다."

후미코는 당황한 표정으로 전화기를 내려놓은 후 유토에게 시선을 보냈다.

"경찰이야. 물어보고 싶은 게 있대."

집으로 찾아온 사람은 경시청 수사 1과의 마쓰미야라는 젊은 형사와 그보다 나이가 들어 보이는 가가라는 니혼바시 서 형사였다. 가가를 본 유토는 순간 어, 하며 놀랐다. 어제 니혼바시 서 회의실에서 만났던 사람이기 때문이다. 그는 다케아키의 안경 케이스에 대해 질문했었다.

"진정이 좀 되셨습니까?"

소파에 앉으며 마쓰미야가 물었다.

형사들에게 차를 건네던 후미코는 고개를 살짝 옆으로 기울였다.

"솔직히 아직 믿기지 않아요. 텔레비전을 봐도 남의 일 같기만 하고, 그러다가도 친척들에게서 전화가 오면 아, 정말 큰일이 생긴 거구나 하는 생각이 들고요."

마쓰미야가 미간에 주름을 잡으며 "그럴 수 있죠. 이해합니다."라고 맞장구쳤다.

그때 "저……," 하며 유토가 끼어들었다.

"그 사람은 어떻게 됐어요? 아빠를 찌른 놈 말이에요. 텔레비전에서는 아직 의식 불명이라고 하던데요."

그러자 가가가 유토의 눈을 똑바로 보며 말했다.

"그 사람이 찔렀는지 어쨌는지는 아직 확실하지 않아요."

"그건 그렇지만……."

"상태에는 변함이 없습니다."

마쓰미야가 말했다.

"아직 의식 불명이에요."

"그렇군요."

"실은 그래서 말인데, 확인해 주셨으면 하는 게 있습니다."

마쓰미야는 양복 안주머니에 손을 집어넣더니 사진 한 장을 꺼냈다. 젊은 남자의 사진이었다. 신분증 같은 데에 붙어 있는 사진을 컬러 복사한 듯했다.

"현재 의식 불명 상태인 용의자입니다. 이름은 야시마 후유키. 이렇게 쓰죠."

마쓰미야가 사진을 뒤집어 보였다. 거기에는 용의자의 이름이 한자로 적혀 있었다.

마쓰미야는 사진이 도로 앞면을 향하게 한 후 "어때요, 혹시 어디선가 이 사람을 본 적 없습니까? 아니면 이름을 듣고 생각나는 거라든지요."라고 물었다.

후미코가 사진을 받아 들었다. 유토와 하루카도 양쪽에서 유심히 들여다보았다. 정면을 향해 있는 사진 속 남자는 마르고 볼이 움푹 꺼져 있어 권투 선수 같은 인상을 풍겼다. 갈색으로 물들인 짧은 머리에 눈초리가 날카롭다. 무언가에 덤벼드는 듯한 느낌이었다.

"집에 찾아온 적이 있다든가, 비슷하게 생긴 남자를 봤다든가, 그런 적도 없나요?"

마쓰미야가 거듭 물었다.

후미코가 유토와 하루카의 반응을 살피려는 듯 얼굴을 바라보았지만 그들은 고개를 저었다.

"저희는 모르는 사람이에요."

그렇게 말하면서 후미코는 사진을 테이블에 내려놓았다.

마쓰미야가 사진을 뒤집어 놓고 남자의 이름을 가리켰다.

"그럼 이 이름이나 성은요? 생각나는 거 없습니까? 우편물을 보낸 사람 중에 이런 이름이 있었다든지, 이런 사람에게서 전화가 걸려 온 적이 있다든지, 아니면 아오야기 씨가 살아 계실 때 이런 이름을 입에 올린 적이 있다든지요. 야시마가 아니면 야지마라도 괜찮습니다."

이름을 내려다보면서 유토는 기억의 서랍을 뒤졌다. 그러나 아무리 뒤져 봐도 찾아지는 게 없었다. 전혀 모르는 이름이다.

"기억이 다소 애매하거나 나중에 착각으로 판명되더라도 상관없습니다. 아주 사소한 것이라도 떠오르는 게 있으면 말씀해 주세요. 야시마 후유키, 스물여섯 살, 후쿠시마 현 출신. 현주소는 아다치 구 우메다. 6개월 전까지 가네세키 금속의 구니다치 공장에서 일했습니다. 어떠세요, 이상의 정보로 떠오르는 것 없습니까?"

"가네세키 금속이라니…… 사실인가요?"

후미코가 물었다.

"그렇습니다. 조금 전에 본사에 가서 확인했어요. 정사원은 아니지만 근무한 기록이 남아 있었습니다."

후미코는 아이들과 얼굴을 마주 본 후 다시 고개를 저었다.

"어제도 말씀드렸지만 남편은 집에 와서 회사 얘기를 한 적이 거의 없어요."

"그렇군요."

마쓰미야가 사진을 도로 집어넣었다.

"아빠 부하 직원이었나요, 그 사람이?"

유토가 물었다.

"임시직을 부하 직원이라고 부르기는 좀 그렇지만, 아오야기 씨 밑에서 일한 건 사실이에요. 다만 면식이 있었는지는 확실하지 않아요. 그래서 그 점을 밝히기 위해 이렇게 찾아뵌 겁니다."

"만약 아는 사이였다면 단순히 금품을 노린 범행이 아니라는 건가요? 아빠에게 무슨 원한이라도……."

"아직은 뭐라 말씀드릴 수 없군요."

"가족이나 주위 사람들은 뭐라고 하는데요?"

"가족……이라니요?"

"그 남자에게도 가족이 있을 거 아니에요. 뭐라고 하던가요?"

유토는 두 형사의 얼굴을 번갈아 보았다. 그러나 둘 다 그 질문에는 대답이 없었다.

잠시 후 가가가 "잘 마시겠습니다."라며 찻잔으로 손을 뻗었다. 그리고 아주 느릿한 동작으로 차를 한 모금 마시고 찻잔을 내려놓았다.

답답해진 유토가 "대답해 주세요."라며 자신도 모르게 목소리를 높였다.

"유토!" 하고 후미코가 나무라는 투로 유토를 불렀다.

"죄송합니다만."

마쓰미야가 입을 열었다.

"수사 내용은 함부로 발설할 수 없어요."

"하지만 저희는 피해자의 유족이잖아요. 범인의 가족이나 지인들이 뭐라고 하는지 알 권리가 있지 않나요?"

"아직 그 남자를 범인으로 단정할 수 없다고 말씀드리지 않았습니까. 지금 단계에서는 피의자에 불과합니다."

"범인이든 피의자든 그런 건 상관없어요. 어쨌든 저희는……."

"심정은 잘 압니다."

가가가 끼어들었다.

"저희도 가능하면 유족의 희망을 들어 드리고 싶어요. 하지만 사건 해결에는 정보 관리가 필수입니다. 정보를 함부로 흘려 진상 해명이 늦어지거나 사실을 가려낼 수 없게 되면 결과적으로 피해자 측에도 손해예요. 그러니 당분간은 참아 주셨으면 합니다. 부탁드립니다."

가가가 머리를 숙이자 마쓰미야도 따라서 머리를 숙였다. 어른들이 그렇게까지 하자 유토도 더는 할 말이 없어 입을 다물었다.

"잘 알겠습니다. 그럼 사실이 밝혀지는 대로 알려 주실 거죠? 저희는 알고 싶어요. 왜 그이가 그런 식으로 살해당해야 했는지를요."

후미코가 말했다.

"물론입니다. 때가 되면 말씀드리겠습니다."

마쓰미야가 대답했다.

"정말이죠, 약속하시는 거죠?"

"네, 약속합니다."

마쓰미야가 힘주어 고개를 끄덕거렸다.

"저도 질문이 하나 있습니다."

가가가 그렇게 말하더니 유토를 바라보았다.

"이건 아드님에게 물어보는 게 좋을 것 같은데요."

"뭐죠?"

유토가 묻자 가가는 수첩을 펼쳤다.

"슈분칸 중학교, 자네가 졸업한 중학교지?"

유토는 당황했다. 중학교 이름이 나올 줄은 생각도 못 했다.

"그런데요, 그게 왜요?"

"아버지 휴대 전화에 그 중학교로 전화한 기록이 남아 있더군. 사흘 전 일인데, 혹시 생각나는 거 없나?"

"아빠가 중학교에요?"

유토가 후미코를 보았다.

"엄마, 얘기 들은 거 있어?"

글쎄, 하면서 그녀가 고개를 갸웃했다.

"중학교에 무슨 용건이 있었을까……."

"사모님도 모르시는 일이군요."

"네, 처음 듣는 얘기예요."

"그럼 학교 쪽에 물어보도록 하겠습니다."

"저, 무슨 일인지 알게 되면 가르쳐 주실 수 있을까요?"

"그러겠습니다."

그리고 수첩을 덮던 가가가 "아, 한 가지만 더요."라고 말했다.

"남편 분께서 니혼바시에 자주 가셨었나요?"

글쎄 그건, 하고 후미코가 머뭇거리며 대답했다.

"저희도 도무지 모르겠어요. 그이가 왜 그런 곳에 갔는지요."

"니혼바시에도 여러 동네가 있습니다. 닌교초, 고덴마초, 고부나초……. 그런 지명을 남편 분께서 입에 올린 적이 있었습니까?"

후미코가 또다시 의견을 구하는 눈길로 유토와 하루카를 보았다. 그러나 이번에도 둘 다 고개를 저었다.

"그렇군요."

가가가 미소를 지으며 고개를 끄덕였다.

형사들이 돌아간 후에도 유토의 가슴속에는 여전히 안개 같은 것이 남아 있었다. 그들에게 좀 더 명확한 얘기를 들을 수 있을 것이라고 기대했던 만큼 답답함만 더 커졌다고도 할 수 있었다.

세 사람만 남자 분위기가 다시 무거워졌다. 하루카가 "틀려

먹었어."라고 중얼거렸다.

"뭐라고?"

유토가 물었다.

"우리 말이야, 틀려먹었다고."

"뭐가 틀려먹었다는 거야?"

"아빠에 대해서 아는 게 하나도 없잖아. 형사들이 묻는 말에 뭐 하나 제대로 대답도 못 하고, 모른다, 들은 적 없다, 본 적 없다, 순 그런 대답뿐이잖아. 형사들이 우리를 어떻게 생각하겠어?"

"이제 와서 그래 봐야……."

무슨 소용이야, 라고 말하려던 유토는 입을 다물고 말았다. 무력감이 밀려오기는 유토도 마찬가지였다.

후미코가 말없이 부엌으로 갔다.

하루카는 다시 흐느껴 울기 시작했다. 이번만큼은 유토도 뭐라 나무랄 수 없었다.

8

마쓰미야가 가가와 함께 니혼바시 서로 돌아온 것은 저녁 7시가 좀 넘어서였다. 수사본부에서는 이시가키가 수사원들에게 둘러싸여 보고를 받고 있었다.

"피해자의 행적이 일부 파악됐습니다. 현장 근처 찻집에서 목격한 사람이 있었습니다."

행적 수사를 맡은 나가세라는 형사가 말했다.

"찻집, 안에 있었다는 건가?"

"그렇습니다. 셀프 커피숍입니다."

나가세는 책상 위에 지도를 펼쳤다.

"쇼와로에서 서쪽으로 한 블록 떨어진 길에 있고, 현장까지의 거리는 200미터 정도 됩니다. 점원이 얼굴을 기억하고 있었습니다. 2천 엔짜리 지폐를 사용해서 말이죠."

"2천 엔짜리? 요즘 보기 드문 거잖아."

"그래서 기억하는 모양입니다. 2천 엔짜리 지폐를 내밀더니 '요즘 보기 힘든 거죠?'라며 피해자가 점원을 보고 웃음을 짓더랍니다. 그리고 중요한 건 이 부분인데요, 피해자가 무슨 음료를 주문했는지는 점원이 기억하지 못했지만 두 잔이었던 것만은 틀림없다고 합니다."

"두 잔이라고, 음료를 두 잔 주문했다는 건가?"

"네, 같은 걸로 두 잔이었답니다. 그러니까 동행이 있었다는 뜻이죠. 아쉽게도 동행의 얼굴까지는 점원도 못 봤답니다."

"그게 몇 시경이지?"

"정확한 건 아니지만 7시에서 9시 사이였을 거라고 합니다."

이시가키가 팔짱을 끼었다.

"그 동행이 야시마였다면 어떻게 되는 거지? 야시마는 동거하는 여자에게 면접을 보러 간다는 문자를 남기고 집을 나갔다고 했잖아. 면접을 보러 간 장소는 밝혀졌나?"

나가세가 고개를 저었다.

"현장 주변의 음식점을 중심으로 조사하고 있는데, 아직까지는 찾지 못했습니다. 야시마의 휴대 전화 통화 기록도 살펴봤지만 그럴 듯한 가게 번호도 없었고요."

"그렇다면 혹시 면접이란 게 그 커피숍에서 피해자를 만나는 거 아니었을까?"

"그럴 가능성도 없지 않습니다. 동거하는 여자 말에 따르면 일자리가 나서 그쪽 사람을 만나러 간다는 내용이 문자의 전부였으니까요."

이시가키가 마쓰미야를 비롯한 수사원들 쪽으로 고개를 돌렸다.

"야시마와 피해자의 관계에 대해서는 밝혀진 거 있어?"

마쓰미야가 옆에 있는 가가를 봤다. 가가는 '자네가 얘기해.'라는 듯 턱짓을 했다. 마쓰미야가 수첩을 펼쳤다.

"두 사람 사이에 면식이 있는지 없는지는 아직까지 확인되지 않았습니다. 평소 피해자는 신주쿠 본사에서 근무했고 구니다치 공장에는 자주 가지 않았다고 합니다. 물론 간 적이 아주 없는 건 아니고 정기 시찰 때 간혹 가기도 했다는데요, 그때 접촉이 있었을 가능성을 배제할 수 없습니다."

이시가키가 턱을 만지작거렸다.

"만일 두 사람이 커피숍에서 만난 거라면 단순히 금품을 노린 범행이라고 생각하기는 어렵지. 그런데 금품을 노린 게 아니라면 동기가 과연 뭘까?"

"그와 관련해서 말인데요, 좀 이상한 점이 있습니다."

마쓰미야가 말했다.

"나카하라 가오리는 야시마가 가네세키 금속에서 일방적으로 계약을 해지한 사실에 불만을 품고 있었다고 했는데, 본사 인사부 말은 달랐습니다. 단순히 계약 기간이 종료되었을 뿐 다른 문제는 없었다고 하더군요."

"양쪽 말이 어긋난다 이거지? 그야 회사에 의해 다소 강압적으로 계약이 해지되었을 수도 있지. 흔히 있는 일이잖아."

"그러니까 야시마가 부당 해고에 항의하고 다시 고용해 달라고 말하기 위해서 아오야기 다케아키 씨를 만나기로 했다, 그렇게 생각할 수도 있지 않을까요? 물론 그건 두 사람 사이에 모종의 연관성이 있다는 가정하의 얘기지만요."

"그래, 그렇게 생각하면 두 사람이 만난 이유가 설명되고 야시마의 문자와도 얘기가 맞아떨어지지. 하지만 문제는 나이프야. 왜 그런 걸 가슴에 품고 나갔을까?"

"위협하려고 가져가지 않았을까요?"

그렇게 말한 사람은 고바야시 주임이었다.

"죽일 생각은 없었다, 다만 무시당하지 말아야 한다는 생각으로 일단 지니고 갔다, 그런데 얘기가 잘 풀리지 않자 울컥하는 마음에 그만 충동적으로 피해자를 찔렀다, 그런 거 아닐까요?"

음, 하고 이시가키가 신음 같은 소리를 내며 부하들을 바라보았다.

"나이프와 관련해서 알아낸 거 있나?"

그러자 사카가미가 마른기침을 하고 나서 입을 열었다.

"외제 나이프이긴 하지만 보기 드문 물건은 아닙니다. 도쿄도 내에 외제 나이프를 전문으로 취급하는 상가가 한 군데 있어서 가 보았는데 야시마를 기억하는 점원은 없었습니다. 다만 요즘은 인터넷으로도 살 수 있으니까 그쪽을 통해 입수했을 수도 있습니다."

"나카하라 가오리는 그런 나이프를 본 적이 없다고 하던데요."

마쓰미야의 말에 사카가미는 흥, 콧방귀를 뀌었다.

"믿을 수 있을까, 그런 말을?"

"그래도 확인해 볼 필요는 있지."

이시가키가 말했다.

"야시마가 의식을 회복한다 해도, 나이프가 피해자의 것이라고 주장하면 골치 아프거든. 무슨 수를 써서라도 그 나이프가 야시마의 물건이라는 객관적인 증거를 확보해야 해. 사카가미, 이 일은 자네가 맡지."

"알겠습니다."

이시가키는 손목시계를 보았다.

"아무튼 일단은 야시마의 회복을 기다려야겠군. 그럼 여기까지 하지. 자네들, 오늘은 밤새워 대기할 필요가 없으니까 집에 돌아가서 느긋하게 쉬어."

이시가키의 말에 부하들은 네, 하고 힘차게 대답했다.

마쓰미야가 돌아갈 준비를 하고 있는데 가가가 옆에서 파일을 뒤지기 시작했다. 증거품을 촬영한 사진들이 든 파일이다. 그중에서도 아오야기 다케아키의 가방에 들어 있던 것들을 눈여겨보는 듯했다.

"왜요, 신경 쓰이는 거라도 있어요?"

마쓰미야가 묻자 가가는 사진 한 장을 손가락으로 짚었다. 안경 케이스를 찍은 사진이었다. 천으로 된 안경 케이스에는 익살스럽게 생긴 남녀 탈 그림과 히라가나 글자가 프린트돼 있었다.

"그게 왜요?"

그러나 가가는 아무 대답 없이 휴대 전화를 꺼내 어딘가로 전화를 걸었다.

"여보세요. 저는 니혼바시 경찰서의 가가라는 사람입니다. ……아 네, 맞습니다. ……아닙니다, 저야말로 격조했습니다. 실은 여쭤 보고 싶은 일이 있어서요. 혹시 지금 좀 찾아뵈어도 될까요? ……아니, 뭐, 대단한 건 아니고 잠깐 확인만 하면 되는 일입니다. ……그래요? 그럼 잘 부탁합니다."

전화를 끊자마자 가가는 파일에서 안경 케이스 사진을 꺼내 들고 자리에서 일어섰다.

마쓰미야도 허둥지둥 따라나섰다.

"어디로 가시는 거예요?"

"확인할 게 있어. 사건과는 무관할지도 몰라. 그러니 따라와 봐야 별 볼일 없을 텐데."

"같이 갈 겁니다. 헛걸음을 얼마나 하느냐에 따라 수사 결과가 달라지는 법이거든요."

마쓰미야의 말에 가가가 얼굴을 찡그리며 웃었다.

"그 말은 지난번에도 하던데, 어지간히 마음에 들었던 모양이군."

"아, 뭐……."

아들인 당신 대신 내가 기억하고 있는 거잖아. 가가의 등을 바라보며 마쓰미야는 그렇게 생각했다.

경찰서를 나온 가가는 택시를 잡았다. 그리고 운전사에게 "가까운 데라 죄송하지만, 아마자케요코초까지 가 주세요." 라고 말했다.

"아마자케요코초요? 거긴 왜 가는 거죠?"

마쓰미야가 물었다.

"가 보면 알아."

가가는 그렇게만 대답하고 차창 밖으로 시선을 돌렸다.

"그건 그렇고, 3주기는 어떻게 됐어요? 설마 잊은 건 아니겠죠?"

가가가 지겹다는 표정을 지으며 마쓰미야를 돌아보았다.

"지내기로 했어. 자네랑 고모가 하도 시끄럽게 굴어서 말이지. 어제 가나모리 씨를 만나서 도와달라고도 했고. 한창 그 얘기를 하는 중에 이번 사건이 터지고 말았지만."

"그래도 좀 안심이 되네요. 지낼 마음이 없는 거 아닌가 하고 어머니가 이만저만 걱정하지 않으셨거든요."

"난 기일 같은 거 다 쓸데없다고 생각하는 사람이야."

"그건 아니죠. 기일은 자신을 위해서 있는 날이 아니란 말이에요. 삼촌에게 가족이래야 가가 선배뿐인데, 선배가 기일을 안 챙기면 우리가 무슨 수로 삼촌을 추모하겠어요."

"알았어, 알았어. 지낸다고 했잖아. 그러니까 시비 좀 그만 걸어."

택시가 닌교초 거리로 들어섰다. 아마자케요코초에 가까워지자 가가는 택시 기사에게 차를 세워 달라고 했다.

"여기서부터는 걸어가야 해."

가가는 조그만 상점들이 줄지어 있는 아마자케요코초 거리로 걸음을 옮겼다. 마쓰미야도 옆에서 그와 나란히 걸었다. 늦은 시각이라 가게들 대부분이 문을 닫은 상태였다.

"여기가 아마자케요코초로군요. 처음 와 봐요."

에도의 정서가 느껴지는 거리였다. '옷농'이나 '샤미센', '차 도매' 같은 글자들은 다른 거리에서는 좀처럼 찾아볼 수 없는 것들이다. 낮에 오면 상당히 재미있겠다고 생각했다.

"이 가게는 센베이가 굉장히 맛있지."

그러면서 가가가 가리킨 '아마카라'라는 가게 역시 셔터가 내려져 있었다.

"부럽네요. 늘 이런 데를 어슬렁거리는 거죠?"

"그렇지, 뭐. 일종의 부수입이라고 할까."

가가가 니혼바시 서에 부임한 지 얼마 안 되었을 때 고덴마초에서 살인 사건이 발생했다. 자세한 내용은 마쓰미야도 잘 모르지만 그 사건 해결에 가가의 공이 컸다는 소문만은 들어서 알고 있었다. 아마도 이 거리는 이제 가가의 손바닥 안에 들어가 있겠지, 하고 마쓰미야는 짐작했다.

앞쪽에 불빛이 새어 나오는 가게가 하나 보였다. 포렴은 이미 거두어졌지만 '꽈리집'이라는 간판이 보였다. 수제 공예품을 파는 상점인 듯했다.

여기야, 라고 말하며 가가가 문을 열었다.

"어머나, 이게 얼마 만이에요."

가게 안쪽에 앉아 있던 여자가 웃으며 다가왔다. 나이는 오십 대쯤. 동그란 얼굴에 눈초리가 약간 처져 있다.

"지난번에는 신세가 많았습니다. 이렇게 늦은 시간에 죄송합니다."

"괜찮아요, 어차피 한가한데요, 뭐. 그보다, 또 사건이 터진 건가요?"

"네, 그렇죠, 뭐."

가가의 대답에 여주인은 얼굴을 찡그렸다.

"큰일이에요. 세상이 왜 이렇게 험해졌는지, 원."

그리고 그녀는 "안 그래요?"라며 초면인 마쓰미야에게 동의를 구했다. 마쓰미야는 "아, 예."라고 애매하게 대답하며 고개를 끄덕거렸다.

"실은 이걸 좀 봐 주셨으면 해서요."

가가가 안경 케이스가 찍힌 사진을 여주인에게 보여 주었다.

사진을 본 그녀는 고개를 크게 끄덕이더니 잠깐 기다리라고 하고 가게 안쪽으로 들어갔다. 폭은 좁지만 안으로 길쭉

한 가게 안에는 천으로 만든 가방과 파우치, 조그만 봉제 인형 등이 빼곡히 진열돼 있었다. 알록달록하게 색을 입힌 나무 팽이를 비롯한 옛날 장난감들도 있다.

다시 돌아온 여주인은 "이거예요."라며 천으로 된 안경 케이스를 내밀었다. 사진에 찍혀 있는 것과 똑같은 물건이었다.

"역시 이 가게 물건이었군요. 여기서 자주 본 무늬라 혹시나 했는데."

"틀림없어요. 바느질에 우리 가게만의 특징이 있어요."

그녀에 따르면 안경 케이스에 있는 무늬는 '지다이코몬'이라고 부른다고 한다. 그러고 보니 같은 무늬를 사용한 소품들이 가게 안에 몇 가지 더 있었다.

가가는 다른 사진을 한 장 더 그녀에게 보여 주었다. 아오야기 다케아키의 사진이었다.

"아, 이 사람!"

그녀가 고개를 위아래로 흔들었다.

"기억나요. 온 적 있어요."

"그게 언제쯤입니까?"

"에, 그러니까……."

그녀가 사진을 손에 쥔 채 검은자위를 천장으로 향했다.

"한 달쯤 됐나……. 그 전에는 아마 여름에 왔을 거예요. 굉장히 더웠던 기억이 있으니까."

"그 전이라고요? 그럼 이 사람이 여기 온 게 한 번뿐이 아니군요."

"그렇죠. 저는 두 번 이상 오신 손님은 얼굴을 안 잊어버려요."

여주인은 자신 있는 말투로 말하며 사진을 가가에게 돌려주었다.

"이분과 얘기도 나누셨나요?"

"네, 잠깐이지만요. 우리 가게 물건의 특징을 설명해 드렸어요. 가가 씨가 우리 가게에 처음으로 온 날도 그랬을걸요, 아마?"

"그때 이 사람 어땠나요?"

"어떻다……, 글쎄요, 별다른 건 못 느꼈어요. 흥미롭게 제 설명을 들었던 것 같아요. 속으로는 시끄러운 아줌마라고 생각했을지도 모르지만요."

그리고 그녀는 입을 크게 벌리고 웃었다.

'꽈리집'에서 나온 후에도 가가는 돌아갈 생각이 없는 사람처럼 아마자케요코초 거리를 계속해서 걸었다. 뭔가 또 다른 목적이 있는 듯했다. 마쓰미야는 잠자코 따라가 보기로 했다. 그는 내심 사촌 형의 혜안에 감탄하고 있었다. 역시 가가는 니혼바시 경찰서로 부임해 온 이래 이 거리를 구석구석 살피며 걸어 다녔던 것이다. 그렇지 않고서는 안경 케이스의 무늬를 보고 그 조그만 가게를 대뜸 떠올릴 수 없을 것이다. 그리고 그 사실을 염두에 두고 아오야기 다케아키가 니혼바시에 자주 갔는지를 그의 가족에게 물었던 것이다.

길을 건너자 폭이 좁고 길이가 긴 공원 입구가 나타났다. 두 개의 도로 사이에 끼어 있는 그곳은 공원이라기보다 거대한 중앙 분리대라고 표현하는 편이 적절할지도 몰랐다. 입구에는 벤케이(弁慶. 일본 헤이안 시대 말기 승려 출신의 맹장—옮긴이) 석상이 있었다. 두 사람은 입구를 지나 공원 안으로 들어갔다. 낙엽이 진 나무 사이로 구불구불한 오솔길이 나 있었다.

잠시 후 가가가 걸음을 멈추고 벤치에 앉았다. 마쓰미야는 선 채로 주위를 둘러보았다.

"여기가 혹시……."

"하마초료쿠도야. 야시마가 숨어 있던 장소."

"그 녀석이 여기까지 왔었군요."

"현장에서 별로 멀지는 않아. 기껏해야 2킬로미터나 될까? 에도바시 다리를 건너서 길을 따라 조금만 가면 닌교초가 나오지. 사람들 눈을 피할 장소를 찾다가 이곳으로 오게 된 게 아닐까 싶어."

그리고 들어온 쪽과 반대쪽 방향을 손으로 가리켰다.

"저쪽 출구로 나가면 신오하시 길이 나와. 야시마가 뛰어 달아나다가 트럭과 충돌한 길이지."

마쓰미야는 고개를 끄덕거렸다. 위치 관계를 파악할 수 있었다.

"아오야기 씨는 그 거리에서 뭘 하고 있었던 걸까. 목적이 '꽈리집'뿐이었을 것 같지는 않은데 말이지. 아니, 아마 다른 일 때문에 온 김에 그 가게에 들렀을 거야. 본래 목적이 뭐였을까."

"가족에게도 말하지 않았다는 점이 마음에 걸려요. 그 점이 사건과 관계가 있을지는 모르겠지만요."

"그야 알 수 없지. 아오야기 씨가 갖고 있던 디지털 카메라에도 사진은 한 장도 없었다고 하니까."

가가가 고개를 흔들며 일어섰다.

들어올 때와 반대편 출구로 하마초료쿠도 공원을 나온 가가는 다시 닌교초 거리 쪽으로 거슬러 올라가기 시작했다. 그리고 닌교초 거리를 가로지른 후에도 계속 걸었다. 빈 택시가 몇 대나 그들을 스쳐 갔지만 그는 본 척도 하지 않았다. 이윽고 오른편에 닭고기덮밥으로 유명한 '다마히데'의 간판이 보였다. 거기까지 가서야 마쓰미야는 가가의 의도를 알 것 같았다. 걸어서 사건 현장까지 가 보려는 것이었다.

고부나초 네거리를 건너자 앞쪽으로 수도 고속도로가 보였다. 그리고 마침내 두 사람은 에도바시 다리에 도착했다. 쇼와 거리를 가로질러 그대로 직진하면 니혼바시 다리 북쪽이

나오지만 두 사람은 굳이 에도바시 다리를 건넜다. 그 바로 앞에 예의 지하도가 있기 때문이다. 그러니까 그들은 야시마가 도주한 것으로 짐작되는 루트를 거슬러 온 셈이다.

지하도는 통행금지가 해제된 상태였다. 지하도를 빠져나온 가가가 걸음을 멈췄다. 그리고 에도바시 다리를 등지고 서서 남쪽을 가리켰다.

"아오야기 씨가 들렀다는 커피숍이 저 앞이지?"

"네, 쇼와로에서 한 블록 들어간 곳이에요."

가가는 선 채로 고개를 옆으로 갸웃했다. 왜 그러느냐고 마쓰미야가 물었다.

"아오야기 씨는 대체 어디로 가고 있었던 걸까? 집으로 돌아가려면 커피숍 바로 옆에 니혼바시 역이 있으니까 굳이 지하도로 들어갈 이유가 없는데 말이야."

마쓰미야는 쇼와 거리 맨 끝으로 시선을 향했다가 다시 에도바시 다리 쪽을 돌아보았다. 아닌 게 아니라 가가 말대로였다.

"야시마가 유인한 것 아닐까요? 칼로 찌를 작정이었다면 이 지하도가 가장 적당해 보이는데요."

"뭐라면서 유인해? 근처에서 산책이나 하자고?"

"그건…… 잘 모르겠지만요."

가가가 다시 걷기 시작했다. 니혼바시 다리를 건널 모양이었다. 칼에 찔린 아오야기 다케아키가 고통을 견디며 걸었던 길이다.

"이렇게 많이 걷게 될 줄은 몰랐어요."

마쓰미야가 말했다.

"싫으면 그만 따라와도 돼."

"그런 말이 아니잖아요."

그러자 가가가 갑자기 걸음을 멈추더니 휙 돌아서서 찌를 듯한 시선으로 마쓰미야를 바라보았다.

"미리 말해 두겠는데, 만일 야시마가 의식을 되찾지 못한다면 나는 오늘의 백 배는 더 걸어 다닐 생각이야. 그게 불만이라면 이시가키 씨나 고바야시 씨에게 말해서 파트너를 바꿔 달라고 해."

"누가 불만이래요? 나 참."

마쓰미야가 그렇게 내뱉고 니혼바시 다리를 향해 성큼성큼 걷기 시작했을 때였다. 웃옷 안주머니에 들어 있던 휴대 전화가 진동했다. 꺼내서 발신자를 확인해 보니 고바야시다.

"퇴근하는 중인가?"

"아니요. 현장 주변에 있습니다."

"그거 다행이군. 그럼 병원으로 와. 야시마가 입원한 병원 말이야."

"의식이 돌아왔나요?"

"아쉽게도 그건 아니고, 간병하던 여자가 쓰러졌다는군."

"나카하라 가오리가 말인가요?"

"그래. 단순한 빈혈이라니까 큰 문제는 없을 거야. 그런데 병원 측에서 경찰에게 하고 싶은 말이 있대. 나도 지금 출발할 거니까 와서 같이 얘기를 들었으면 좋겠어."

"알겠습니다. 곧바로 가죠."

전화를 끊고 마쓰미야는 가가에게 사정을 설명했다.

"나도 같이 갈까?"

"아닙니다. 가가 선배는 집에 가서 쉬세요. 내일부터는 오늘의 백 배 이상 걸어 다닐 거잖아요."

마쓰미야는 지나가던 택시를 잡았다.

병원에 도착해 보니 고바야시는 이미 와서 제복 경찰과 얘기를 나누고 있었다. 용의자가 입원 중이니 경찰이 교대로 와서 병원을 지키는 모양이었다. 고바야시와 마쓰미야는 함께 진찰실로 향했다. 그곳에 하얀 가운을 입은 의사가 앉아 있었다. 오전에 야시마 후유키의 상태에 관해 설명해 준 의사와는 다른 사람이다.

"나카하라 씨는 좀 어떤가요?"

마쓰미야가 먼저 그렇게 물었다.

"비어 있는 병실에서 잠시 휴식을 취하도록 조처했습니다. 대합실에서 쓰러졌다는 말을 듣고는 당황했습니다만."

의사가 대답했다.

"그랬군요."

"어제부터 내내 한숨도 못 잔 모양입니다. 낮에 일단 집으로 돌아갔다가 저녁때 다시 온 것 같더군요. 애인 곁을 떠나고 싶지 않은 심정은 이해하지만, 이러다가는 몸이 상하고 맙니다. 즉시 집으로 돌려보내야 해요."

그리고 의사는 목소리를 낮추더니 "실은 홑몸이 아니거든요. 임신 중입니다."라고 덧붙였다.

마쓰미야가 눈을 크게 떴다.

"그게 정말입니까?"

"쓰러졌을 때 머리를 부딪쳤을 가능성이 있어 엑스레이를 찍자고 했더니 절대 안 된다는 거예요. 이상하다 싶어서 이유를 물어봤더니 그제야 얘기하더군요. 임신 3개월에 들어섰다고요."

마쓰미야와 고바야시가 서로 얼굴을 마주 보았다. 어떻게 대처해야 좋을지 갈피를 잡기 힘들었다.

"프라이버시와 관련된 문제라서 원래는 함부로 밝히면 안 되는데, 상황이 상황인 만큼 숨길 수만도 없고 해서 원장님 등과 의논한 결과 경찰에 알리기로 한 겁니다. 본인에게도 양해를 구했습니다."

의사가 신중한 태도로 말했다.

"나카하라 씨와 직접 얘기를 나눌 수 있을까요?"

고바야시가 물었다.

"가능할 겁니다. 이제 일어나도 괜찮으니까요. 가능하면 집으로 돌아가도록 설득해 주셨으면 고맙겠습니다."

고바야시는 잠시 생각에 잠긴 듯 말이 없다가 "일단 만나보지."라고 마쓰미야에게 말했다.

"야시마 쪽은 어떻습니까, 변화가 있나요?"

마쓰미야가 다시 의사에게 물었다.

"담당 의사 말로는 처음 들어왔을 때의 위험한 상황은 벗어났지만 아직 예단할 수는 없는 상태라고 합니다."

"의식이 돌아올 가능성은요?"

"그건 뭐라고 말씀드리기 어렵습니다."

의사는 딱 잘라 말했다.

의사의 안내로 둘은 병실로 향했다. 의사는 그들에게 잠시만 기다리라고 하고서 먼저 병실로 들어가더니 몇 분 후에 나왔다.

"많이 회복됐습니다. 크게 걱정하지 않으셔도 됩니다."

의사와 교대라도 하듯이 마쓰미야와 고바야시가 병실로 들어갔다.

나카하라 가오리는 침대에 걸터앉아 있었다. 치료를 받은 덕분인지 아침보다 안색이 좋아 보였다.

"의사에게 사정을 들었습니다."

마쓰미야가 먼저 입을 열었다.

"놀라셨죠? 태아에게 영향이 없어서 다행입니다."

가오리는 입을 다문 채 고개만 희미하게 끄덕였다.

"오늘 오전에 제가 사생활에 변화가 없느냐고 물었을 때 아무것도 없다고 하셨잖아요. 왜 임신 사실을 숨겼습니까?"

그녀는 대답은 하지 않은 채 무릎 위에 놓인 양손을 비볐다가 포갰다가 하기를 반복했다.

"그 사람…… 그러니까 야시마 씨는 물론 알고 있겠죠?"

고바야시의 음성이 묵직하게 병실을 울렸다.

가오리는 움찔 놀란 것처럼 몸을 경직시키더니 잠시 후 고개를 살짝 끄덕였다.

"두 분은 아직 결혼하지 않았잖아요. 혼인 신고는 안 할 겁니까?"

그녀는 입술을 한 번 핥은 후 "할 거예요."라고 대답했다.

"아이가 태어나기 전에 하자고 얘기했어요."

"하지만 현실적으로 여러 가지 어려움이 있을 텐데요. 일자리가 없어서 곤란을 겪고 있다는 얘기도 들었습니다만."

"그건…… 쉽지는 않겠지만, 그래도 몸만 원래 상태로 회복되면 다시 전처럼 일할 수 있다고 했어요, 그 사람이."

"그러고 보니 두 달 전쯤 몸에 문제가 생겼다고 하던데, 무슨 문제죠?"

"그게, 목을……."

"목이오?"

"그전부터 목이 많이 불편하다고 했는데, 두 달 전부터 굉장히 심해지더니 끝내는 왼손이 저려서 잘 움직이지도 못했어요."

"걱정이 컸겠군요. 원인이 뭐랍니까?"

"모르겠어요. 그 사람, 병원에도 안 갔으니까요. 하지만 요즘 들어서는 꽤 좋아진 것처럼 보였어요. 그래서 본격적으로 일자리도 찾겠다고 했는데……."

거기까지 말하고서 그녀는 입을 꾹 다물었다. 감정이 북받치는 듯했다.

"아이를 낳게 되면 생활비도 늘어날 텐데, 너무 느긋했던 거 아닌가요?"

고바야시가 다소 냉담한 느낌을 담아 말했다.

"야시마 씨는 어떻게 할 작정이었을까요?"

가오리가 숨을 깊이 들이마시더니 고바야시를 노려보았다.

"그런 건 어떻게든 할 수 있어요. 우리 둘이 힘을 모으면 어떻게든 할 수 있다고요. 지금까지도 그렇게 살아왔어요. 도쿄에 처음 올라왔을 때 둘이서 맹세했어요. 아무리 괴로운 일이 있어도 함께 힘을 내서 살자고요."

그러니 야시마 후유키가 돈 때문에 사람을 죽일 일은 절대 없다, 그녀의 도발적인 눈은 그렇게 주장하고 있었다. 그 이상 그녀를 자극하면 안 되겠다 싶었는지 고바야시도 잠자코 고개를 끄덕였다.

마쓰미야가 일단 집으로 돌아가는 게 좋겠다고 가오리에게 말했다.

"이러고 계시면 몸에 해롭습니다. 배 속에 있는 아이에게도 좋지 않고요. 제가 바래다 드리겠습니다."

"아니에요. 그건 너무 죄송해요."

"염려 마세요. 늦게까지 붙들어 둔 참고인을 자택까지 바래다 드리는 것은 경찰의 의무입니다. 게다가 가오리 씨가 여기 있다고 해서 그의 상태가 좋아지는 것도 아니잖아요."

인정머리 없는 말투였지만 고바야시의 말은 사실이었다. 결국 가오리도 수긍했는지 더는 버티지 않겠다는 듯 고개를 숙였다.

고바야시와 병원 앞에서 헤어진 후 마쓰미야는 그녀와 함께 택시를 탔다.

한동안 둘 다 말이 없었다. 그러다가 가오리가 "저……," 하고 입을 열었다.

"돌아가신 분이 니혼바시 다리까지 걸어갔다고 하셨죠? 가슴에 칼이 꽂힌 상태로요."

"그렇습니다."

"니혼바시 다리, 그 다리 맞죠? 일본 내 모든 도로의 시작점이라고 하는……."

"도로 원표……라고 하죠. 그 다리 맞습니다. 그런데 그게 왜요?"

가오리는 몇 번인가 얕은 호흡을 반복한 후 시선을 비스듬히 아래로 향하고 말했다.

"저희, 처음 도쿄에 올라올 때 히치하이크를 했어요."

"히치하이크를요, 요즘 세상에?"

깜짝 놀라는 마쓰미야의 모습이 우스웠는지 가오리가 살포시 미소를 지었다.

"웃기죠? 21세기에 히치하이크라니. 그때 저희, 돈이 하나도 없었거든요. 그런데 다른 방법이 생각나지 않았어요. 그래도 친절한 사람들이 있어서 무사히 도쿄로 올라왔죠. 도쿄 어디로 가고 싶으냐고 물으면 저희는 이렇게 대답했어요. 지금 달리는 도로의 도쿄 골인 지점에 가고 싶다고요. 그랬더니 맨 마지막에 태워 준 트럭 기사 아저씨가 니혼바시 다리 초입에서 내려 주더라고요. 저희는 그 다리 위에서 만세를 불렀어요. 거기서부터 모든 게 시작될 거라고 생각하고 무척 행복해했죠."

그러고서 그녀는 가방에서 손수건을 꺼내더니 눈 밑을 눌렸다.

"죄송해요."

마쓰미야는 할 말이 생각나지 않아 앞쪽만 바라보았다. 거대한 센주신바시 다리가 다가오고 있었다.

9

다음 날도 아침부터 수사 회의가 열렸다. 수사원들이 이시가키를 둘러싼 채 차례대로 보고했다. 그 내용의 대부분은 마쓰미야도 이미 알고 있는 것들이었다.

순서가 되자 마쓰미야가 일어서서 어제의 성과를 보고했다. 다만 아오야기 다케아키가 '꽈리집'에서 물건을 샀다는 사실은 밝히지 않았다. 사건과의 관련성이 불확실하니 아직은 덮어 두자고 가가가 말했기 때문이다. 마쓰미야도 그 생각에 동의했다.

나카하라 가오리가 임신 중이라는 사실은 고바야시가 보고했다. 회의실이 술렁거렸다.

"요즘 젊은이들은 돈이 없어도 아이는 번개같이 만드는군."

마쓰미야 옆에 있던 선임 형사 하나가 중얼거렸다.

회의 후에는 다시 감식 수사 담당자들만의 협의가 있었다. 거기서 마쓰미야와 가가는 '가네세키 금속' 구니다치 공장에 가기로 결정했다.

그런데 경찰서에서 나오자 가가가 "마쓰미야 형사." 하고 새삼스러운 호칭으로 마쓰미야를 불렀다.

"구니다치 공장을 조사하는 데 굳이 니혼바시 서의 형사가 있어야 할 필요는 없잖아? 그쪽은 자네에게 맡길게."

"그럼 선배는 뭘 하시려고요?"

"어제도 말했지만 조금 더 걸어 다니려고."

"혹시 또 아마자케요코초에 가시는 건가요?"

"거기뿐만 아니라 범위를 더 넓혀서 걸을 거야. 사건 당일 밤 피해자가 왜 그런 장소에 있었는지 아무래도 마음에 걸려서 말이지."

그렇게 말하고서 가가는 마쓰미야를 보며 히죽 웃었다.

"탐문 수사 정도는 혼자서도 할 수 있잖아?"

그러자 마쓰미야가 사촌 형을 노려보았다.

"한 가지 조건이 있어요. 파악된 정보는 반드시 저한테도 알려 주세요. 사건과 관련이 없어도 말이죠."

가가가 진지한 표정으로 고개를 끄덕거렸다.

"물론이야. 약속하지."

"그럼 됐어요. 가네세키 금속에서 조사가 끝나면 연락할게요."

"알았어."

가가는 그대로 돌아서서 성큼성큼 걷기 시작했다. 택시를 잡아탈 마음은 없어 보였다.

그는 아오야기 다케아키가 '꽈리집' 이외의 상점에서 목격된 일이 있는지 확인하려는 것이다. 마쓰미야 역시 그 점이 궁금했다. 함께 돌아다니고 싶은 마음도 있지만 그 지역은 가가에게 전적으로 맡기기로 했다. 게다가 구니다치 공장에 대한 탐문 수사도 상당히 중요했다.

전철을 탄 마쓰미야는 구니다치 공장으로 향했다. 게이오선 나카가와라 역까지 가는 데만도 한 시간 가까이 걸렸다. 거기서부터 공장까지는 택시를 탔다.

다마 강을 따라 달리다 보니 군데군데 공터가 눈에 띄었다. 주택은 별로 많지 않고 소규모 공장과 창고, 무슨 시설 같아 보이는 건물이 많다. 이따금씩 거대한 단지가 나타나기도 했다.

담장으로 둘러싸인 어느 건물 앞에서 택시가 멈춰 섰다. 문에 '가네세키 금속 구니다치 공장'이라고 적혀 있었다. 택시에서 내리니 안에서 기계음이 들렸다.

이름을 밝히자 경비는 방문자 출입증을 건네주면서 사무실로 가라고 했다. 경비실 바로 앞에 있는 2층짜리 사무실 건물은 창문을 통해 안에 있는 사람들이 들여다보였다.

입구를 지나 건물 안으로 들어섰다. 책상이 죽 놓여 있고, 10여 명의 사람들이 거기서 일하고 있었다. 파란색 웃옷이 유니폼인 듯했다.

체구가 자그마한 중년 남자가 다가오더니 공손하게 머리를 숙였다. 경비에게 형사가 왔다는 연락을 받은 모양이었다. 남자는 이름이 야마오카라고 했다. 명함을 보니 직함이 제조 1과장으로 돼 있다.

"본사에서 연락받았습니다. 야시마 후유키 때문에 오셨다고요?"

야마오카가 물었다.

"네. 그리고 아오야기 씨도요."

"알겠습니다. 그럼 사정을 잘 아는 사람을 불러오죠."

야마오카는 자기 자리로 가서 어딘가에 전화를 걸고 돌아왔다.

"금방 올 겁니다. 이쪽으로 오시죠."

그가 마쓰미야를 안내한 곳은 사무실 일부를 칸막이해 만든 응접 공간으로, 싸구려 테이블과 소파가 놓여 있었다. 여사원이 차를 가져왔다.

야마오카는 차를 한 모금 후루룩 마시고 나서 한숨을 푹 쉬었다.

"어찌나 놀랐는지……. 이런 일이 생길 줄 누가 알았겠어요. 참 딱하게 됐어요."

"야마오카 씨는 아오야기 씨를 자주 만나셨나요?"

"물론이죠. 아오야기 씨가 공장장이었을 때는 거의 매일 봤습니다. 최근에도 정기적으로 공장에 오셨었고요. 제조 본부장이니 저를 비롯한 현장 사람들의 총대장 격이었죠."

"그런 분이 갑자기 돌아가셔서 회사로서도 타격이 크겠습니다."

야마오카는 고개를 크게 끄덕거리며 "그야 당연하죠."라고 말했다.

"타격이 크다마다요. 현장에 대해 제일 잘 아는 사람이 아오야기 씨였으니까요. 곤란한 일이 생기거나 판단하기 어려운 일이 있을 때는 맨 먼저 아오야기 씨와 의논했는데……."

야마오카의 열띤 말투로 보아 사람들이 아오야기를 상당히 좋아하고 신뢰했나 보다고 마쓰미야는 짐작했다.

그때 칸막이 사이로 작업복 차림의 남자가 나타났다. 나이는 마흔 전후쯤일까. 얼굴색이 검고 체격이 좋았다. 남자가 모자를 벗고 꾸벅 머리를 숙였다.

"아, 어서 와요."

야마오카가 자리에서 일어서더니 "이쪽은 경시청에서 나온 형사님이야."라고 마쓰미야를 소개했다. 마쓰미야도 덩달아 일어섰다.

"마쓰미야라고 합니다. 바쁘실 텐데 오시라고 해서 죄송합니다."

남자는 바지 주머니에서 지갑을 꺼내 굵은 손가락으로 명함 한 장을 집어냈다. 구깃구깃한 명함에는 '제조 2과 1반장 오노다'라고 적혀 있었다.

"야시마는 오노다 씨 밑에서 일했어요."

세 사람이 자리에 앉은 후 아마오카가 말했다.

"어떤 일을 담당했죠?"

마쓰미야가 오노다에게 물었다.

"건축용 금속 부품을 만드는 일이었습니다."

작아서 알아듣기 힘든 소리로 오노다가 대답했다.

"야시마는 재료 보충이나 완성 부품 운반 담당이었어요."

"어떤 사원이었습니까?"

어떤 사원이었느냐면, 하고 오노다가 중얼거리면서 고개를 살짝 기울였다.

"저도 잘은 모릅니다. 계약직이고 해서 얘기를 나눈 적이 별로 없었어요. 제가 일을 지시하는 게 전부고 다른 반응은 없었습니다."

"계약직 사원은 그런 경우가 많습니다."

아마오카가 오노다의 말을 보충하듯 끼어들었다.

"시키는 일 이외의 다른 것은 하지 말고 쓸데없는 얘기도 하지 말라고 인력 파견 회사에서 지도하는 모양이더군요."

"일하는 모습은 어땠나요, 성실했습니까?"

"네, 그야 뭐……."

오노다가 머뭇거리는 표정으로 귀 뒤를 긁적거렸다.

"평범했다고 할까요. 과장님 말씀대로, 시키는 일은 그런대로 했습니다."

"업무상 큰 실수가 있었던 적은요?"

"그건…… 그다지 큰 실수는 없었어요."

마쓰미야는 수첩을 내려다보았다.

"석 달마다 계약을 갱신해 오다가 9개월째에는 재계약이 안 됐던데 원인이 뭐였죠?"

"글쎄요, 그게……."

오노다는 말문이 막힌 듯 야마오카를 보았다.

"단순히 인원 감축 때문이었어요."

야마오카가 오노다 대신 대답했다.

"생산량이 줄어드는 바람에 작업원 수도 줄인 겁니다. 그뿐이에요. 기록을 살펴보시면 알 수 있습니다."

야마오카의 말대로 본사에 보관돼 있는 기록에 부당 해고 사실은 없었다. 하지만 그렇다면 야시마는 왜 나카하라 가오리에게 불만을 토로했을까.

마쓰미야는 두 사람의 얼굴을 보았다.

"이번 사건에 대해 어떻게 생각하세요? 물론 아직 야시마 후유키가 범인으로 결론이 난 건 아닙니다만."

오노다는 고개를 약간 숙인 채 말이 없었다. 이번에도 야마오카가 입을 열었다.

"지금은 제조업 전체가 어려움을 겪고 있습니다. 계약직 사원들의 심정은 이해하지만, 계약이 안 됐다고 해서 그 회사 사람을 해코지한다는 건 있을 수 없는 일이라고 생각합니다. 절대로요."

"만일 야시마가 범인이라면 계약이 안 된 것 외에 범행 동기로 짐작되는 바가 혹시 있으신가요?"

"아니요, 그건……."

야마오카가 크게 고개를 저었다.

"저희로서는 알 수 없죠. 계약직 사원이 무슨 생각을 하는지까지는요. 친분이 거의 없으니까요."

예상한 일이긴 하지만, 그들은 사건에 연루되고 싶어 하지 않는 눈치였다. 마쓰미야는 수첩을 덮었다.

"야시마가 일했던 곳을 볼 수 있을까요?"

그 말에 야마오카와 오노다가 동시에 당황스러워하는 표정을 지었다.

"보여 드리는 건 어렵지 않습니다만, 당시와는 상황이 달라서……, 만드는 부품도 다르고요."

야마오카의 대답에 마쓰미야는 "그래도 괜찮습니다."라며 자리에서 일어섰다.

야마오카는 하는 수 없다는 듯 헬멧을 꺼내 마쓰미야에게 건네며 "형사님께 무슨 일이라도 생기면 저희 책임이라서요."라고 정색하고 말했다.

아까부터 공장 쪽에서 쉴 새 없이 기계음이 들려오긴 했지만, 공장 안에 발을 들이미는 순간 그 소리는 몇 배나 크게 귀를 파고들었다. 모터 소리와 프레스 소리뿐 아니라 에어가 세차게 방출되는 듯한 소리도 섞여 있었다.

공장 안에는 공작 기계가 여러 대 놓여 있고, 그 사이사이에서 종업원 여러 명이 일하고 있었다. 컨베이어 벨트로 연결된 생산 라인도 있다. 비좁은 통로로 목재 팰릿을 실은 지게차가 지나가고 있었다.

야마오카와 오노다는 조그만 금속 부품을 만드는 제조 라인 앞에서 걸음을 멈췄다. 컨베이어 벨트를 향해 선 종업원들이 묵묵히 작업하고 있었다.

"여기가 야시마가 일했던 곳입니다."

야마오카가 마쓰미야의 귀에 대고 말했다.

마쓰미야는 고개를 끄덕이며 종업원들의 움직임을 바라보았다. 부품이 계속해서 벨트를 타고 오는 탓에 손을 쉴 틈이 없어 보였다. 종업원들의 간격도 떨어져 있어 사담을 나누기 어려워 보였다.

마치 기계의 일부 같군, 마쓰미야는 그렇게 생각했다.

그때 근처에 있던 종업원 하나가 그때까지와는 다른 움직임을 보였다. 약간 당황한 듯한 그 종업원이 갑자기 쭈그려 앉더니 뭔가를 하려 했다.

"이봐!"

오노다가 갑자기 소리를 질렀다. 예의 종업원이 뒤를 돌아보더니 깜짝 놀란 듯 보안경 속의 눈을 휘둥그렇게 떴다. 그리고 이어서 옆에 있는 빨간 버튼을 눌렀다. 에어가 빠져나가는 소리가 나더니 컨베이어 벨트가 서서히 정지했다. 종업원은 오노다와 야마오카를 보고 면목 없다는 듯 고개를 수그렸다.

"왜 저러는 겁니까?"

마쓰미야가 물었다.

"아니, 별일 아닙니다."

야마오카가 대답했다.

"여기 말고 보고 싶은 곳이 더 있으신지요?"

글쎄요, 하고 잠시 생각하고 있는데 공장 안에 벨 소리가 울려 퍼졌다. 그와 동시에 기계음이 차츰 잦아들더니 종업원들이 자리를 뜨기 시작했다.

점심시간입니다, 라고 야마오카가 말했다. 마쓰미야는 손목시계를 보았다. 정오였다.

"마침 잘됐네요. 야시마와 함께 일했던 사람들에게 얘기를 듣고 싶었거든요."

"네에……?"

야마오카가 노골적으로 곤란하다는 표정을 지었다.

"그 사람들도 별로 친하지는 않았을 텐데요."

오노다의 얼굴에도 그늘이 드리웠다.

"상관없습니다. 부탁드립니다."

마쓰미야가 고개를 숙이자 야마오카는 마뜩잖은 얼굴로 한숨을 내쉬었다.

공장 한 귀퉁이에 있는 낡은 회의용 책상에서는 종업원들이 점심을 먹으려는 참이었다. 편의점 도시락이나 샌드위치를 준비해 온 이들이 많았다.

마쓰미야는 자기소개를 한 후 "어서 드세요. 식사하면서 들어 주십시오."라고 말했다. 그러나 도시락에 손을 대려는 사람은 아무도 없었다.

마쓰미야는 야시마와 친하게 지냈던 사람이 있는지, 야시마가 회사나 아오야기 다케아키에 대해서 얘기한 적은 없는지, 그리고 야시마가 일하는 사이 어떤 변화가 있었는지에 대해 물었다. 그러나 그 어느 질문에도 반응이 없었다. 질문을 듣기는 했을까 싶을 정도로 하나같이 말이 없고 무표정했다. 먹을 것을 앞에 놓고 한결같은 자세로 침묵만 지키고 있는 그들은 마치 주인의 명령이 떨어지기를 기다리는 순종적인 강아지 같았다.

"자, 보세요. 말씀드린 대로 아닙니까."

야마오카가 말했다.

"이 사람들 사이에는 유대 관계가 별로 없어요. 그러니 아무리 물어봐야 소용없습니다."

마쓰미야는 아무 대답도 하지 않고 다시 종업원들을 바라보았다. 대부분이 눈을 내리깔고 있었지만 그중 단 한 사람이 마쓰미야를 올려다보고 있었다. 나이가 이십 대 중반쯤 됐을까. 목에 수건을 두른 그는 그러나 이내 눈길을 돌렸다.

알겠습니다, 라고 마쓰미야가 야마오카에게 말했다.

"그럼 만일 뭔가 떠오르는 분이 있으면 연락을 취할 수 있도록 해 주시겠습니까?"

"네, 반드시 그렇게 하겠습니다. 도움이 되지 못해 죄송합니다."

야마오카의 얼굴에 안도의 기색이 번졌다.

공장을 나오던 마쓰미야가 "아차."라며 걸음을 멈췄다. 야마오카와 오노다가 의아한 표정을 지었다.

"제조 라인을 둘러볼 때 깜빡하고 수첩을 그 근처 선반에

놔뒀어요. 가서 가져오겠습니다."

"어디다 뒀는지 아세요?"

야마오카가 물었다.

"네, 압니다. 찾아 가지고 사무실로 가겠습니다."

마쓰미야는 그렇게 말한 후 그들이 대답할 틈도 주지 않고 공장 건물로 들어가 버렸다.

물론 수첩을 두고 왔다는 것은 거짓말이었다. 그는 수건을 목에 두른 젊은이가 마음에 걸렸던 것이다. 휴대 전화 번호라도 알아 둬야겠다 싶었다. 젊은이의 눈빛은 분명 무언가를 말하고 있었다.

그런데 통로 맞은편에서 바로 그 젊은이가 걸어왔다. 마쓰미야를 발견한 그는 주위를 두리번거리며 살피더니 재빨리 다가왔다.

"하고 싶은 말이 있는 거죠?"

마쓰미야의 물음에 젊은이는 고개를 끄덕였다.

"공장을 나가서 오른쪽으로 30미터쯤 걸어가면 코인 주차장이 있어요. 거기서 기다려 주세요. 금방 갈게요."

"알겠어요. 이름이 뭡니까?"

"나중에 알려 드릴게요."

젊은이는 재빨리 그렇게 대답하고 수건으로 입 주위를 닦으며 그 자리를 떠났다. 누가 볼까 봐 두려워하는 눈치였다.

마쓰미야는 공장을 나와 사무실로 돌아갔다. 야마오카가 갈색 양복 차림에 얼굴이 네모진 남자와 이야기를 나누고 있었다. 마쓰미야를 본 그는 남자를 데리고 다가왔다.

"소개해 드리겠습니다. 저희 공장장이십니다."

고타케라고 합니다, 라며 남자가 명함을 내밀었다. 고타케 요시노부라고 쓰여 있었다.

"아오야기 씨와는 젊은 시절부터 가깝게 지냈습니다. 가족과도 친분이 있어서 오늘 오전에 댁으로 찾아뵈었죠. 정말 어처구니없는 일이 일어났어요."

그는 매우 침통한 표정이었다. 진심에서 우러나는 말일지도 모르지만 다소 연극적으로 보이기도 했다.

"야시마라는 파견 사원에 대해서는 알고 계십니까?"

"아니요, 그게……."

고타케가 얼굴을 찡그리면서 양손을 허리춤에 얹었다.

"전혀 기억에 없어요. 종업원 수가 워낙 많은 데다, 계약직 사원은 수시로 드나들기 때문에 일일이 기억하지 못합니다."

"공장장님은 전체를 보셔야 하니까요."

야마오카가 옆에서 거들었다. 그 모습을 보며 마쓰미야는 야마오카가 고타케의 심복인가 보다고 짐작했다.

인사를 한 후 마쓰미야는 사무실을 나왔다. 정문을 나와 오른쪽으로 걸어가자 코인 주차장이 나왔다. 아까 그 젊은이의 모습은 아직 보이지 않았다. 자동판매기를 발견한 그는 콜라를 샀다.

콜라를 다 마셔 갈 때쯤 젊은이가 나타났다. 이번에는 수건을 머리에 두르고 있었다.

"뭐 좀 마실래요?"

마쓰미야가 자동판매기를 가리키며 물었다.

"아닙니다. 금방 들어가야 해서요."

그러더니 젊은이는 "아, 하지만 지금 여기서 마시지 않아도 괜찮다면 사 주시면 감사하겠습니다."라고 덧붙였다.

무슨 뜻인지 몰라 잠시 어리둥절해하던 마쓰미야는 민망해하는 젊은이의 표정을 보고서야 그가 한 말의 의미를 이해했다. 마쓰미야는 웃으며 지갑을 꺼냈다.

"뭐로 할래요?"

"녹차로 하겠습니다."

녹차 페트병은 350밀리와 500밀리의 두 가지가 있었다. 주저 없이 큰 쪽을 사서 젊은이에게 건넸다. 고맙습니다, 라는 젊은이의 말을 들으며 마쓰미야는 살기가 힘든가 보다고 생각했다.

두 사람은 구석에 있는 벤치에 나란히 앉았다. 젊은이는 요코다라고 자신의 이름을 밝혔다.

"야시마와 비슷한 시기에 여기서 일을 시작했어요. 그래서 비교적 자주 얘기를 나눴죠. 과장님은 우리 사이에 유대 관계가 없다고 하시지만 반드시 그런 것만은 아닙니다. 계약직 사원끼리 정보 교환을 하지 않으면 이 세계에서 살아남을 수 없거든요."

"그런데 아까는 왜 잠자코 있었어요?"

요코다가 어깨를 으쓱했다.

"과장님이나 반장님 눈 밖에 나면 안 되거든요. 곧바로 잘립니다."

"그럼 야시마도 뭔가 눈 밖에 날 일을 한 겁니까?"

"아니요, 그 녀석의 경우는 그런 게 아니라 문제를 일으켰어요."

"문제라고요, 사고라도 일으킨 겁니까?"

요코다가 고개를 끄덕였다.

"인터로크라는 게 뭔지 아세요?"

"인터로크요? 아니, 모르겠는데요."

"안전장치를 말하죠. 예를 들어 제조 라인에서 작업하다가 실수로 작동하고 있는 기계를 건드리거나 하면 위험하잖아요. 그래서 그런 기계에는 커버가 씌워져 있고, 커버 문을 열면 자동적으로 기계가 작동을 멈추도록 돼 있어요. 그런 장치를 인터로크라고 하죠."

"아아, 그렇군요. 그런 게 필요하겠어요."

"그런데 그 인터로크를 죽여 놓는 경우가 꽤 있어요."

"죽인다고요?"

"작동하지 않도록 꺼 놓는 거죠. 사소한 문제가 생길 때마다 일일이 기계를 멈추면 일하기 힘드니까요. 특히 제조 라인처럼 여러 기계가 연결되어 있는 경우에는 다른 작업까지 지체되거든요. 그래서 부품이 기계에 걸리거나 했을 때도 기계를 그대로 작동시킨 채 작업원이 손으로 얼른 제거하기도 해요."

"그러면 위험할 텐데요."

"위험하죠. 그래도 암묵적인 룰처럼 돼 버렸어요. 그러면 안 된다는 건 알지만, 계약 사원 주제에 나서기도 뭐하고, 그렇다고 그 룰을 무시했다가는 잘리고 마니 이래저래 힘듭니다."

마쓰미야는 조금 전에 본 광경을 떠올렸다. 쭈그리고 앉아 뭔가를 하려던 작업원이 오노다의 주의를 받고 기계의 정지 버튼을 눌렀다. 그때도 인터로크가 죽어 있었을 것이다. 그런데 외부인이 있다는 걸 눈치채고 황급히 기계를 정지시킨 것이다.

"야시마가 일으킨 사고라는 게 그 인터로크라는 것과 관련이 있나요?"

"관련이 있는 정도가 아니라 바로 그 사고였어요."

요코다가 페트병을 살랑살랑 흔들었다.

"재료를 보충할 때 원래는 기계를 정지시켜야 하는데, 현실은 가까운 받침대를 딛고 올라가 움직이는 컨베이어 벨트 양쪽으로 다리를 벌리고 서서 보충하는 게 요령처럼 돼 있어요."

마쓰미야는 미간을 찌푸렸다. 그게 얼마나 위험한 행위인지는 문외한인 그도 알 것 같았다.

"그러다가 사고를 당한 건가요?"

"네. 작업복의 바짓부리가 컨베이어 벨트에 끼여 들어가는 바람에 야시마가 바닥으로 떨어졌어요. 제가 옆에 있다가 똑똑히 봤어요."

"그래서 다쳤나요?"

"겉보기에 큰 부상은 없었는데, 머리를 부딪쳤는지 한동안 움직이지를 못하더라고요. 한 5분 기절해 있었나? 의식을 되찾은 후에도 현기증이 난다고 했어요. 반장님과 과장님이 달려와서 잠시 의논하더니 그날은 조퇴를 시켰어요. 그리고 일주일쯤 쉬었을 거예요. 나중에 들으니까 목이 아파서 움직일 수 없었대요."

"목이요……. 병원에는 가 봤답니까?"

요코다는 입술을 일그러뜨리며 고개를 저었다.

"안 갔대요."

"왜죠?"

"귀찮아서, 라고 했어요. 소속된 인력 파견 회사에서 '병원에 가는 건 좋지만 직장에서 사고를 당했다는 말은 하지 말고 뭔가 다른 이유를 대라.' 그러더래요. 산재 신청도 하지 말라고 하고요."

"아니, 그건 또 왜죠?"

"뭐, 흔히 있는 일이에요. 가네세키에서 인력 파견 회사에 압력을 넣은 거죠. 산재 신청을 하게 되면 공장이 조사를 받게 되고, 그러면 인터로크를 죽여 놓았다는 사실도 들통나지 않겠어요? 산재로 인정되지 않으면 병원에 가더라도 치료비를 자비로 내야 하니 안 가는 게 낫겠다고 생각한 거죠."

"그렇게 된 거로군요."

"계약이 갱신되지 않은 것도 아마 그 때문일 거예요. 괜히 물고 늘어지면 골치 아프니까요."

그리고 요코다는 물었다.

"지금 몇 시죠?"

마쓰미야는 손목시계를 보면서 "12시 40분이 돼 가는데요."라고 대답했다.

이크, 하고 요코다가 벌떡 일어섰다.

"가 볼게요. 이거, 고맙습니다."

요코다가 페트병을 들어 보였다.

마쓰미야도 일어서며 "얘기해 줘서 고마워요."라고 인사했다.

"야시마가 본부장을 찔렀다는 소식을 듣고 이 얘기를 누군가에게 해 줘야겠다고 생각했어요. 저, 그 녀석의 기분이 조금은 이해가 돼요."

"그래요, 참고하겠습니다."

그럼, 하고서 요코다가 뛰어갔다. 그 뒷모습을 지켜보다가 마쓰미야도 그곳을 떠났다.

도쿄 역으로 돌아온 마쓰미야는 가가에게 전화를 했다.

전화가 연결되자 가가는 대뜸 "어떻게 됐어, 구니다치 공장에서 수확이 있었어?"라고 물었다.

"흥미로운 얘기를 들었어요. 그쪽은 어땠어요?"

"그저 그래. 아오야기 다케아키가 들렀다는 가게를 새로 발견했어."

"그래요? 어떤 가겐데요?"

"아주 오래된 찻집이야. 지금 거기서 커피를 마시고 있어."

그 찻집 역시 아마자케요코초에 있는 듯했다. 가서 보니 기와와 나무 창틀이 인상적인 가게였다. 마쓰미야는 쇼와 시대의 정취가 묻어난다고 생각했는데, 간판을 보니 그보다도 이른 1919년에 창업했다고 쓰여 있었다.

가가는 창가 자리에 앉아 있었다. 마쓰미야도 커피를 주문하고 가가의 맞은편에 앉았다. 그리고 가게 안을 휘휘 둘러보면서 "분위기가 아주 좋은데요."라고 말했다.

"유명한 찻집이야. 가이드북에도 반드시 실리는 집이지. 이 집 사람이 그러는데, 아오야기 다케아키 씨가 이주일쯤 전에 왔었다는군. 그 전에도 한 달에 한 번 정도는 왔었나 봐. 맨 처음 온 게 언제인지 확실치는 않지만 아마 올여름이 되기 전이 아닐까 하더라고."

"그럼 역시 아오야기 씨는 이 근처를 자주 찾았나 보군요. 그런데 그 가족은 전혀 모르고 있더라고요. 일과도 무관한 것 같던데, 대체 목적이 뭐였을까요?"

"모르겠어. 단순히 취미였을 가능성도 있지."

"취미요?"

"아오야기 씨가 커피를 마시면서 지도를 펼쳐 놓은 적이 있다고 하더군. 이 일대의 가이드 맵이었던 모양이야. 여기는 산책하기에 좋은 곳이니까 우연한 계기로 그런 즐거움을 발견했을지도 모르지."

"그럴 수도 있겠네요. 하지만 아오야기 씨의 회사는 신주쿠에 있고 집은 메구로인데, 가는 길에 들르기에는 너무 먼 거리예요."

그때 커피가 나왔다. 향기로운 냄새가 코를 자극했다. 마쓰미야는 우선 블랙으로 마셨다. 적당한 씁쓸함이 온몸의 세포를 깨우는 느낌이었다.

"맛있네."

그는 저도 모르게 그렇게 중얼거렸다.

"구니다치 쪽은 어땠어, 흥미로운 얘기를 들었다면서?"

커피를 리필해 달라고 청하고 나서 가가가 물었다.

"가기를 잘했어요. 사건의 배경이 보이더라고요."

마쓰미야는 주위에 엿듣는 귀가 없는지 확인하고 난 뒤 테이블 쪽으로 몸을 기울였다.

요코다에게 들었던 얘기를 거의 전했을 무렵 가가가 청한 커피가 나왔다. 그는 크림을 넣고 스푼으로 천천히 저은 후 잔을 입으로 가져갔다. 그 표정은 가가가 뭔가를 골똘히 생각할 때 보이는 것이었다.

"소위 산재 은폐라는 건가……."

잔을 내려놓고 가가가 중얼거렸다.

"최근 들어 어느 기업에서나 자주 있는 일이긴 하지."

"나카하라 가오리의 말로는 야시마가 목의 장해가 원인이 되어 왼손이 저려서 움직이지 못한 적도 있다고 했어요. 그게 공장에서 일어난 사고의 후유증이라면 '가네세키 금속'에 원한을 품었다 해도 이상할 게 없죠. 그리고 아오야기 씨는 제조 현장 총 책임자였어요. 야시마가 아오야기 씨를 만나서 산재 은폐를 문제 삼지 않는 조건으로 재취업시켜 달라고 거래한 거 아닐까 싶어요. 그런데 거래가 결렬됐고, 그래서 발끈한 나머지 칼을 휘둘렀다……, 허황된 추리일까요?"

"아니, 허황된 추리는 아니지. 다만, 조금 납득이 안 가는 점은 있어."

"사전에 나이프를 준비한 것 말인가요? 저도 그게 아무래도 마음에 걸리기는 하는데……."

"나이프도 나이프지만, 나는 이게 마음에 걸려."

그리고 가가는 커피 잔을 들어 올렸다.

"커피 말인가요?"

"커피숍에서 아오야기 씨는 음료를 두 잔 주문했어. 자네가 말한 상황이었다면 용건이 있는 건 야시마 쪽이고 아오야기 씨는 야시마를 만날 이유가 없지. 음료는 대개 용건이 있는 쪽에서 사지 않나?"

날카로운 지적이었다. 하지만 마쓰미야의 머릿속에 반론할 말이 금세 떠올랐다.

"약점을 잡힌 건 아오야기 씨 쪽이잖아요. 야시마를 회유할 작정이었다면 음료를 사 주는 것쯤 문제도 아니죠."

"그렇다면 그 시점에서 두 사람 사이에 산재 은폐에 관한 얘기가 이미 나왔다는 뜻이야."

"그야 그렇겠죠. 용건도 모른 채 아오야기 씨가 야시마와 커피숍에 들어가지는 않았을 테니까요."

"그럼 그때 아오야기 씨의 심경을 한번 생각해 봐. 젊은 남자가 느닷없이 산재 은폐 운운해서 상당히 당황스럽고 불쾌했을 것 같은데. 자네는 어떻게 생각해?"

"물론이죠. 유쾌할 리 없죠."

"그런데 아오야기 씨는 커피숍 종업원에게 2천 엔짜리 지폐를 건네면서 '요즘 보기 힘든 거죠?'라고 말을 건넸다고 했어. 당황스럽고 불쾌한 사람이 그럴 수 있을까?"

마쓰미야는 아차 싶었다. 맞는 말이었다. 이번에는 반론할 말이 떠오르지 않았다.

"뭐, 세상에는 다양한 인간이 있으니 무턱대고 이상하다고 결론 내릴 수는 없지만 말이지."

가가는 커피를 한 모금 맛있게 마시고 잔을 내려놓았다.

"아무튼 그쪽은 수확이 크군. 빨리 본부로 돌아가서 보고하도록 해."

"가가 선배는 어쩔 작정인데요? 이 부근을 더 돌아다니실 건가요?"

"아니야. 가 보고 싶은 곳이 또 있어."

그리고 가가는 손목시계를 내려다보며 시간을 확인했다.

"중학교야. 아오야기 씨 아들이 졸업한 중학교. 슈분칸 중학이라던가……."

아 네, 라며 마쓰미야는 고개를 끄덕거렸다.

"아오야기 씨의 휴대 전화에 학교랑 통화한 기록이 남아 있어서 그러시죠? 그게 사건과 관련이 있을까요? 사건 며칠 전의 일인데."

"아마 별 관련은 없을 거야. 그래도 확인해 보지 않을 수 없잖아. 시시한 탐문 수사에 수사 1과 엘리트가 움직일 필요는 없겠지. 나 혼자 다녀올게."

커피를 다 마신 가가가 엉덩이를 들었다.

10

제단 위에 놓인 다케아키의 영정은 골프복 차림에 웃는 얼굴이었다. 가족 셋이 의논해 '가장 즐거워 보인다'는 이유로 고른 사진이다. 사실 다케아키는 골프를 그다지 좋아하지 않았다.

조문은 오후 6시에 시작됐다. 스님의 독경 소리가 흐르는 가운데 조문객들이 분향을 하기 위해 줄을 섰다.

시신이 생각보다 빨리 인계돼 아침부터 분주했다. 고타케가 주선해 준 장의사에서 사람이 왔지만, 늘 그렇듯 후미코 혼자서는 무엇 하나 결정하지 못했다. 게다가 함께 있어 주던 고타케마저 구니다치 공장에 형사가 왔다며 점심 전에 가

버렸다. 그 후로는 모든 일을 교활해 보이는 장의사 사람이 권하는 대로 결정하고 말았다. 물론 유토로서는 어느 정도의 장례 비용이 평균적인지 알 리 없었지만, 옆에서 얘기를 듣고 있자니 왠지 속고 있다는 생각도 들었다.

그러나 결정을 마친 후부터는 장의사 사람들의 움직임이 그야말로 프로다웠다. 일체의 과정이 물 흐르듯 매끄럽게 진행됐고 가족이 상복으로 갈아입고 장례식장에 도착했을 때는 이미 납관 준비까지 끝나 있었다. 그곳에서 다케아키의 시신과 마주한 세 사람은 예상과 달리 부검한 흔적조차 찾아보기 어려울 정도로 말끔한 모습에 내심 놀랐다. 병원에서 봤을 때보다 안색이 좋아 보이기까지 했다.

잠시 후에는 친척들과 회사 사람들이 와서 여러모로 도움을 주었다. 분향 순번을 정하는 게 의외로 까다롭다는 것을 유토는 사람들이 나누는 얘기를 들으며 처음 알게 됐다.

저녁이 되자 고타케가 돌아왔다. 그는 상조 회사 사람들이 시키는 대로 하기에만도 바쁜 후미코를 대신해 자신의 부하 직원을 시켜 안내와 접수를 점검하는 등 매사를 척척 처리해 주었다. 그런 광경을 보며 유토는 '장례식이란 유족에게 슬퍼할 틈을 주지 않기 위해 있는 것'이라던, 전에 어떤 책에서 읽었던 글귀를 떠올렸다.

조문객 중에는 스기노 다쓰야를 비롯하여 유토의 고등학교 친구들도 있었다. 장례에 대해서는 스기노와 담임 사나다에게 미리 문자로 알렸었다. 그들이 분향할 때 유토는 순수한 감사의 마음을 담아 머리를 숙였다.

중학 시절 친구들도 달려왔다. 주로 수영부에서 함께 활동했던 친구들이었다. 그리고 그들 뒤에는 수영부 고문이었던 이토카와 선생님도 있었다. 젊은 나이임에도 희끗희끗한 머리를 짧게 자른 모습이 여전했다. 운동으로 단련된 탄탄한 몸도 유토가 졸업할 당시와 거의 변함이 없었다.

분향이 한 차례 끝나고 친척과 회사 관계자들은 술과 간단한 식사가 마련돼 있는 옆방으로 이동했다. 함께 그쪽으로 가려던 유토는 복도에서 이토카와 선생과 수영부 친구들을 보고 걸음을 멈췄다. 거기에는 스기노도 있었다.

"너, 괜찮니? 밥은 제대로 챙겨 먹고 있는 거야?"

스기노가 물었다. 그 표정이 꽤나 어른스러워 보였다.

"걱정 말라니까. 이제 괜찮아졌어. 마음 단단히 먹어야 한다고 생각하고 있어. 죽은 사람은 살아 돌아오지 않으니까."

"그 남자는 어떻게 됐어? 여전히 의식 불명이야?"

야시마라는 용의자에 대해 묻는 듯했다.

"아마 그럴 거야. 경찰에서 별말이 없었으니까."

"의식이 돌아올 가능성은 있대?"

"몰라. 아무것도 안 가르쳐 주는데 어떻게 알겠어."

다른 수영부 친구들도 다가와서 저마다 위로의 말을 건넸다. 다들 고마워, 라고 유토는 다시 한 번 인사했다.

구로사와라는 친구가 얼굴을 찡그리며 말했다.

"범인 그 자식, 아직도 의식 불명이라며? 차에 치인 건 자업자득이지만, 그대로 죽어 버리면 안 되는데. 되갚아 주려 해도 죽어 버리면 방법이 없잖아."

"되갚겠다는 생각은 없어. 하지만 이유는 알고 싶어. 왜 우리 아빠를 노렸는지. 아무리 생각해도 납득이 안 돼."

"그래, 다들 그렇게 말하고 있어. 왜 하필이면 너희 아빠냐고. 세상에는 죽어 마땅한 사람이 얼마든지 있는데 말이야."

구로사와는 진심으로 분노를 느끼는 것 같았다. 그의 진심 어린 분노가 그대로 전해지는 것을 느끼며 유토는 친구란 역시 좋은 거라고 생각했다.

"상심이 크겠구나, 유토."

이토카와 선생이 다가왔다.

"아, 선생님! 와 주셔서 감사합니다."

유토는 중학 시절 은사에게 고개를 숙였다.

"스기노에게 얘기를 듣고 얼마나 놀랐는지 몰라. 정말 안타깝구나. 하지만 마음 약하게 먹으면 안 된다. 힘든 일이 있으면 뭐든 얘기해. 할 수 있는 한 도울 테니."

그가 힘주어 하는 말이 인사치레로만 들리지는 않았다. 수영부 시절에도 이 사람은 언제나 학생들 편이었다.

감사합니다, 라며 유토는 다시 한 번 고개를 숙였다.

스기노를 제외한 다른 수영부 친구들과 만나는 건 오랜만이었다. 유토의 동기는 모두 합해 열 명인데 그 대부분이 와주었다. 오랜만에 느긋하게 얘기를 나눴으면 좋겠지만 오늘 밤은 그럴 만한 상황이 아니다. 유토는 그들을 현관까지 배웅했다.

친구들은 다 돌아갔지만 무슨 일인지 이토카와 선생은 그 자리에 남아 있었다.

그가 "잠깐 얘기 좀 할 수 있니?"라고 묻기에 유토는 네, 라고 대답했다. 어쩐지 불안한 생각이 들었다.

둘은 로비 한쪽 구석으로 자리를 옮겼다. 긴 의자에 둘이 나란히 앉았다.

"아버지, 요즘 어떠셨니? 얘기도 자주 나누고 그랬니?"

"얘기……요?"

"그래. 중학교 때는 아버지 얼굴도 보기 힘들다고 했잖아."

"그때는 아빠가 구니다치 공장에 근무하셔서 집에 들어오지 않는 날도 있고 해서요."

"그러니까 최근에는 어땠느냐고 묻는 거야. 대화는 자주 나눴어?"

유토는 입을 꾹 다물었다. 대답하기 어려운 질문이었다. 그리고 이토카와가 왜 그런 걸 묻는지 의아했다.

"며칠 전에 아버지가 학교로 전화하셨더라. 네 일로 할 얘기가 있다고 하시면서."

"아, 그러고 보니까……."

"그러고 보니까 뭐?"

"어제 온 형사가 그런 말을 했어요. 아빠 휴대 전화 통화 기록에 슈분칸 중학교 번호가 있었다고요."

이토카와가 고개를 끄덕거렸다.

"그럴 거야. 오늘 그 일로 니혼바시 경찰서 형사가 학교에도 다녀갔으니까."

"그랬군요."

"요즘 너랑 사이가 좋지 않아서 고민이라고 아버지가 말씀하셨어."

"아빠가 그런 말을……."

"아버지는 너에 관해 고등학교 선생이나 중학 시절 담임보다 내가 더 잘 알 거라고 생각하셨던 모양이더라. 그래서 내게 의논하고 싶으셨나 봐. 뭐, 영광이긴 하다만."

어떤 의미에서는 아빠의 생각이 옳았다. 유토의 마음속에는 담임 같은 사람이 자기에 대해 알 턱이 있나 하는 생각이 자리 잡고 있었다.

"한번 만나서 진득하니 얘기를 나눠 보자시면서 전화를 끊었는데, 결국 그게 마지막이 되고 말았다. 그래서 나로서는 신경이 쓰이지 않을 수 없구나. 아버지와 네 사이에 무슨 일이 있었는지 말이야. 있잖니 유토, 이제 와서 말해 봐야 소용없는 일일지도 모르지만, 혹시라도 무슨 일이 있었다면 얘기해 줄 수 있겠니?"

"아니요, 그런 거……."

유토는 희미하게 미소 지으며 고개를 저었다.

"딱히 없었어요. 아빠와 사이가 별로 좋지 않은 건 새삼스러운 일도 아니고요. 그것도 특별한 이유가 있어서가 아니라 그저 제가 성적이 좋지 않은 게 아빠 마음에 들지 않았을 뿐이에요. 저도 그런 말을 듣는 게 싫었고요. 그게 다예요."

흠, 하며 고개를 끄덕이고 나서 이토카와는 유토를 지그시 바라보았다. 예전과 변함없는 그의 날카로운 시선은 섣불리 거짓말해 봐야 소용없다는 무언의 압력을 행사하는 듯했다.

그러나 다음 순간 이토카와는 그 강렬한 시선에서 힘을 빼며 말했다.

"그래, 아버지는 이미 돌아가셨고, 남은 건 네 문제지. 다만, 아버지가 그만큼 너를 걱정하셨다는 것만은 전해 주고 싶었다. 쓸데없는 참견일지 모르겠다만."

"아니에요. 알려 주셔서 감사합니다."

"그래, 그럼 마음 단단히 먹어라."

이토카와는 유토의 어깨를 툭툭 두드리고 나서 현관을 향해 걸어갔다.

이토카와 선생님을 배웅하고 나서 유토는 사람들이 모여 있는 분향실 옆방으로 갔다. 열 평 정도의 다다미방에 낮은 상이 줄지어 놓여 있고, 친척과 회사 사람들이 그곳에 앉아 생선초밥을 집어 먹거나 맥주를 마시고 있었다.

후미코는 외할머니와 외삼촌 등에 둘러싸여 위로를 받고 있었다. 옆에는 하루카도 있었다. 유토도 후미코가 있는 테이블로 가서 앉았다.

"유토, 앞으로 힘든 일이 많겠지만 힘을 내야 한다. 우리 모두 응원할 테니까."

큰외삼촌이 유토의 잔에 주스를 따르면서 말했다.

"앞일도 걱정스럽겠지만 다 잘될 거다. 너무 염려하지 마라."

대학 진학을 두고 하는 말인 듯했다. 네, 삼촌, 하며 유토는 공손히 고개를 숙였다.

고타케를 비롯한 회사 사람들이 다시 한 번 인사를 하기 위해 다가왔다. 그들은 입을 모아 다케아키에게 큰 신세를 졌다고 말했다. 야마오카라는 사람은 "아오야기 본부장님 밑에 있지 않았다면 벌써 회사를 그만뒀을 겁니다."라고까지 말했다.

이윽고 조문객들이 모두 돌아가고 유토 가족만 남았다. 오늘 밤 세 사람은 이곳에 남아 있기로 했다. 그래서 갈아입을 옷도 준비해 왔다.

하루카가 제단을 다시 한 번 보고 싶다고 하기에 유토가 같이 가 주었다. 어두컴컴한 빈소 안쪽에 관이 놓여 있고 그 앞에서 향이 연기를 피워 올리고 있었다.

"아빠. 장례식 같은 거 피곤해서 싫다고 생각했는데 모두들 친절하게 위로해 줘서 정말 고마웠어. 학교 친구들도 많이 와 주었고."

하루카가 다케아키의 영정을 올려다보면서 말했다.

"회사 사람들한테 아빠 얘기를 들을 수 있었던 것도 좋았어. 사람들이 아빠를 많이 따랐나 봐."

"이런 자리에서 아빠 험담을 할 수 있겠니?"

"나도 진심인지 인사치레로 하는 말인지 정도는 구분할 수 있어."

하루카가 유토를 노려보았다.

"나, 아빠랑 대화를 좀 더 많이 했으면 좋았을 걸 그랬다 싶어. 내가 모르는 아빠의 좋은 점이 많았던 것 같아."

무슨 그런 모범생 같은 소리를 해, 라는 말이 목구멍까지 올라왔다. 하지만 유토는 끝내 그 말을 내뱉지 않았다. 그게 사실일지도 모르겠다는 생각이 한편으로 들었기 때문이다.

다음 날도 아침부터 바빴다. 회사에서 사장과 임원들이 오고, 조문객도 어제의 배 이상이 찾았다. 현재 담임인 사나다도 와서 힘내라고 격려했다. 평소에 교류가 별로 없던 동네 사람들도 오래간만에 얼굴을 비쳤다. 그저 인사치레일 뿐이라고 생각하면서도, 그들이 건네는 격려의 말 한 마디 한 마디가 유토의 마음을 따뜻하게 해 주었다.

후미코가 가족을 대표해 인사한 후 출관이 시작됐다. 유토는 다케아키의 영정을 가슴에 안고 관을 선도했다. 큰삼촌과 어른들이 관을 들었다.

화장터에는 가족과 친척들만 갔다. 관이 화로에 들어가는 모습을 보는 순간 유토는 꽉 막혔던 가슴이 뚫리는 느낌이었다. 이제야 아빠의 죽음을 현실로 받아들일 수 있을 듯했다. 자신이 마음을 단단히 먹지 않으면 안 된다고 다시 한 번 다짐했다.

후련하기는 후미코나 하루카도 마찬가지일지 몰랐다. 화장을 기다리는 내내 친척들과 얘기를 나누는 그녀들의 표정은 평온했다. 후미코는 여전히 눈물을 보이곤 했지만, 간간이 미소를 짓기도 했다.

화장을 마친 일행은 뒷마무리를 위해 장례식장으로 돌아왔다. 모든 절차가 끝난 후 후미코는 함께해 준 사람들에게 다시 한 번 감사 인사를 했다.

"이제부터 세 사람이 힘을 합해 살아가겠습니다. 제가 책임지고 이 아이들을 잘 키울 것이니 모쪼록 앞으로도 잘 부탁드립니다."

그녀의 표정이 어찌나 의연하고 믿음직스러운지 유토는 장례 절차라는 것이 유족을 슬픔으로부터 해방시켜 줄 뿐만 아니라 강하게 만들기도 하는구나 하고 생각했다.

친척들을 배웅하고 나자 마침내 유토 가족도 집으로 돌아갈 시간이 됐다. 그러나 해야 할 일이 모두 끝난 건 아니었다. 우선은 집에 제단을 마련해야 했다. 거기에 필요한 물품은 장의사 사람이 집으로 가져다주기로 돼 있었다.

유토가 돌아갈 채비를 하고 있는데 복도에서 얘기를 나누는 소리가 들렸다. 한쪽은 후미코인 것 같은데 상대가 누군지 알 수 없었다.

문을 열어 보니 후미코가 젊은 남자 둘과 마주 서 있었다. 둘 중 한 사람은 목에 카메라를 메고 있었다.

"그건 저희도 모른다니까요. 회사 사람들한테 물어보세요."

후미코의 목소리가 다소 신경질적이었다.

"사모님은 그런 얘기를 남편 분께 들은 적이 없다는 말이군요."

카메라를 메지 않은 쪽이 말했다.

"듣지 못했어요. 회사 일은 잘 모른다고 했잖아요."

"그럼 지금 이 얘기를 듣고 어떤 생각이 드세요? 여전히 범인이 미울 뿐인가요?"

"뜬금없이 그런 걸 물으시면 곤란해요. 아무튼 돌아가세요. 경찰을 부르겠어요."

"알겠습니다. 일단 돌아가죠. 하지만 이것만은 알아주세요. 저희는 가족에게 진실을 알리고 싶었습니다."

그리고 남자가 다른 남자에게 눈짓한 후 두 사람은 함께 돌아갔다.

후미코는 두통을 억누르려는 듯 관자놀이를 양손으로 꾹 눌렀다.

유토가 무슨 일이냐고 묻자 그녀는 한숨을 푹 내쉬며 말했다.

"이상한 소리를 하네. 아빠를 찌른 남자가 해고당한 이유가 회사에서 일어난 사고를 숨기기 위한 것이었다면서 그 사실을 알고 있냐는 거야. 게다가 그 남자는 그 사고로 후유증까지 얻었대."

"그게 무슨 소리야? 그 일이랑 아빠랑 무슨 상관이 있다는 건데?"

"말하자면 그 사고를 숨기라고 지시한 사람이 아빠라는 거지. 그 일로 원한을 사서 살해당했을지 모른다는 거야."

유토는 숨을 깊이 들이마셨다. 분노의 말을 쏟아내고 싶었다. 그러나 딱히 할 말이 떠오르지 않았다.

가슴속에서 불안이 소용돌이치기 시작했다.

11

"야시마가 졸업한 고등학교는 후쿠시마에서도 거칠기로 꽤 유명한 학교랍니다. 소위 불량 그룹 따위에 속해 있지 않아도 호신용 나이프를 지니고 다니는 학생들이 적지 않았던 모양이에요. 야시마가 있던 양육 시설 관계자의 말로는 아이들이 그런 위험한 물건을 갖고 다니지 못하도록 단속했다고 하지만, 제 생각에는 얼마든지 몰래 갖고 다녔을 거라고 봅니다."

수사관의 보고를 듣는 이시가키의 표정이 떨떠름했다. 다 듣고 나자 그는 뒷머리를 벅벅 긁으며 고개를 저었다.

"하지만 반드시 나이프를 갖고 있었다는 증거도 없는 거잖아. 나이프 구입 경로는 어떻게 됐어?"

그러자 사카가미가 이시가키 못지않게 떨떠름한 표정으로 일어섰다.

"범행에 사용된 나이프는 5년 전부터 판매되던 것이라고 하니 야시마가 입수했다면 도쿄에 올라온 후였을 겁니다. 그 나이프를 인터넷으로 판매하는 회사가 기후 현에 있어서 구매자 리스트를 받아 봤는데, 야시마라는 이름은 없었습니다. 인터넷 중고 매매 사이트에서 샀을 가능성도 있으니 입수 경로를 밝히기는 어려울 것 같습니다."

이시가키가 찡그린 얼굴로 아랫입술을 쑥 내밀었다.

"나이프만 야시마 것으로 확인되면 완벽한데 말이야. 설사 야시마가 의식을 찾지 못한다 하더라도 사건을 종결지을 수 있을 텐데……."

여느 때와 마찬가지로, 밖에서 돌아온 수사원들이 이시가키를 둘러싸고 있었다. 저녁 8시를 조금 넘긴 시각이었다.

오늘 마쓰미야는 가가와 둘이서 에도바시 다리와 하마초료쿠도 사이를 걸어 다녔다. 야시마를 목격했다는 정보를 수집하고 도주 경로를 확인하는 게 목적이었다. 그러나 야시마를 봤다는 사람은 나타나지 않았다. 밤늦도록 행인이 끊이지 않는 거리니 어지간히 눈에 띄는 행동을 하지 않는 이상 누군가의 기억에 남을 가능성은 희박했다.

그러나 수확이 전혀 없는 것은 아니었다. 아오야기가 이용했던 가게를 한 군데 발견했던 것이다. 닌교초 길가에 있는 메밀국수 집이었다. 미닫이문을 열자 좁은 통로를 사이에 두고 양쪽으로 테이블이 나란히 놓여 있고 그 안쪽에 카운터가 있었다.

점원의 말에 따르면 아오야기는 이곳을 두 번 정도 방문했다고 한다. 뭘 주문했는지는 기억나지 않지만, 먹고 돌아가면서 맛있다고 칭찬해 주어 인상에 남았다는 것이다. 이왕 온 김에 마쓰미야와 가가도 그곳에서 점심을 먹기로 했다. 마쓰미야는 간 무를 곁들인 메밀국수를 먹었는데, 면발이 쫄깃하고 찍어 먹는 간장도 깊이가 있어 맛있었다.

아오야기가 닌교초를 드나든 것만은 틀림없는 듯했다. 그러나 그 이유는 여전히 안갯속이었다.

장례식장에 다녀온 수사관이 상복 차림으로 보고를 시작했다. 어제에 비해 오늘 조문객이 더 많았던 것 같은데 특별히 이상한 점은 없었다고 한다.

다른 수사원들의 보고도 수사에 큰 진전을 가져올 만한 것은 없었다.

"야시마는 상태가 여전한가? 솔직히 말해, 의식이 돌아오든지 아니면 죽든지, 어느 쪽이든 빨리 결판이 났으면 좋겠어."

이시가키가 한숨 섞인 말투로 내뱉었다. 불근신하게 받아들여질 수도 있는 말이었지만 마쓰미야도 내심으로는 동감이었다. 주위 형사들 역시 말은 안 했지만 고개를 끄덕거렸다.

"동기는 원한으로 봐도 좋을까요?"

고바야시가 물었다.

"별문제 없지 않겠어? 마쓰미야가 가져온 얘기도 설득력이 있고 말이야. 산재 사고 은폐가 실제로 있었을 거야. 확실한 건 뒤를 더 캐 봐야 알겠지만, 그건 저쪽에서 할 일이고. 우리는 들어오는 정보를 사용하기만 하면 돼."

이시가키가 말하는 저쪽이란 노동 기준 감독서를 뜻한다. '가네세키 금속' 구니다치 공장에서 산재 사고를 은폐한 정황이 있다는 건 어제 이미 통보했다. 이 문제를 최우선해서 조사하겠다는 답변도 받았다.

"아이가 생겼는데 일자리를 찾지 못해 초조했던 나머지 산재 사고 은폐를 폭로하겠다고 피해자를 협박해 다시 그 회사에 들어가려고 했단 말이죠?"

고바야시가 천장을 올려다보면서 중얼거렸다.

"뭐랄까, 너무 안이한 발상이었다고 할 수밖에 없겠네요. 산재 은폐라고 해 봐야 얼마나 큰 죄가 될지……."

"50만 엔 이하의 벌금이랍니다."

마쓰미야가 대답했다. 어제 이미 조사해 놓은 사실이었다.

고바야시는 흥, 콧방귀를 뀌었다.

"그 정도 사안을 빌미로 사람을 협박할 수 있다고 생각한 건가? 뭐, 본인에게 물어보지 않고서야 알 길이 없지만."

"그래, 동기에 대해서는 본인에게 물어보는 수밖에 없어."

이시가키가 말했다.

"단, 결정적인 단서는 나이프야. 내일도 계속해서 목격 정보를 수집하고 나이프에 관한 수사에 주력한다. 그렇게들 알아."

네, 하고 수사관들이 일제히 대답했다.

마쓰미야가 가가를 눈으로 더듬어 찾으니 그는 조금 떨어진 곳에서 증거품 파일과 노트북을 번갈아 들여다보고 있었다.

그런데 어느 순간 가가가 갑자기 자리에서 일어서더니 방을 나가는 것이었다. 마쓰미야는 허둥지둥 그를 쫓아갔다.

가가 선배, 하고 마쓰미야가 복도에서 가가를 불러 세웠다.

"곧장 집으로 가실 거예요?"

그 질문에 가가는 잠시 망설이는 표정을 보이다가 어깨를 으쓱했다.

"아니라면?"

"어디로 새려고요?"

"새는 게 아니라 저녁 먹으러 갈 거야."

"정말 그것뿐이에요?"

"뭐, 다른 목적도 있긴 하지만."

가가가 우뚝한 콧날을 만지작거렸다.

"내 그럴 줄 알았어요. 같이 가요."

경찰서를 나온 두 사람은 북쪽으로 방향을 잡았다. 쇼와 거리를 따라 걷다가 예의 지하도를 지나 에도바시 다리를 건넜다. 거기서 동쪽으로 향하면 늘 걷던 코스인데 가가는 그대로 쇼와 거리를 따라 북쪽으로 더 나아갔다.

"왜 이쪽으로 가요? 이리 가면 닌교초와는 반대쪽인데."

"잠자코 따라오기나 해."

혼초 2로 교차점을 지나 두 번째 모퉁이에서 오른쪽으로 돌았다. 그 모퉁이에는 일본 종이 전문점이 있고, 그 위층은 박물관인 듯했다. 과연 노포의 거리라는 것을 새삼 인식했다.

조금 더 가니 왼쪽에 조그만 사당이 보이고 그 앞에 커다란 기둥이 서 있었다. 니혼바시에는 도처에 신사가 있다. 이번에 탐문 수사를 하면서 새로이 알게 된 사실 중 하나였다.

가가가 한 가게 앞에서 걸음을 멈췄다. 간판을 올려다본 마쓰미야는 놀라는 표정을 지었다.

"또 메밀국수예요?"

"아오야기 씨가 메밀국수를 좋아했다면 여러 가게에서 먹어 보고 싶지 않았을까?"

"그래서 굳이 여기까지 온 거예요?"

"싫으면 그만 돌아가든지."

가게 이름은 '홍매암'이었다. 가가는 문을 열고 안으로 들어갔다. 물론 마쓰미야도 따라 들어갔다. 비교적 넓은 가게 안은 3분의 1 정도 자리가 차 있었다. 손님 대부분은 맥주를 마시고 있다. 메밀국수는 입가심으로 먹는 듯했다.

둘은 구석 테이블로 안내됐다. 술안주 몇 가지와 맥주를 주문했다. 여종업원 혼자서 부지런히 움직이고 있었다. 느긋하게 얘기를 나눌 만한 짬은 없어 보였다.

맥주와 기본 안주 몇 가지가 나왔다. 가가가 재빨리 맥주병을 들어 마쓰미야의 잔에 따라 주었다. 자, 수고가 많아, 하면서 건배하고 마셨다.

"있잖아요, 가가 선배는 어떻게 생각해요?"

"뭘?"

"뭐긴 뭐예요, 사건이죠. 범인은 야시마, 동기는 아까 고바야시 씨가 말한 대로, 그렇게 결론지어도 되는 걸까요? 윗선에서는 완전히 그쪽으로 정리할 모양이던데."

가가가 젓가락으로 젓갈을 집어 입에 넣더니 "맛있네."라고 중얼거리고 맥주를 한 모금 들이켰다.

"윗사람들이 어떻게 판단하는지를 아랫사람들이 생각할 필요는 없어. 우리가 할 일은 사실을 하나하나 밝히는 거야. 고정관념이나 선입견을 버리고 사실만 골라내다 보면 상상도 못했던 것들이 보이기도 하지."

"사건의 이면에 의외의 진실이 있다는 말인가요?"

글쎄, 하고 고개를 갸웃하고 나서 가가는 몸을 앞으로 기울였다.

"오해하고 있는 것 같아서 말해 주는 건데, 나 역시 야시마가 범인일 가능성이 가장 높다고 생각해. 고바야시 주임이 말한 동기도 충분히 설득력이 있고 말이야. 하지만 그걸 증명했다고 해서 사건의 전모를 밝혔다고 할 수 있을까? 나는 아니라고 생각해. 아오야기 씨가 왜 이 거리를 드나들었는지를 알아내지 못하면 그 가족으로서는 사건이 종결됐다고 볼 수 없어."

"그것도 형사가 할 일인가요?"

"나는 그렇다고 생각해. 하지만 자네에게까지 강요하지는 않겠어."

주문한 음식이 나왔다. 가가가 "다 맛있어 보이는데."라며 눈을 반짝거렸다. 마쓰미야는 연근 사이에 명란을 넣어 튀긴 것을 젓가락으로 집어 입에 넣었다. 맛의 균형과 식감이 절묘했다.

"한 가지 마음에 걸리는 게 있어."

가가가 말했다.

"내가 어제 중학교에 갔다 왔다고 말했나?"

"그 집 아들이 다녔다는 학교 말인가요? 아니요, 못 들었어요. 학교 이름이 뭐였더라, 슈……."

"슈분칸 중학교. 아오야기 씨가 누구에게 전화를 걸었었는지 알아냈어. 이토카와라는 선생인데, 수영부 고문이야. 아오야기 씨의 아들이 수영부였다더군. 전화한 용건은 최근 들어 아들과 사이가 좋지 않아 상담을 하고 싶다는 거였대."

"그래요? 아오야기 씨에게 그런 고민이 있었군요."

그렇게 말하고 마쓰미야는 맥주를 들이켰다.

가가는 그의 잔에 다시 맥주를 따르고 나서 "그런데 이상하지 않아?"라고 물었다.

"그런 고민이 있으면 우선적으로 의논하는 상대가 있잖아."

"담임 말이에요? 반드시 그렇다고 할 수는 없지 않을까요. 동아리 활동을 하는 아이들에게 고문은 특별한 존재잖아요."

그러자 가가가 얼굴 앞에서 손을 내저었다.

"그게 아니라, 대개는 아이 엄마, 그러니까 자기 아내와 의논하지 않느냐 그 말이야."

아, 하는 소리가 마쓰미야의 입에서 흘러나왔다.

"듣고 보니 그러네요."

"그런데 부인은 그런 얘기가 일절 없었어. 뿐만 아니라 부인이나 아이들 얘기만 들으면 심지어 아오야기 씨가 가족에게 무관심했다는 인상마저 받거든. 이 모순은 대체 뭘까."

마쓰미야가 허공을 응시했다.

"그러게요. 정말 이상하네요."

"아오야기 씨는 왜 최근 들어 갑자기 아들 일을 학교 선생과 의논해야겠다고 마음먹었을까? 그리고 왜 아내에게는 그런 얘기를 하지 않았을까?"

"글쎄요, 혹시 유토 군에게 직접 물어보면 어떨까요?"

"그것도 방법이기는 하지. 그런데 조금 더 상황을 지켜보는 게 좋겠다 싶기도 해. 유토가 뭔가 알고 있으면서 의도적으로 숨기고 있다면 거기에는 이유가 있을 테니 말이야. 괜히 자극했다가는 오히려 입을 다물어 버릴 우려도 있어. 예민한 나이라서 말이지."

어떻게 그렇게 잘 알아요, 라며 피식 웃으려던 마쓰미야에게 문득 떠오르는 것이 있었다. 비록 짧은 기간이지만 가가는 중학교에서 교편을 잡은 적이 있었던 것이다.

이제 메밀국수를 주문할까, 라며 가가가 종업원을 불렀다. 차가운 메밀 2인분을 주문하고 난 뒤 그는 종업원에게 아오야기 다케아키의 사진을 보여 주었다.

중년의 여종업원은 "글쎄요."라며 고개를 갸웃거렸다.

"손님들 얼굴을 일일이 기억하지는 못해서요."

혹시나 싶어 야시마 후유키의 사진도 보여 주었지만 그 역시 기억에 없다는 것이었다.

메밀국수를 다 먹고 난 후 마쓰미야가 계산을 치르고 두 사람은 가게를 나왔다.

"영수증 좀 보여 줘."

가가의 말에 마쓰미야가 조금 전에 받은 영수증을 건넸다.

인쇄 상태가 좋지 않아 '홍매암'의 '홍' 자가 알아보기 힘들었다. 전화번호도 거의 보이지 않았다.

"여기까지 왔는데 아쉽게도 허탕이네요?"

마쓰미야가 빈정거리는 투로 물었다.

하지만 가가는 아무 대꾸 없이 영수증만 뚫어져라 들여다보았다.

"아니, 허탕이 아니야. 제대로 찾아왔어. 그 아줌마가 기억을 못할 뿐이지."

그리고 그는 휴대 전화를 꺼내 한 손으로 조작하더니 화면에 비친 사진을 조금 전에 받은 영수증과 함께 마쓰미야에게 보여 주었다.

아니……, 하는 소리가 마쓰미야의 입에서 흘러나왔다. 화면에 비친 사진과 조금 전에 받은 영수증이 날짜와 금액만 다를 뿐 같은 영수증이었기 때문이다.

"아오야기 씨의 회사 책상에서 발견한 영수증이야. 메밀국수 집일 수도 있겠다 싶어서 인터넷으로 검색해 이 가게를 찾아냈지. 틀림없어, 아오야기 씨는 이 가게에 온 적이 있어."

마쓰미야가 새삼스레 메밀국수 집 간판을 올려다보았다.

"그런데 왜 여기까지 왔을까요? 닌교초나 아마자케요코초에서는 꽤 먼 거리인데."

"그래, 그게 또 새로운 수수께끼로군."

가가는 눈앞에 쭉 뻗어 있는 길로 시선을 돌렸다.

12

잠에서 깬 유토는 시계 알람을 끄고 눈을 비볐다. 머리가 조금 무거웠지만 요 며칠 새 가장 기분 좋게 눈뜬 아침이라고 할 수 있었다. 침대에서 나와 손발을 쭉 뻗고 기지개를 켠 다음 옷을 갈아입기 시작했다. 사건 이후 첫 등교다. 친구들을 만나는 것은 즐겁지만 수업을 생각하면 우울했다. 뭐, 괜찮을 거야. 좀 졸아도 당분간은 선생들이 장례식 때문에 피곤했나 보다고 눈감아 주겠지.

1층으로 내려가자 후미코가 앞치마 차림으로 거실에 있었다. 그런데 그녀는 켜 놓은 텔레비전 화면에서 눈을 떼지 못하고 있었다.

왜 그러느냐고 물을 필요도 없었다. '니혼바시 살인 사건의 배후에 의외의 진상이!'라는 자막이 비쳤기 때문이다.

어두컴컴한 방에 남자가 앉아 있었다. 양복 차림에 얼굴은 완전히 가려져 있다. 화면 아래쪽에 '가네세키 금속에 근무했던 남성'이라는 자막이 흘렀다.

"그런 건 늘 있는 일이죠."

남자의 목소리가 저음으로 변조돼 나왔다.

"계약직 종업원은 일회용이나 마찬가지예요. 어딘가에 부딪혀서 피가 나도 수건으로 누르고 있으라는 말 한마디만 할 뿐 아무것도 해 주지 않아요. 산재 처리요? 어림도 없죠. 그랬다가는 안전 대책이 미흡하다는 게 들통날 텐데……. 책임 문제로 발전할까 봐 신청하지 않으려고 할 겁니다."

"하지만 산재 신청은 근무하는 회사가 아니라 인력 파견 회사가 하는 거잖아요?"

여자 리포터가 질문했다.

"인력 파견 회사는 저쪽 회사에서 신고하지 말라고 하면 따를 수밖에 없어요."

"그러다가 후유증이라도 남으면 어떻게 하나요?"

"후유증이 문제가 아니라 죽는 사람도 있어요. 사고를 신고하지 않기 때문에 현장은 늘 위험에 방치돼 있죠. 그래서 끊임없이 사고가 생기는 거고요. 그런데도 전부 덮어 버립니다."

화면이 바뀌어 남자 사회자의 떨떠름해하는 얼굴이 클로즈업됐다.

"그렇군요, 실태가."

다시 리포터의 모습이 비쳤다.

"저희 조사로는, 조금 전에 전해 드린 전락 사고의 영향으로 용의자 야시마가 적어도 5일간 일하지 못한 것으로 밝혀졌습니다. 나흘 이상 쉴 경우 반드시 신고할 의무가 있으므로 이것은 산재 은폐로 볼 수 있습니다. 인력 파견 회사는 용의자 야시마에게 병원에 가더라도 부상의 원인을 밝히지 말고 치료비를 스스로 부담하도록 지시했다고 합니다."

사회자가 음, 하고 신음 소리를 냈다.

"야시마가 아직 범인으로 확정된 건 아니지만, 사건의 이면에 개인 차원에서 끝나지 않을 문제가 숨어 있다는 생각이 드는군요."

그리고 사회자는 늘 하던 대로 패널들에게 의견을 묻기 시작했다.

사회 양극화, 약육강식, 권력 남용 등등, 사회자의 기대에 부응하는 내용을 패널들이 득의만면한 표정으로 얘기하는 것을 들으며 유토는 기분이 점점 나빠졌다. 그런데 유토가 뭐라고 하기 전에 후미코가 먼저 리모컨을 집어 텔레비전을 꺼 버렸다. 그리고 "멍청한 것들."이라는 말 한마디만 남기고 부엌으로 들어갔다.

유토가 어쩐지 느낌이 이상해 뒤돌아보니 바로 뒤에 하루카가 서 있었다. 얼굴이 창백했다.

"신경 쓸 거 없어."

유토가 말했다.

학교에 가니 친구들이 너도나도 다가와 말을 건넸다. 개중에는 장례식 때 와 준 친구도 있었다. 유토는 다시 한 번 고맙다고 인사했다. 오늘 아침 방송된 프로그램을 보고 뭔가 불쾌한 소리를 하는 놈도 있을지 모르겠다고 각오하고 있었는데 아무도 그걸 화제 삼지 않았다. 애초에 그 프로그램을 보고 나온 아이가 별로 없는 듯했다.

1교시, 2교시 수업이 진행돼 가는 동안 학교생활의 리듬도 되살아났다. 유토 자신은 아빠의 죽음이라는 불행을 겪었지만 주위 사람들에게 그것은 그다지 큰 변화가 아니었다. 그들은 여느 때와 다름없는 흐름 속에 있었다. 자신도 빨리 그 흐름에 녹아들어야겠다고 유토는 생각했다.

그런데 점심시간이 되어 스기노와 함께 식당에 들어가자 그를 바라보며 수군거리는 아이들이 있었다.

"뭐야, 저 녀석들. 기분 나쁘네."

스기노가 그들에게 다가갔다. 그런데 두세 마디 나누더니 곧 돌아오는 것이었다. 그 표정이 시무룩했다.

"무슨 소린지. 인터넷 뉴스에 공장장이 사과하는 게 나왔다는데?"

"공장장이라니, 그게 무슨 말이야?"

"기다려 봐. 검색해 볼 테니까."

스기노가 고개를 갸우뚱거리며 휴대 전화를 꺼냈다. 그리고 자판을 몇 번 누르더니 눈썹을 찡그렸다.

"왜 그래?"

스기노는 아무 말 없이 휴대 전화를 내밀었다. 유토의 눈에 다음과 같은 문장이 날아들었다.

'산재 은폐는 아오야기 씨의 지시? 공장장이 밝히다'

13

텔레비전 화면에 낯익은 네모난 얼굴이 비쳤다. 마쓰미야가 구니다치 공장에서 만났던 고타케라는 공장장이었다. 긴장한 탓인지, 아니면 카메라용 조명의 열기 때문인지 이마가 땀으로 번들거렸다. 그 부분을 손수건으로 닦으면서 고타케는 몇 번이나 고개를 숙였다.

"아니요, 좋지 않은 일이라고 생각하고 있었습니다. 다만 회사 이름에 먹칠하게 된다고 하니 거절하기 어려워 지시대로 움직일 수밖에 없었습니다."

그리고 화면에는 '산재 은폐를 지시한 사람은 아오야기 본부장인가?'라는 자막이 나왔다.

"저는 본부장의 지시를 받았을 뿐입니다. 본부장이 다른 누군가의 지시를 받았는지 어쨌는지는 알지 못합니다."

들이댄 마이크를 향해 고타케는 그렇게 대답했다.

화면이 아나운서의 얼굴로 바뀌었다.

"이 건에 관해 다치카와 노동 기준 감독서에서는 '가네세키 금속'에서 악질적인 산재 은폐가 빈번히 이루어졌을 가능성이 있다고 보고 조사에 들어갈 것이라고 합니다. 이어서 환율과 주식 동향입니다."

화면에서 눈을 돌리고 마쓰미야는 한숨을 쉬었다.

"빠르네요. 벌써 산재 은폐 냄새를 맡다니."

가가가 젓가락을 내려놓고 찻잔으로 손을 뻗었다.

"매스컴이 냄새를 맡은 게 아니라 과장이나 이사관 선에서 정보를 흘렸을 거야. 이걸로 이제 야시마에게 만일의 일이 생기더라도 피의자 사망 건으로 처리하기가 쉬워졌어."

"그럴지도 모르겠네요."

그리고 마쓰미야는 식사를 계속했다. 둘은 닌교초에 있는 정식 집에 있었다. 탐문 수사와 식사를 겸하는 중이다.

식사 후 가가는 다른 손님이 없는 것을 확인하고 여주인을 불렀다. 그리고 아오야기 다케아키의 사진을 보여 주며 이 집에 온 적이 있는지 물었다.

오십 전후로 보이는 여주인은 사진을 손에 들고 복잡한 표정을 지었다. 뭔가 떠오르는 건 있지만 입에 담기를 주저한다, 형사들에게는 그렇게 보였다.

"왜 그러시죠?"

가가가 물었다.

"그게 좀……. 이분, 그…… 사건의 피해자 맞죠?"

여주인이 쭈뼛거리며 물었다.

"네, 니혼바시 살인 사건의 피해자입니다. 이분을 아십니까?"

"아니요, 저는 잘 모르지만 어제 오신 손님이 본 적이 있는 것처럼 말씀을……."

그녀는 말꼬리를 흐렸다.

"본 적이 있다고요, 어디서요?"

"그게, 거기 그…… 신사에서……."

"신사요?"

"네, 가사마이나리 신사라고……."

"아, 하마초에 있는 신사 말이죠! 거기서 봤다고 하던가요?"

"네, 뭘 아주 열심히 빌고 있더래요. 그래서 기억에 남았다던데."

"그 손님, 여기 자주 옵니까?"

"네, 간혹 오세요. 하지만 이름은 몰라요. 회사원 같아 보였는데, 항상 부하 직원 같은 사람을 데리고 왔어요."

가가는 고개를 끄덕인 후 품 안에서 명함을 꺼냈다.

"죄송하지만 혹시 다음에 그 손님이 오면 알려 주실 수 있을까요? 뒤에 제 휴대 전화 번호가 있어요. 물론 손님이나 가게에 누를 끼치는 일은 없도록 하겠습니다."

명함을 받은 여주인이 난감한 표정을 지었다.

"일단 받기는 하겠지만, 깜박할지도 몰라요. 그 손님이 언제 또 올지도 알 수 없고……."

가가가 미소를 지었다.

"가능하면 그래 주십사 하는 겁니다. 물론 되도록이면 잊지 않으셨으면 하고요."

네, 하고 여주인은 애매하게 웃어 보이며 고개를 끄덕였다.

"저 태도로 봐서는 틀림없이 잊어버릴 것 같은데요."

가게에서 나오자 마쓰미야가 말했다.

"아주 느긋해 보이는 게, 전혀 에도 사람 같지 않네요. 닌교초에도 저런 사람이 있군요."

"세상에는 여러 종류의 사람이 있으니까. 그건 그렇고, 가사마이나리라고 했지? 그렇군. 알 것 같아."

가가는 납득이 간다는 듯 여러 번 고개를 끄덕였다.

"뭘 말이에요? 저도 가르쳐 주세요."

"일단 따라와 봐."

가가가 의미심장하게 웃더니 앞장서 걷기 시작했다.

아마자케요코초 거리를 동쪽으로 걸었다. 야시마 후유키가 숨어 있던 하마초료쿠도 공원이 바로 앞에 보였다. 그러나 오늘은 그곳을 그대로 가로지른다. 그리고 다음 모퉁이에서 왼쪽으로 돌았다.

다음 순간 넓은 도로가 보였지만 가가는 그 직전에 걸음을 멈췄다. 왼쪽 모퉁이에 돌기둥과 울타리에 둘러싸인 아담하지만 풍치가 있는 신사가 있었다. '가사마이나리 다이묘진'이라고 쓰인 빨간 깃발이 매달린 장대도 여러 개 서 있었다.

가가를 따라 마쓰미야도 신사 안으로 발을 들여놓았다. 내부를 둘러보는데, 가장 눈에 띄는 점이 여우 석상이 많다는 것이었다. 그리고 그 여우 석상들은 죄다 목에 빨간 수건을 두르고 있었다. 신전 옆에는 조그만 대가 설치돼 있고 그 위에 판매용 부적과 각종 장식물, 팸플릿 등이 놓여 있다. 하나쯤 슬쩍해도 모를 듯한데, 그렇게 분별 없이 행동하는 사람은 없는 것일까.

"일본 3대 이나리 신사 중 하나야."

가가가 말했다.

"본가는 이바라키 현에 있지. 여기는 도쿄 별사라고 하고."

"아오야기 씨는 뭘 빌러 여기까지 왔을까요?"

신전을 바라보면서 마쓰미야가 물었다.

"흠, 아마 여기만 다닌 게 아닐걸."

"그러면요?"

가가가 팸플릿 하나를 집어 들었다.

"옆에 찻집이 있어. 커피라도 마시면서 설명하지."

그곳은 조그만 테이블이 여러 개 놓인 옛날 분위기의 찻집이었다. 커피 두 잔을 주문한 후 가가는 조금 전에 집어 온 팸플릿을 펼쳤다.

"알고 있겠지만 니혼바시에는 신사가 많아. 조그만 분사까지 합하면 헤아릴 수 없을 정도지. 메이지 극장 옆에 작은 신사가 있는 건 알아? 거기도 가사마이나리의 분사야."

이곳으로 부임한 지 얼마 되지도 않았는데 가가는 이 지역을 완전히 파악한 것 같았다.

"그건 알겠는데요, 그래서 어쨌다는 겁니까?"

가가는 팸플릿에 인쇄된 지도를 가리켰다. 거기에는 주요 신사의 위치가 표시돼 있었다. 가사마이나리 신사도 그중 하나였다.

"니혼바시 칠복신이라는 게 있어. 그 신들을 모신 신사를 전부 돌아다니며 참배하는 게 니혼바시의 정월 풍습이지. 말하자면 신사의 메이저 리그 같은 거야. 거기에 포함된 신사가……."

가가는 손가락으로 지도를 짚어 가며 신사의 이름을 열거했다. 고아미 신사, 차노키 신사, 스이텐구 신사, 마쓰시마 신사, 스에히로 신사, 가사마이나리 신사, 스기노모리 신사, 다카라다에비스 신사, 이렇게 여덟 개였다.

"여덟 개네요, 칠복신이라면서요?"

"스기노모리 신사와 다카라다에비스 신사는 둘 다 에비스 신을 모시는 곳이야. 왜 둘이 됐는지는 모르겠지만 그런 건 아무래도 상관없고, 문제는 이 두 신사의 위치야. 다른 신사들과는 확연히 구분되는 점이 있거든. 지도를 잘 봐."

가가의 말에 마쓰미야는 지도를 뚫어져라 들여다봤다. 도중에 커피가 나왔지만 그는 지도에서 눈을 떼지 않은 채 블랙으로 마셨다. 그리고 마침내 뭔가를 깨달은 듯했다.

"이 다카라다에비스 신사가 혹시 어젯밤에……."

"그래."

가가가 만족스럽다는 듯 고개를 끄덕였다.

"홍매암이라는 메밀국수 집 근처에 있지. 다른 여섯 개의 신사는 아마자케요코초에서 비교적 가까운 곳에 있는 데 반해 스기노모리 신사와 다카라다에비스 신사는 조금 떨어져 있어. 특히 다카라다에비스는 역으로 치면 고덴마초 역이나 신니혼바시 역이 더 가까울 정도야. 아오야기 씨가 왜 그런 곳에 있는 메밀국수 집을 갔을까, 그게 문젠데, 칠복신 순례를 하기 위해서였다고 하면 설명이 되거든. 실제로 지금까지 아오야기 씨의 모습이 목격된 가게들의 위치를 살펴보니 칠복신 순례 루트에서 거의 벗어나 있지 않더군."

마쓰미야는 지도에서 얼굴을 들고 가가를 보며 고개를 끄덕였다.

"그 말이 맞을 것 같네요. 아마 틀림없을 겁니다. 그게 아오야기 씨가 니혼바시를 드나든 이유였어요. 칠복신 순례가 목적이었던 거예요."

마쓰미야의 목소리가 저도 모르게 높아졌다.

"그럼 칠복신 순례가 맞다 치고, 그가 무엇 때문에 그런 걸 했느냐가 그다음 수수께끼겠군. 정월이었다면 단순히 연례행사였다고 할 수 있겠지만, 평상시에 몇 번이나 다닌 데에는 특별한 이유가 있었다고 봐야 하지 않을까?"

"뭔가 간절히 바라는 게 있었던 것 아닐까요. 열심히 참배했다면 그 이유밖에 더 있겠어요?"

"그야 그렇겠지."

그러고서 가가는 커피 잔을 들었다.

"자네 같으면 간절히 바라는 일이 있다고 신사에 가서 빌 생각을 하겠어?"

"생각할 수 없는 건 아니죠. 실제로 대학 입시 때는 가서 빌기도 했고요."

"하지만 그건 새해 참배를 하러 간 김에 빌었던 거겠지. 대학에 붙게 해 달라고 빌려고 일부러 찾아간 게 아니라."

"그야 그렇죠."

가가는 커피를 한 모금 마신 뒤 잔을 내려놓았다.

"이건 개인의 기호나 사고방식의 문제라서 뭐라 말하기 힘들지만, 신에게 의지하면 정말로 원하는 걸 얻을 거라고 믿는 사람이 과연 얼마나 될까? 신심이 두터운 노인들이라면 모를까, 아오야기 씨는 그런 세대도 아닌데 말이야."

"그건 선배가 섣불리 넘겨짚는 게 아닐까요? 젊은 사람들 중에도 신의 힘을 믿는 사람이 적지 않아요. 제 동창 중에도 매주 교회에 나가는 녀석이 있고요."

그러자 가가가 고개를 갸웃했다.

"교회에 다니는 것과 칠복신 순례는 뭔가 근본적으로 다를 것 같은데."

"그럼 아오야기 씨는 뭘 위해서 순례를 했다는 거죠? 소원을 비는 것 외에 신사에 참배할 이유가 있을까요?"

가가는 미간에 주름을 세우고 팸플릿을 노려보았다.

"왜 니혼바시에……."

"네?"

"소원을 빌러 갔다 쳐도 왜 하필이면 니혼바시 칠복신이었을까? 집이나 회사 근처에도 신사나 절이 있을 텐데. 칠복신도 있을 거고. 그런데 왜 이렇게 멀리까지 왔을까?"

"그건, 이쪽 신사들이 영험하다고 생각해서 그랬던 것 아닐까요?"

"영험하다…… 그런 마음이 있었다는 건 신심이 상당히 깊었다는 얘기겠지?"

"그렇지 않을까요."

가가는 남은 커피를 마저 마신 뒤 팸플릿을 접었다.

"확인해 보자고."

찻집을 나온 두 사람은 닌교초 역까지 걸어가서 히비야 선을 탔다. 그리고 약 30분 뒤 나카메구로에 도착했다. 아오야기의 집은 역에서 걸어서 10분 거리의 주택가에 있었다. 좁은 골목이 복잡하게 얽혀 있는 곳으로, 대충 비슷한 골목으로 들어섰다가는 막다른 길이 나오기 일쑤여서 주의해서 길을 찾아야 했다.

거의 다 왔다 싶은 곳에 남자들 몇 명이 서성거리고 있었다. 분위기로 보건대 매스컴 관계자들 같았다. 마쓰미야는 잘못 걸리면 귀찮아지겠다고 생각했지만 가가가 개의치 않고 계속 빠른 걸음으로 걷는 바람에 하는 수 없이 마쓰미야도 그 뒤를 따라갔다.

두 사람이 아오야기의 집 대문으로 다가가려는데 아니나 다를까, 안경을 낀 교활해 보이는 남자가 득달같이 달려왔다.

"이 집에 오신 겁니까? 용건이 뭐죠?"

마쓰미야가 한 손으로 그를 제지하면서 다른 손으로는 자신의 가슴께를 툭툭 쳤다. 여기 경찰수첩이 들어 있다는 의미였다. 그 몸짓이 통했는지 남자는 금세 기죽은 표정으로 물러섰다.

가가가 인터폰을 눌렀다. 후미코가 응답했다. 그녀는 가가에게 대문을 지나 현관까지 들어오라고 했다. 매스컴에 모습을 드러내고 싶지 않아서일 것이다.

두 사람이 현관 앞까지 다가가자 현관문이 살며시 열리더니 후미코의 다소 초췌한 얼굴이 보였다.

집에는 그녀 혼자 있었다. 아이들은 오늘부터 등교를 시작한 모양이었다.

"집 앞이 좀 어수선하군요."

거실 소파에 앉으며 가가가 말했다.

"오전부터 와서 저러고 있어요. 제가 외출하기를 기다리나 봐요."

후미코가 쟁반에 찻잔을 담아 가지고 왔다.

"산재 은폐에 대해 어떻게 생각하느냐고 인터폰으로 묻더라고요. 제가 그걸 어떻게 대답하겠어요, 아는 게 없는데. 남편이 그런 일을 했다는 것조차 뉴스를 보고 처음 알았을 정도인데요."

마쓰미야와 가가 앞에 각각 찻잔이 놓였다. 호지차 향이 아련하게 풍긴다.

"남편 분이 집에서는 회사 얘기를 안 했다고 하셨죠?"

마쓰미야의 질문에 후미코는 고개를 깊게 끄덕이더니 호소하는 듯한 눈빛으로 그를 바라봤다.

"뉴스에서 하는 말이 정말인가요? 산재 은폐 때문에 우리 그이가 살해당한 건가요?"

"글쎄요, 그건 아직……."

그러면서 마쓰미야는 가가를 보았다.

"산재 은폐에 관해 누군가 증언을 했나 봅니다."

가가가 대답했다.

"다만 남편 분이 어떤 식으로 관계됐는지는 아직 분명치 않아요. 사건과의 관련성에 대해서도 확인된 건 없습니다."

후미코는 어깨를 축 늘어뜨리더니 "그런가요."라고 중얼거렸다.

"사실 오늘 이렇게 찾아뵌 것은 여쭤 보고 싶은 일이 있기 때문입니다. 물론 남편 분에 관해서죠. 남편 분이 신심이 깊은 편이었습니까?"

네에? 하며 후미코가 눈을 동그랗게 떴다. 전혀 예상치 못한 질문이기 때문일 것이다.

"그게 무슨……."

"가령 간절히 바라는 일이나 고민이 있을 때 신불에게 비는 일이 있었나요? 절이나 신사에 가서 기도를 하거나 부적을 수집하거나……."

아니요, 라며 후미코는 천천히 고개를 저었다.

"오히려 그런 일을 귀찮아하는 편이었어요. 텔레비전에 새해 참배 인파로 혼잡한 모습이 비칠 때면 저런 데 가는 사람들의 심리를 모르겠다며 멍청한 인간들이라고 한 적도 있는걸요. 저, 그런데 그걸 왜 물으시는지……."

"아니요, 아무것도 아닙니다. 그저 확인 차원에서 여쭤 본 겁니다."

그리고 가가는 마쓰미야에게 그만 일어서자고 눈짓했다. 지금은 아오야기 다케아키가 칠복신 순례를 한 사실을 밝힐 마음이 없는 듯했다.

마쓰미야가 찻잔을 내려놓고 일어섰다.

"실례가 많았습니다."

"다 된 건가요?"

후미코가 의외라는 듯 물었다.

"네, 됐습니다. 차, 잘 마셨습니다."

그러자 후미코가 일어서며 저, 하고 두 사람을 번갈아 보았다.

"산재 은폐라는 게 그렇게 나쁜 일인가요? 그 원한 때문에 살해되어도 어쩔 수 없을 정도로요?"

마쓰미야와 가가가 서로 얼굴을 마주 보았다. 그리고 가가가 부인, 하고 낮은 소리로 후미코를 불렀다.

"산재 은폐는 범죄입니다. 좋은 일은 결코 아니죠. 원한을 살 수도 있습니다. 하지만 살해되어도 어쩔 수 없는 사람은 이 세상에 아무도 없습니다."

후미코가 입술을 꼭 다물고 가가의 얼굴을 응시했다. 그 눈에 눈물이 그렁거렸다.

가지, 하고 가가가 마쓰미야에게 말했다.

14

라이트가 상상했던 것보다 강했다. 창으로 들어오는 햇빛이나 평소 사용하는 조명 기구로는 닿지 않던 곳까지 빛이 비쳐, 여는 때는 잘 보이지 않던 부분의 더러움이 눈에 띄었다. 이럴 줄 알았으면 구석구석 좀 더 깨끗하게 청소할 걸 그랬다고 가오리는 생각했다. 하지만 이젠 어쩔 도리가 없다. 얼굴은 모자이크 처리를 해 주겠지만, 실내를 찍지 말라고까지는 차마 말할 수 없었다. 아까부터 그들이 주고받은 대화로 봐서는 방의 모습을 촬영하는 것도 큰 목적인 듯싶었다.

"그럼 XXX 씨는 그가 공장에서 사고를 당한 사실을 모르고 계셨군요."

리포터가 질문했다. 긴 머리를 뒤에서 하나로 묶은, 기가 세 보이는 여자였다.

"네, 공장에서 돌아오는 길에 계단에서 넘어졌다고 했어요."

가오리는 기억에 있는 대로 대답했다.

"그때 부상이 어느 정도였나요?"

가오리는 고개를 갸웃했다.

"별거 아니라고 했지만 제가 보기에는 꽤 아파하는 것 같았어요. 병원에 가자고 했더니 며칠 쉬면 낫는다고 하더라고요. 그리고 한동안 누워서 지냈어요."

"그때 산재 얘기를 하던가요?"

"아뇨, 그런 얘기는 전혀 없었어요."

카메라가 가오리의 아랫배를 향해 있었다. 임신 사실을 알렸을 때 스태프들의 표정이 눈에 띄게 환해졌었다.

"그리고 얼마 후에 인력 파견 회사로부터 계약이 끝났다고 통보받은 거죠? 그 이유에 대해서는 뭐라고 하던가요?"

"영문을 모르겠다고 했어요. 하지만 어쩔 수 없다고……."

"그 후에 사고 후유증이 나타난 거군요. 구체적으로 어떤 증상이었죠?"

"목이랑 어깨가 몹시 뻐근하다고…… 그리고 왼손이 저리다고 했어요. 하지만 어쩌면 그 전부터 그런 증상이 있었을지도 몰라요. 좀 이상하다 싶은 때가 몇 번 있었거든요. 제가 걱정할까 봐 잠자코 있었는지도 모르겠어요."

리포터가 고개를 크게 끄덕거렸다. 가오리의 대답이 자신의 의도와 맞아떨어져 만족스러운 듯했다.

"그 후유증 때문에 야시마 씨가 일자리를 찾기 힘들었던 거군요. 그런데 실은 사고의 원인이 회사 측에 있고, 게다가 회사가 산재를 은폐하려고 하는 바람에 야시마 씨가 병원에도 갈 수 없었다, 그 점에 대해서는 어떻게 생각하시나요?"

"그건 저도 이번에 처음 안 사실이에요. 만약 그게 정말이라면 너무하다고 생각해요. 그때 병원에 갔다면 그 사람도 그렇게 되지는 않았을 테고……."

"그렇게, 라는 건 다시 말해 이번 사건도 일어나지 않았을 거라는 뜻인가요?"

리포터가 가오리에게 마이크를 바짝 들이댔다.

"아니요, 그건 저, 몸 상태가 나빠지지 않았을 거라고 생각한다는 뜻이에요."

"사건에 대해서는 어떤가요? 가네세키 금속의 산재 은폐를 지시한 사람이 아오야기 다케아키 제조 본부장이었는데, 그 일과 이번 사건이 관계가 있다고 보시나요?"

"사건과는……."

머릿속이 조금 혼란스러웠다. 가오리는 고개를 저었다.

"모르겠어요. 후유키는 이번 사건과 무관하다고 생각하니까요. 그 사람은 그런 짓을 할 수 있는 사람이 아니에요."

리포터의 표정이 어두워졌다. 그녀는 눈썹을 찡그리며 손을 살짝 들었다.

"잠깐 스톱. 이거 이렇게 가도 괜찮나요?"

그녀가 주위 스태프들에게 물었다.

스태프들 사이에서 소곤소곤 이야기가 오가더니 안경 낀 남자가 가오리에게 다가왔다.

"있잖아요, 나카하라 씨. 그를 믿고 싶어 하는 심정은 잘 압니다. 하지만 실제로 그 사람은 피해자의 지갑을 훔쳐서 도주했어요. 그렇다면 이번 사건과 무관하다고 할 수는 없지 않겠어요?"

"그건…… 네, 그건 그렇다고 생각해요."

"야시마 씨가 이번 사건과 관련이 있는 건 분명하죠?"

"네……."

"그럼 그 점을 전제로 하고 질문에 답해 주시겠어요? 왜 그가 이런 사건을 저지르고 말았는지 말이죠. 악질적인 산재 은폐의 희생양이 된 것이 이번 사건으로 이어졌다고 생각하지 않으시나요?"

가오리의 머릿속이 다시 혼란스러워졌다. 그들의 말대로 후유키는 산재 은폐의 희생양이 되었다고 생각한다. 그래서 곤경에 처한 나머지 이번 사건을 저지른 것일까. 사건 당일 밤 그가 전화를 걸었을 때의 목소리가 귀에 되살아났다. 나, 일을 저질렀어…….

"그건…… 그렇게 얘기할 수도 있겠네요."

"그렇죠? 그렇게 솔직한 심정을 얘기해 주시면 됩니다. 말을 꾸미실 필요는 없어요. 생각하는 대로 얘기해 주세요. 그럼 다시 가겠습니다."

가오리가 네, 하고 대답하는 것과 동시에 주위의 스태프들이 움직이기 시작했다. 리포터의 얼굴이 조금 심각해졌다. 이번에는 제대로 대답하라고 위협하는 느낌이다.

"이번 사건에 관해서 어떻게 생각하시나요? 살해당한 아오야기 다케아키 씨는 가네세키 금속의 산재 은폐를 지시한 사람인데요, 그 사실과 사건이 무관할까요? 물론 어떤 이유에서든 살인은 용서할 수 없는 행위지만 말이죠."

아까의 질문에 새로운 말이 덧붙었다. 뭐라고 대답하면 좋을지 가오리는 망설였다. 잠깐 촬영을 중단해 달라고 하고 다시 한 번 생각해 볼까. 그런데 리포터의 날카로운 눈빛에 몸이 움츠러들었다. 도저히 그런 말은 할 수 없었다. 어찌 됐건 무슨 대답이라도 하는 수밖에 없었다.

"그 사람이, 그…… 산재 은폐의 희생양이 되는 바람에 그렇게 됐다고 생각합니다."

"이번 사건을 저질렀다는 뜻인가요?"

네, 하며 가오리는 망설이면서도 고개를 끄덕이고 말았다. 그 직후 "좋아, 컷!" 하는 소리가 들렸다. 그리고 리포터가 뭔가를 해냈다는 표정으로 일어섰다. 가오리 쪽으로는 눈길조차 주지 않았다.

어리둥절한 가운데 촬영이 끝나고, 방송국 스태프들은 그 허름한 아파트에서 철수했다. 그들을 보내고 난 가오리의 손에 현금 2만 엔이 남아 있었다. 취재에 응하기로 결심한 것은 이것 때문이었다. 지금은 아무튼 돈이 필요하다.

어제 아르바이트하는 반찬 가게 점장이 당분간 나오지 않아도 된다고 했다.

"니혼바시 살인 사건의 용의자가 나카하라 씨와 동거하는 사람이라면서?"

빵처럼 부푼 체형의 점장이 조심스럽게 꺼낸 말에 가오리는 깜짝 놀랐다.

"어떻게 그걸……."

후유키와 동거하고 있다는 말은 아무에게도 한 적이 없었다.

점장은 난처하다는 듯 미간을 찌푸렸다.

"어떤 여자한테 전화가 걸려 왔었어. 우리 가게를 자주 이용하는 사람인데, 아마 나카하라 씨의 아파트 근처에 사나 보더라고. 거기서 몇 번 본 적이 있대. 며칠 전에 나카하라 씨, 가택 수색을 당했다며? 그때 멀리서 본 모양이야."

가오리는 고개를 숙였다. 물론 가택 수색을 당할 때의 일은 잘 기억하고 있다. 그러고 보니 구경꾼이 모여 있었다. 그중에 반찬 가게 손님이 있었다는 얘기다. 세상에는 별 쓸데없는 것까지 알려 주는 인간도 있는가 보다. 도와줬으면 할 때는 아무도 손을 내밀지 않으면서.

"우리도 손님을 상대하는 장사잖아. 이상한 소문이 떠돌면 곤란해. 그래서 그래."

반박할 말이 없었다. 자신이 점장이었어도 그렇게밖에 할 수 없었을 거라고 생각한다.

봉투에서 꺼낸 2만 엔을 바라보며 가오리는 한숨을 쉬었다. 지금의 자신에게는 큰돈이지만, 그렇다고 이 돈으로 뭐가 해결되는 것은 아니다. 어떻게든 수입이 생길 만한 일을 찾아야 한다. 전에 카바레풍 클럽 사람에게 스카우트 제의를 받은 적이 있다. 그때 받은 명함을 버리지 않았다. 그때는 후유키가 워낙 싫어해서 생각조차 안 해 봤는데, 지금 한번 연락해 볼까.

하지만…… 하며 가오리는 아랫배를 쓰다듬었다. 이 몸으로는 오래 일할 수 없다. 아니, 그러기 전에 채용해 주기나 할까.

그런 생각을 하고 있을 때였다. 탁자에 놓아둔 휴대 전화가 울렸다. 화면에 모르는 번호가 표시돼 있었다. 잠시 망설이

다가 받아 보기로 했다.

"네."

"여보세요, 나카하라 가오리 씨입니까?"

낯선 여자 목소리였다.

"그런데요, 누구시죠?"

"교바시 중앙 병원이에요. 야시마 후유키 씨의 상태가 급변하고 있어요. 빨리 와 주셨으면 합니다."

가슴 속에서 심장이 펄떡거렸다. 온몸이 화끈거리고, 전화기를 든 손이 부들부들 떨렸다.

15

마쓰미야의 보고를 들은 이시가키는 다리를 달달 떨면서 고개를 끄덕거렸다.

"니혼바시 칠복신 순례란 말이지. 그거 재미있는 정보를 물어 왔군."

"야시마에 관한 목격 정보를 수집하는 중에 우연히 알게 됐습니다."

"흐음, 진짜로 우연인지 어떤지는 모르겠지만……."

이시가키의 시선이 가가에게로 옮겨 갔다가 다시 마쓰미야에게 돌아왔다.

"아무튼 피해자가 니혼바시에 있었던 이유는 분명해졌군. 그가 칠복신 순례를 하고 있었다면 야시마와의 약속 장소를 니혼바시에 있는 찻집으로 정했다 해도 이상할 게 없지."

그리고 이시가키는 "잘했어."라고 덧붙였다.

"다음 문제는 피해자가 무엇 때문에 칠복신 순례를 하고 있었냐는 점인데요……."

그러자 이시가키가 손사래를 쳤다.

"그런 것까지 신경 쓸 필요 없잖아? 사건과는 관계없는 일이야. 아들이 내년에 대학 입시를 치른다면서? 합격 기원, 뭐, 그런 거 아니겠어?"

"하지만 그 부인 얘기로는 피해자가 신심이 깊은 사람이 아니라고 하던데요."

거기까지 얘기했을 때 옆구리에 뭔가 닿는 듯한 느낌이 들었다. 가가가 팔꿈치로 쿡 찌른 것이다. 곁눈질해 보니 그의 눈이 쓸데없는 소리는 하지 말라고 말하고 있었다.

"나도 신심이 깊지 않지만 마음속으로 뭘 비는 일은 자주 있어."

이시가키가 말했다.

"요산 수치가 떨어지게 해 달라든가, 딸이 멍청한 놈과 사귀지 않게 해 달라든가 등등 말이야. 인간은 변덕스러운 생물이라서 자기가 필요할 때만 신심이 깊어지거든. 피해자에 관해 조사하는 건 중요하지만 자질구레한 일에 휘둘리지 않도록 해."

한 번이라면 모를까, 몇 번이나 칠복신 순례를 되풀이했다면 변덕이라고 볼 수 없다. 그렇게 되받아치고 싶었지만 마쓰미야는 가만히 앉아 있었다.

"그건 그렇고, 흉기 쪽은 어떻게 됐어?"

이시가키가 자신을 둘러싼 부하들을 바라보았다.

사카가미가 살짝 손을 들었다.

"인터넷 사이트에서 문제의 나이프를 구입한 고객 중 90퍼센트는 연락이 닿았습니다. 대부분 휴대 전화를 갖고 있어서, 지금껏 나이프를 갖고 있다는 사람들에게는 사진을 보내달라고 했습니다. 가지고 있지 않다고 대답한 사람의 대다수가 분실했거나 망가져서 버렸다고 하는 바람에 야시마와의 접점을 찾을 만한 증언은 확보하지 못했습니다."

이시가키는 얼굴을 찡그렸다.

"아직도 성과가 없다, 이건가? 흐음. 흉기의 입수 경로가 불분명하다는 건 영 찜찜한데……."

"그게 문제가 될까요? 몰라도 상관없을 것 같은데요."

고바야시가 말했다.

"별로 보기 드문 물건도 아니니 야시마가 아웃도어 매장에서 직접 샀을 가능성도 있을 겁니다. 점원이 얼굴을 기억하지 못하는 건 어찌 보면 오히려 자연스러운 일 같은데요."

"하지만 지금 이대로라면 물증이 없단 말이야. 야시마가 그 나이프를 소지하고 있었다는 증언이라도 나오면 좋겠는데……."

"나카하라 가오리를 한 번 더 신문해 볼까요?"

"그것도 한 가지 방법이기는 한데……."

이시가키는 떨떠름한 표정을 한 채 생각에 잠기더니 이내 뭔가를 떨쳐 버리려는 것처럼 고개를 좌우로 흔들었다.

"그 우중충한 얼굴들을 맞대고 있어 봐야 무슨 뾰족한 수가 있겠나. 오늘은 이걸로 마치지. 수고들 했어."

수고하셨습니다, 라고 대답한 후 수사관들이 자리에서 일어서기 시작했다.

그때 저쪽에서 전화벨이 울렸다. 그 근처에 있던 형사가 수화기를 들었다. 그는 두세 마디 얘기를 나누더니 안색이 확 바뀌어 이시가키 쪽을 돌아보았다.

"계장님, 병원을 지키고 있는 경찰입니다."

목소리에서 긴장감이 묻어났다.

불길한 예감이 마쓰미야의 가슴을 스쳤다. "무슨 일이야?" 라고 이시가키가 물었다.

수화기를 쥔 형사가 대답했다.

"야시마 후유키의 상태가 급변해서…… 숨을 거뒀답니다."

누가 병원에 가서 상황을 확인해 보라는 이시가키의 말에 마쓰미야가 나섰다. 병원으로 가려고 수사본부를 나오는데 가가가 쫓아왔다.

"나도 같이 가."

함께 걸어가던 도중 마쓰미야가 한숨을 푹 쉬었다.

"야시마에게 진상을 알아내는 길은 이렇게 해서 물 건너갔네요."

"하지만 윗선에서는 이걸로 사건이 일단락됐다고 여길 거야. '피의자 사망'으로 서류 송검(경찰이 피의자 신병 없이 증거 자료와 사건 조서를 검사에게 넘기는 일—옮긴이)을 하면 그만이니까. 증거 부족이다 뭐다 해서 불기소 처분되면 사건은 거기서 종료야. 만일 야시마가 범인이 아니더라도 죽은 사람은 말이 없으니 반박할 수도 없고."

"그렇게 되면 모든 게 수수께끼로 남잖아요. 아오야기 씨가 왜 칠복신 순례를 했는지도요. 형사 사건으로서는 그래도 별 상관 없을지 모르지만……."

"상관없지 않아."

가가가 딱 잘라 말했다.

"이렇게 어중간한 상태로 사건이 종료되면 누구도 그 사건에서 벗어날 수 없어. 어떻게든 밝혀내야 해."

가가의 말은 중얼거리듯 작은 소리였지만 결의가 담겨 있었다.

택시를 타고 병원에 도착해 보니 놀랍게도 매스컴 관계자들이 서성대고 있었다. 병원 관계자들 중에 소식통이 있어 정보를 흘린 건지도 몰랐다. 저들이 야시마의 죽음을 어떤 식으로 보도할까 생각하면서 마쓰미야는 가가와 함께 병원으로 들어갔다.

대합실에서는 하얀 가운을 입은 남자가 제복 경찰과 서서 얘기를 나누고 있었다. 처음 이 병원에 왔을 때 만났던 야시마의 담당 의사였다. 의사도 마쓰미야를 기억하고 있는지 그를 발견하자 먼저 목례를 했다.

유감스럽게 되었습니다, 라고 의사가 말했다. 차분한 말투였다.

"상태가 갑자기 달라졌다고 들었는데요."

마쓰미야가 말했다.

"혈종이 커진 것으로 보입니다. 뇌좌상의 정도가 심각했으니 어찌 보면 오늘까지 용케 버텼다고도 할 수 있죠."

"수고 많으셨습니다. 시신은 어디 있습니까?"

"3층에 있는 간호사실에 물어보세요. 집중 치료실에서 일반 병실로 옮겨졌을 겁니다. 아, 그리고 조금 전에 그 여자 분도 온 것 같던데요. 애인이라던……."

나카하라 가오리를 말하는 듯했다.

알겠다고 대답하고 대합실을 떠난 두 사람은 엘리베이터를 타고 3층으로 올라갔다. 간호사실이 보여 마쓰미야가 그쪽으로 걸음을 옮기려고 하는데 가가가 이봐, 하고 그를 불렀다. 돌아보자 가가는 턱으로 앞쪽 복도를 가리켰다. 중간쯤에 놓인 긴 의자에 나카하라 가오리가 몸을 웅크린 채 수건을 얼굴에 대고 앉아 있었다.

건넬 말이 떠오르지 않았지만 어쨌든 그녀에게 다가가려고 하는데 가가가 마쓰미야의 어깨를 잡았다.

"오늘 밤은 그냥 놔둬도 되잖아? 야시마의 사망은 확인됐고, 의사의 말에 의심 가는 점도 없고, 그럼 됐잖아. 혼자 있게 놔두지."

가가의 말이 맞는다고 생각한 마쓰미야는 고개를 끄덕였다.

돌아서면서 다시 한 번 그녀를 보았다. 옆에 놓인 가방의 손잡이에 뭔가가 매달려 있었다. 지난번에 봤을 때는 없던 것이었다.

자세히 보니 그것은 부적이었다. 야시마 후유키의 회복을 기원하기 위해 어느 신사에서 구입한 건지도 몰랐다. 설마 니혼바시 칠복신은 아니겠지만.

가가가 말한 대로라고 마쓰미야는 생각했다. 지금 이대로 사건이 종결된다면 그 누구도 납득할 수 없고 그 누구도 사건에서 벗어날 수 없을 것이다. 아오야기의 가족도, 나카하라 가오리도.

16

불과 며칠 사이에 분위기가 싹 바뀐 것을 유토는 피부로 느낄 수 있었다. 무시하는 정도는 아니더라도 주위 사람들이 자신을 피하려 한다는 생각이 들었다. 학교에서도 누구 하나 말을 걸어오지 않을뿐더러 유토가 먼저 말을 건네면 거북해했다.

조금 떨어진 곳에 몇 명이 둥그렇게 모여 있었다. 고개를 맞대고 뭐라고 수군덕거린다. 간간이 유토 쪽을 힐끔거리며 불쾌하다는 듯 눈썹을 찡그리기도 하고 싸늘한 미소를 짓기도 했다.

변화의 이유는 알 것 같았다. 지난 며칠 동안 보도된 가네세키 금속 산재 은폐에 관한 뉴스의 영향일 것이다.

어제는 이번 사건과 관련해 처음으로 가네세키 금속 사장이 기자 회견을 열었다. 얼굴에 비해 커다란 안경을 낀 자그마한 체구의 사장은 물의를 빚은 점에 대해 사과하고 자신은 그러한 사실을 전혀 몰랐다고 주장했다. 현장의 일은 현장에 맡기고 있다. 안전 관리에 유의하고 만에 하나 계약직 사원을 포함한 종업원들에게 사고가 발생할 경우 신속하고 적절하게 대응하겠다. 두 번 다시 유사한 사고가 일어나지 않도록 주의 사항을 의무화하겠다. 이번 사건이 발생한 경위에 대해서는 추후로도 철저히 조사할 예정이다……. 사장의 말은 대략 그런 내용이었다.

공장장인 고타케는 이미 산재 은폐가 아오야기 제조 본부장의 지시였다고 고백했다. 산재를 인정하면 공장의 무사고 기록이 깨질 뿐 아니라 노동 기준 감독서에서 조사에 들어가고, 안전 관리 미비가 표면화되며, 그렇게 되면 공장장의 책임 문제로 번질 것이라며 위협했다고 했다.

한편 제조 본부장보다 높은 사람들은 한결같이 아무것도 몰랐다고 주장하고 있었다. 현장의 총책임자는 제조 본부장이다, 라고 입을 모을 뿐이었다.

즉, 나쁜 인간은 아오야기 다케아키인 것이다.

한 계약직 근로자가 회사의 안전 관리 소홀로 사고를 당했는데 아오야기 다케아키 때문에 산재 신고를 할 수 없어 병원에도 가지 못했다. 그런 데다 공장에서 해고됐지만 사고 후유증으로 좀처럼 다른 일자리도 찾을 수 없었다. 이 근로자, 즉 용의자 야시마에게는 동거 중인 여자가 있었다. 그녀가 임신 3개월이라 그로서는 하루빨리 일자리를 찾아야 할 필요가 있었다. 궁지에 몰린 용의자 야시마 후유키와 아오야기 다케아키 사이에 어떤 대화가 오갔는지는 알 수 없다. 그러나 용의자 야시마가 산재 은폐와 관련해 아오야기 다케아키에게 뭔가를 사정했을 가능성이 높고, 그것이 말다툼으로 발전했을 가능성도 충분히 생각할 수 있다…….

요즘 텔레비전에서 보도되는 니혼바시 살인 사건의 속보를 요약하면 이런 식이었다.

또 어느 채널에서는 야시마 후유키의 애인을 인터뷰해 그 영상을 안방으로 내보냈다.

한눈에도 저소득층의 주택이라는 것을 알 수 있는 곳에서 인터뷰가 진행됐다. 여자의 얼굴은 모자이크로 처리됐지만, 굉장히 빠듯하게 생활하고 있다는 것은 그 옷차림만 봐도 짐작이 갔다. 카메라는 계속 그녀의 아랫배를 비추었다.

여자 리포터가 최근의 생활과 임신 후의 경과 등에 대해 물은 후 야시마 후유키가 당한 교통사고에 관해 질문했다. 그리고 그녀는 마지막으로 이렇게 물었다.

"이번 사건에 관해서 어떻게 생각하시나요? 살해당한 아오야기 다케아키 씨는 가네세키 금속의 산재 은폐를 지시한 사람인데요, 그 사실과 사건이 무관할까요? 물론 어떤 이유에서든 살인은 용서할 수 없는 행위지만 말이죠."

이 질문에 대한 답변은 다음과 같았다.

"그 사람이, 그…… 산재 은폐의 희생양이 되는 바람에 그렇게 됐다고 생각합니다."

"이번 사건을 저질렀다는 뜻인가요?"

네, 하고 야시마 후유키의 애인은 작은 소리로 대답했다.

이 인터뷰 영상이 흐른 뒤에는 패널들의 무책임한 발언이 오갔다.

"무엇이 그를 궁지로 몰았을까요?"

"살인은 절대 용서받을 수 없는 일이지만……."

"왜 모두가 그를 그렇게 내버려 뒀는지 모르겠습니다."

사건 발생 직후에는 들을 수 없었던 말들이 잇달아 나왔다. 범인을 동정하고 있는 것이다. 야시마가 사망했다는 소식도 그런 분위기에 박차를 가했다. 그리고 그런 흐름이 학교 내의 분위기마저 미묘하게 바꿔 놓은 것이다. 싸늘한 시선을 느끼면서 유토는 이건 정말 불합리하다고 느꼈다. 왜 피해자인 자신들이 이런 취급을 받아야 하는가.

쉬는 시간에도 점심시간에도 유토는 혼자였다. 아무도 다가오려 하지 않았다. 급기야 스기노마저 피하려 들었다. 하지만 그게 오히려 고맙기도 했다. 사람을 어떻게 상대해야 좋을지 혼란스러웠기 때문이다. 아주 사소한 일 하나에도 상대에게 화를 내고 말 것 같은 기분이 들었다.

물론 괴로운 것은 유토뿐만이 아니었다.

유토가 수업을 마치고 집에 돌아왔을 때 거실에서 악쓰는 소리가 흘러나왔다.

"어떻게 해? 내일부터 나 어떻게 하면 좋으냐고!"

하루카였다. 서슬이 퍼렜다.

"엄마도 뭐가 뭔지 잘 모르겠어. 경찰이 무슨 말을 해 준 것도 아니고……."

후미코는 당황해서 어쩔 줄 몰라 했다.

"텔레비전에서 그러잖아, 아빠가 나쁜 사람이라고. 알아? 인터넷 같은 데서는 죽어도 싸다는 말까지 한단 말이야."

"설마, 그렇게까지……."

"정말이야. 엄마도 한번 봐. 얼마나 심한 말들을 하는지!"

하루카가 점점 더 큰 소리로 악을 쓰고 울었다.

"나보고 괜히 동정했대. 내가 듣고 있는데도 그런 소리들을 한다고!"

유토가 거실 문을 열었다. 그가 돌아온 것을 몰랐었는지 두 사람은 놀란 얼굴로 유토를 돌아봤다. 하루카의 눈 주위가 새빨개져 있었다.

"할 수 없잖아."

유토가 내뱉듯 말했다.

"아빠가 나빴으니까. 자업자득이지."

하루카가 유토를 노려보았다. 그리고 분하다는 듯 입술을 꽉 깨물더니 가방을 끌어안고 거실을 뛰쳐나갔다. 쿵쾅거리며 계단을 올라가는 소리가 들렸다. 보나 마나 자기 방에 틀어박혀 울 것이다.

유토는 혀를 찼다.

"에이, 짜증 나."

"너도 학교에서 무슨 소리 들었어?"

후미코가 물었다.

"아니, 별로. 그렇지만 분위기는 달라졌어. 나한테 말을 거는 놈도 없고."

"그래? 학교에서도 그런 식으로……."

후미코의 목소리가 침울했다.

"학교에서도라니, 집에 무슨 일 있었어?"

후미코가 주저하는 듯하다가 거실 구석에 놓인 쓰레기통에 손을 넣더니 둥그렇게 뭉쳐진 종이를 꺼내 유토에게 건넸다.

펼쳐 보니 거기에는 사인펜으로 '조의금 도로 내놔.'라고 적혀 있었다.

유토는 종이를 도로 뭉쳐서 쓰레기통에 던져 넣었다. 뭐, 이런 허접한 짓을 하는 인간이 다 있어. 아마도 동네 사람일 것이다. 실제로 조문을 오기나 했을까. 그저 남을 괴롭히는 일에 즐거움을 느끼는 인간임이 분명하다.

유토는 거실을 나와 옆 다다미방으로 들어가는 장지문을 열었다. 다다미방에는 제단이 마련돼 있고, 그 위에 다케아키의 영정이 놓여 있다.

"엄마, 이거 눈에 거슬리는데 이제 치워 버리자."

"그게 무슨 소리야."

"아빠가 살해당했는데 주위에서 우리를 이상한 눈으로 보잖아. 이게 대체 무슨 일이냔 말이야."

"그래 봤자 잠깐이야. 시간이 지나면 다들 잊을 거라고 고타케 씨도……."

"고타케 씨?"

유토가 돌아보았다.

"그 사람이랑 얘기했어?"

"낮에 전화가 왔어. 면목 없게 됐다고."

"뭐가 어떻게 면목이 없다는 거야?"

"그러니까…… 뉴스라든지 말이야. 조사가 시작되자 윗사람이 사실대로 말하라고 해서, 그래서 어쩔 수 없이 전부 얘기했대."

"아빠가 시켜서 어쩔 수 없이 부정을 저질렀다고?"

후미코가 암울한 표정으로 고개를 끄덕이고 나서 아차 하는 표정으로 유토를 올려다보았다.

"그래도 그렇게 나쁜 일은 아니라고 했어. 벌금도 기껏해야

50만 엔 정도인 데다 산재 은폐 같은 건 어느 회사에서나 있는 일이라고. 부정이다 범죄다 할 만큼 대단한 일이 아니래."

"그럼 사람들한테 그렇게 설명하라고 해!"

유토가 발로 다다미 바닥을 쾅 굴렀다.

"학교에 가서 한 사람 한 사람 붙들고 다 그렇게 말하란 말이야. 우리 아빠는 그렇게 나쁜 짓을 한 게 아니라고. 여기서 아무리 말해 봐야 무슨 소용이야. 바깥에서는 아빠가 죽어 마땅한 나쁜 사람이 돼 버렸단 말이야. 텔레비전에서도 그런 식으로 얘기하잖아!"

"그 점에 대해서는 고타케 씨도 타이밍이 좋지 않았다고 했어. 다른 큰 사건이 있었으면 이 정도로 크게 보도되지 않았을 거라면서. 눈에 띄는 장소에서 살해당하는 바람에 호들갑스럽게 다루어졌을 뿐이래. 그리고 애당초 그렇게 사소한 일로 사람을 찌르는 인간이 있을 줄은 몰랐다고 했어."

"그따위 입에 발린 말을 한다고 위안이 될 것 같아? 지금 와서 그런 말을 해 봐야 무슨 소용이냔 말이야!"

고타케의 얼굴이 떠올랐다. 붙임성 있게 웃는 그 얼굴이 교활함을 감추기 위한 가면으로밖에 생각되지 않았다. 찔린 사람이 자신이 아니어서 다행이라고 생각하는 건 아닐까.

한심하고 화가 나서 가슴이 부글부글 끓었다. 이런 사태를 만든 사람들이 이 세상에 이미 없다는 사실에 분노가 한층

증폭되었다.

유토는 다케아키의 영정을 집어 들었다. 그리고 불단을 향해 내던지려는 순간이었다.

"안 돼, 유토!"

후미코의 비명 같은 소리가 귀에 꽂혔다.

유토는 차마 던지지 못하고 영정을 든 손만 부들부들 떨었다. 다케아키의 웃는 얼굴을 힐끗 보고 나서 영정을 제단에 엎어 놓았다.

17

이렇게 작아지는구나……. 이리저리 흩어져 있는 유골을 바라보며 가오리가 처음 느낀 감상은 그런 것이었다. 이제는 눈물도 나오지 않는다. 슬픔이 남아 있는지 어떤지조차 알 수 없다.

담당 직원이 시키는 대로 유골을 주워 모았다. 하얗게 마른 나뭇가지 같은 뼈에서는 건강하던 시절의 후유키의 모습을 떠올리기 힘들었다.

후유키가 죽은 후 시신은 하룻밤 동안 병원에 있었다. 다음 날 병원 여사무원이 앞으로의 절차에 대해 조언해 주었다. 구청에 가서 상담하면 화장 비용이 나올 것이라고 했다. 그길로 구청에 가서 사정을 설명했다. 담당자는 그 즉시 접수해 주었다. 뉴스를 통해 후유키의 일을 알고 있는 듯했다.

병원의 사무원이며 구청의 담당자며, 모두가 가오리를 친절하게 대했다. 타인의 후의를 이렇듯 고맙게 느낀 것은 후유키와 둘이 도쿄로 올라온 이래 처음 있는 일이었다.

화장터를 떠날 무렵에는 하늘이 붉게 물들기 시작했다. 아주 중요한 하루가 끝나 가고 있는 듯한 느낌이었다. 내일부터는 어떤 하루하루를 보내게 될까. 구청에서는 생활 보호 대상자로 신청하라고 권했다. 그렇게 하면 그럭저럭 살아갈 수 있을지도 모른다. 하지만 그렇게 살아가는 것에 무슨 의미가 있을까. 이제 후유키는 없다. 집에 돌아가도 차갑게 고여 있는 공기가 그녀를 기다리고 있을 뿐이다.

아파트 근처에 이르러 보니 집 앞에 남자 둘이 서 있었다. 또 방송국 사람들인가 싶어 가오리는 불안해졌다. 돈을 주는 건 고맙지만 이제 텔레비전에는 얼굴을 비치고 싶지 않다.

그런데 자세히 보니 병원에서 몇 번 만난 적이 있는 남자들이었다. 그중 한 사람은 마쓰미야라는 형사다. 마음이 조금 놓였다. 날카로운 인상이지만 눈매에 선한 기운이 어려 있다. 나머지 한 사람, 키 큰 형사도 본 기억이 있었다. 사건 직후에 병원에서 만났는데 이름은 기억나지 않는다. 애당초 듣지 못했을지도 모른다.

가까이 다가가자 그녀를 알아본 두 사람이 고개를 숙였다.

"화장터에 다녀오시는 길입니까?"

마쓰미야가 가오리가 껴안고 있는 꾸러미를 보면서 물었다.

네, 하고 그녀는 대답했다.

"이런 상황에 죄송합니다만, 몇 가지 물어보고 싶은 게 있는데 괜찮을까요?"

"네, 그러세요. 집이 어수선하지만."

집은 세 평짜리 다다미에 반 평 정도의 부엌이 딸린 구조였다. 그녀가 유골이 담긴 항아리를 사진 액자 옆에 놓았다. 사진은 둘이서 디즈니랜드에 놀러 갔을 때 찍은 것이다.

조그만 앉은뱅이 탁자를 사이에 두고 가오리와 두 형사가 마주 앉았다. 키 큰 형사가 새삼스럽게 자기소개를 했다. 니혼바시 경찰서에 근무하는 가가라고 했다. 마쓰미야에 비해 눈매가 날카로워 가오리는 눈을 마주치기가 꺼려졌다.

"누가 찾아왔었나 봅니다."

가가가 말했다. 그는 냉장고 앞에 놓인 쇼핑백을 바라보고 있었다. 유명 과자점의 로고가 찍혀 있는 것이다. 안에는 쿠키가 들어 있었다.

"며칠 전에 방송국 사람들이 왔었어요. 그때 받은 거예요. 아 참, 차라도 내올게요."

가오리가 그렇게 말하면서 일어섰다.

"아, 괜찮습니다. 놔두세요."

마쓰미야가 당황해하며 말했다.

"그보다, 곧바로 질문을 드려도 되겠습니까?"

그 말에 가오리는 도로 앉으며 자세를 곧게 했다.

"네, 말씀하세요."

"벌써 몇 번이나 이런 질문을 들어서 지겨우실 테지만, 다시 한 번 확인해야 할 것 같습니다. 나이프에 대해서입니다."

"또……요?"

몸에서 힘이 빠져나가는 느낌이었다. 일전에 다른 형사가 끈질기게 했던 질문이다. 그런 나이프를 본 적 없다고 몇 번이나 말했다.

"전에 야시마 씨가 나이프를 소지했던 적이 있나요? 사건에 사용된 나이프와 똑같지 않더라도 말입니다. 혹은 소지하지는 않았지만 남의 것을 보관한 적이 있었다든지 잠시 빌린 적은요?"

"없어요."

가오리는 고개를 숙인 채 가로저었다. 그렇게 여러 번 말했는데도 왜 믿어 주지 않는지 화가 났다.

마쓰미야가 품속에서 사진 한 장을 꺼내 탁자 위에 올려놓았다. 갈색 손잡이가 달린 접이식 나이프 사진이었다. 전에 보여 준 것과는 달랐다.

"이건 보신 적 있으세요?"

"없어요. 이게 뭐죠?"

"야시마 씨가 고등학교 졸업한 후에 건축 하청 업체에서 일한 적이 있죠? 그때 사용했던 것이라고 합니다."

"후유키가요? 설마요."

그녀가 마쓰미야의 얼굴을 똑바로 보았다.

"아니에요. 그 사람은 이런 걸 갖고 있었던 적이 없어요. 이렇게 무서운 걸……."

그러자 가가가 씁쓸한 미소를 지었다.

"이건 그렇게 무서운 물건이 아닙니다. 작업용 공구의 일종일 뿐이에요."

'전공(電工) 나이프'라고 한다고 마쓰미야가 말해 주었다.

"같은 직장에 있던 사람이 두 개를 사서 그중 하나를 야시마 씨에게 주었다고 합니다. 이 사진은 그 사람 나이프를 촬영한 거예요."

"그렇군요. 하지만 그게 어쨌다는 거죠?"

"용의자 야시마 씨가 이 나이프를 갖고 있었던 건 확실합니다. 그런데 가오리 씨는 그 사실을 몰랐어요. 다시 말해 가오리 씨가 그의 소지품을 모두 파악하고 있었던 건 아니라는 얘기죠. 어쩌면 야시마 씨가 위험한 물건은 가오리 씨의 눈에 띄지 않도록 했을지도 모르겠습니다. 예를 들어 나이프 같은 것 말이죠."

"그렇지 않아요. 물론 이 나이프는 몰랐지만 다른 건 전부 알고 있었어요. 그가 뭘 갖고 있는지, 뭘 갖고 있지 않은지. 그는 내가 없으면 어디에 뭐가 있는지도 모르는 사람이었어요. 그날도 구멍 나지 않은 양말을 찾느라고 고생했던 것 같던데."

"양말과 나이프는 다르죠."

마쓰미야는 사진을 도로 집어넣었다.

가오리가 두 손으로 다다미를 짚고 몸을 숙였다.

"형사님, 믿어 주세요. 그는 살인을 할 수 있는 사람이 아니에요. 뭔가 착오가 있는 거라고요. 충동적으로 지갑을 훔쳤을지는 몰라도 죽이지는 않았어요."

좁은 집 안에 그녀의 목소리가 울렸다. 그 목소리가 사라지자 낡은 형광등이 내는 징, 하는 소리만 남았다.

죄송해요, 하고 다시 그녀가 소리를 낮추어 말했다.

"제가 아무리 말해 봐야 소용없겠죠."

그러자 가가가 그녀 쪽으로 얼굴을 조금 가까이 가져갔다.

"사건 당일 밤 그의 전화를 받았죠? 지금 곧 간다, 늦어서 미안하다, 그렇게 말하고 전화를 끊었다고 하셨는데, 틀림없습니까?"

"네, 그게……."

"기록에 의하면 그 전화는 사건 발생 후에 걸었던 것으로 추정됩니다. 피해자의 지갑과 가방을 갖고 있었으니 그는 사건에 관해 뭔가 알고 있었을 겁니다. 그런데 가오리 씨에게는 아무 말도 하지 않았어요. 이 세상에서 유일하게 마음을 터놓을 수 있는 가오리 씨에게 말이죠. 왜 그랬을 거라고 생각합니까?"

"그건…… 저도 잘 모르겠어요."

"우리 수사진은 이렇게 생각합니다. 너무 중대한 일이라서 말할 수 없었다고요. 범죄로 치면 절도나 상해 같은 작은 것이 아니라 살인이나 강도 수준의……."

"아니에요!"

가오리가 외쳤다. 갑작스러운 큰 소리에 그녀 스스로도 놀란 듯했다. 다음 순간 그녀의 눈에서 눈물이 흘렀다. 그녀는 손등으로 눈물을 훔쳤다.

"나카하라 씨."

가가가 차분한 음성으로 가오리를 불렀다.

"제발 사실대로 얘기해 주세요. 거짓말로는 아무것도 해결되지 않습니다. 그 사람을 믿고 있죠?"

가오리는 관자놀이를 눌렀다. 어떻게 대답해야 좋을지 알 수 없었다.

"일을 저질렀다고……."

그녀가 입속말로 웅얼거렸다.

"네, 뭐라고요?"

마쓰미야가 다그쳤다.

"다시 한 번 분명하게 말씀해 주세요."

가오리는 숨을 크게 들이쉬었다.

"내가 일을 저질렀다, 일이 좀 잘못된 것 같다, 어떡하면 좋으냐……, 그랬어요. 몹시 당황한 것 같았어요."

"그런 말을……."

마쓰미야가 중얼거렸다.

"죄송해요. 처음 물으셨을 때는 어떻게든 그를 감싸고 싶었어요. 결코 사건에 연루된 것처럼 보이면 안 되겠다고 생각해서……."

눈물이 끊이지 않고 흘렀다. 가오리는 엎드려 울고 싶었지만 간신히 참았다.

두 형사는 그녀가 진정될 때까지 말없이 기다려 주었다. 심호흡을 몇 번 반복한 후 그녀는 고개를 위아래로 흔들었다.

"이제 괜찮아요."

"아까 양말에 대해 말씀하셨죠? 그날도 구멍 나지 않은 양말을 찾느라 고생한 것 같다고요. 그날이란 사건 당일을 말하나요?"

가가가 물었다.

"네. 집에 돌아와 보니 양말과 속옷이 든 상자가 열린 채 나와 있더라고요. 그 사람, 발톱을 깔끔하게 깎고 다니지 않아서 양말 앞부분이 금세 뚫리거든요. 하지만 평소에는 그런 데에 신경 쓰지 않고 그냥 신고 다니죠."

"그렇군요."

가가가 잠시 생각에 잠긴 얼굴을 하더니 "하나 더 묻겠는데요."라며 집게손가락을 세웠다.

"사건 당일 가오리 씨는 아르바이트를 하러 나갔다고 했습니다. 집을 나서기 전에 야시마 씨와 얘기를 나눴나요?"

"그러지 못했을 거예요. 제가 집을 나서는 시간에 그 사람은 대개 자고 있거든요. 그날도 틀림없이 그랬을 거예요."

"그렇다면 전날은 어땠습니까? 아르바이트하러 가기 전이나 돌아온 후에 야시마 씨와 뭔가 얘기를 나눴나요?"

"전날……에요? 아침에는 역시 자고 있었을 거예요. 아르바이트를 끝내고 돌아온 후에는……."

그녀는 기억을 더듬었다. 평소에는 8시경이면 돌아온다. 그런데 그날은 달랐던 것 같다. 이윽고 어떤 기억이 떠올랐다.

"아, 맞아요. 그날은 영화를 보러 갔어요."

"영화요, 야시마 씨와 둘이서?"

"네. 티켓이 생겼거든요. 8시에 긴자에 있는 극장에서 만나

둘이 영화를 봤어요."

그리고 그녀는 극장 이름과 영화 제목을 말했다.

"그럼 그때까지 가오리 씨는 아르바이트를 하고 있었겠군요. 그 사람은 어디서 뭘 하고 있었나요?"

"글쎄요……, 아, 그 사람 그날 늦게 왔어요."

"늦게 왔다고요? 만나기로 한 시각에 오지 않았다는 말인가요?"

"시간이 남아서 여기저기 돌아다니다가 너무 멀리까지 가고 말았다고 했어요."

"그럼 만나자마자 바로 영화관으로 들어갔겠군요."

"네, 그랬어요."

"영화를 본 후에는요?"

"곧장 집으로 돌아왔어요. 외식할 여유는 없으니까요."

"돌아와서는 영화 애기를 했겠군요."

"그야 물론이죠. 꽤 재미있는 영화여서 신나게 애기를 나눴어요. 후유키는 캔에 든 츄하이를 마시면서……."

그날 일이 떠올라 가슴이 메었다. 바로 며칠 전 일인데 굉장히 먼 옛날 같은 기분이었다. 마치 꿈인 듯 여겨졌다.

"근데 그런 건 왜 물으시는 거예요? 전날 일이 무슨 관계가 있나요?"

"아니요, 그저 참고삼아 묻는 겁니다. 그날 밤에 영화 애기 말고 다른 얘기는 안 나눴나요?"

"글쎄요, 안 한 것 같아요. 후유키가 취해서 금방 잠들었거든요. 잠든 얼굴이 마치 어린애 같았어요. 그날은 참 즐거웠는데……."

그런 날은 다시 오지 않는다. 그렇게 생각하자 다시 눈물이 넘쳐흘렀다. 있는 힘을 다해 참으려 했지만 허사였다.

가오리는 마쓰미야가 내민 손수건을 받아 쥐었다.

18

마쓰미야와 가가가 수사본부로 돌아온 것은 저녁 8시가 조금 지나서였다. 웬일로 이시가키 주변에 형사들이 모여 있지 않았다. 이시가키는 보고서 몇 장을 앞에 두고 심각한 표정으로 생각에 잠겨 있었다.

이번 사건은 피의자 사망으로 인한 서류 송검 쪽으로 가닥이 잡혀 가고 있었다. 그것이 상부의 의향이니 이시가키로서도 거스르기 어렵겠지만, 산전수전 다 겪은 경부인 그로서는 영 개운치 못할 게 불 보듯 뻔했다.

마쓰미야는 나카하라 가오리가 야시마의 전공 나이프에 대해 몰랐다는 사실과 함께 야시마에게서 마지막으로 걸려 왔던 전화에 대해 보고했다.

"내가 일을 저질렀다, 일이 좀 잘못된 것 같다, 그렇게 말했단 말이지. 상황으로 미루어 보면 그런 말이 나오는 게 당연하긴 해."

그러나 이시가키의 미간에서 주름이 사라지지 않았다.

"하지만 말이야, 그건 상황 증거의 하나는 될지 몰라도 역시 약하단 말이야. 죽였다는 말은 하지 않았잖아."

"네, 그건……."

약해, 라고 재차 말하고서 이시가키는 입술을 여덟팔자로 다물었다.

"저, 그리고 또 한 가지."

마쓰미야는 말을 잠깐 멈추고 가가 쪽을 흘낏 봤다.

"야시마 후유키는 면접을 보러 간다는 내용의 문자를 나카하라 가오리에게 남겼습니다. 현재로서 그 문자는 피해자에게 재고용을 부탁하러 간다는 뜻이라는 견해가 유력합니다. 그런데 과연 그렇게 보는 게 맞을지……."

"응? 무슨 뜻이지?"

"야시마가 실제로 어느 가게나 회사 등에서 면접을 보기로 예정돼 있어서 집을 나선 것이 아닐까 싶어서요."

이시가키가 웬 뚱딴지같은 소리를 하냐는 표정으로 마쓰미야를 보았다.

"자네, 회의 때 얘기 못 들었어? 구인 광고를 낸 곳은 거의 다 조사해 봤지만 야시마가 왔다거나 야시마에게 구직 신청을 받았다는 곳은 한 군데도 없었잖아. 그리고 말이야, 야시마의 휴대 전화에는 그와 관련된 발신 번호도 착신 번호도 남아 있지 않았어. 면접을 보려는 사람이 아무 연락 없이 무턱대고 찾아갔을 거라고 생각해? 아니면 그때만 공중전화나 남의 전화를 이용했다는 거야?"

"아니죠, 물론 연락은 했을 겁니다. 그러나 전화를 이용하지 않는 방법도 있지 않겠어요?"

"전화를 이용하지 않고 어떻게 연락을 하나? 그리고 문자 메시지에도 그런 건 없었단 말이야."

마쓰미야는 고개를 저으며 상사의 가느다란 눈을 바라보았다.

"전화나 문자 메시지를 이용하지 않는 방법도 있습니다. 그곳에 직접 가는 거죠."

"직접 간다고? 굳이 그럴 필요가 있어?"

"전화를 하는 것보다 그편이 빠르니까요. 구인 광고를 봤을 때 그 장소가 눈앞에 있다면 일단 문을 열고 들어가 보지 않을까요?"

"눈앞에 있다……?"

마뜩잖아하던 이시가키의 얼굴에 일리가 있다는 표정이 스쳤다.

"야시마가 구인 광고 포스터를 봤다고?"

"그렇습니다. 그런 건 대개 가게 문 같은 데에 붙이잖아요. 우연히 그걸 발견한 야시마가 직접 들어가서 구인에 관해 문의한 거죠. 그러자 상대방이 오늘은 면접이 없으니 내일 다시 오라고 했다, 어떻습니까? 그런 경우였다면 휴대 전화에 흔적이 남지 않았다 해도 이상할 게 없지 않을까요?"

이시가키가 팔짱을 끼고 마쓰미야를 올려다보았다.

"그렇다면 말은 되지. 하지만 그런 거라면 동거하는 여자에게 말하지 않았을까? 아니야, 혹시 괜히 기대하게 만들었다가 실망시킬까 봐 입을 다물고 있었던 걸까?"

"그럴 수도 있지만 말할 기회가 없었을 가능성이 더 높습니다. 사건 전날부터 당일에 걸쳐 두 사람은 오랜만에 영화를 보고 거기에 관해 얘기하느라 일에 관한 얘기를 나누지 못했습니다. 한편 두 사람이 영화를 본 장소는 긴자인데, 야시마는 약속 시간까지 주변을 꽤 돌아다녔다고 합니다. 구인 광고 포스터를 발견했다면 아마 그때였을 겁니다."

이시가키가 팔짱을 낀 채 천천히 가슴을 뒤로 젖혔다.

"계기가 뭐지?"

"네?"

"어떻게 그런 생각을 하게 되었느냔 말이야. 뭔가 계기가 있었지?"

"아, 그건…… 양말입니다."

"양말이라니, 난데없이 그게 무슨 소리야?"

마쓰미야는 나카하라 가오리에게 들었던 얘기를 했다.

"굳이 구멍 나지 않은 양말을 찾은 이유는 신발을 벗을 일이 있었기 때문 아닐까요? 가령 바닥에 앉는 자리가 있는 가게라든가 말이죠. 아오야기 씨를 만나는 것뿐이었다면 그럴 필요가 없었을 겁니다."

이시가키가 숨을 길게 내쉬었다. 그리고 마쓰미야를 바라보던 시선을 그의 뒤로 옮겼다. 그 시선이 닿는 곳에 누가 있을지는 말하지 않아도 짐작이 갔다. 아마도 가가가 있을 것이다.

사실 마쓰미야가 방금 내놓은 가설은 모두 가가가 생각해 낸 것이었다. 가가로부터 설명을 듣기 전까지 마쓰미야는 그가 왜 나카하라 가오리에게 사건 전날의 일을 묻는지 전혀 짐작하지 못했다.

"꽤 설득력이 있는 추리야."

이시가키가 말했다.

"알겠어. 그 제안, 수용하지. 내일 행적 수사 팀에 지시하겠네. 만일 야시마가 어딘가에서 면접을 볼 예정이었다거나 실제로 면접을 봤다면 수사 방향이 크게 달라질 가능성도 있어. 물론 바람직한 방향으로 전환될지는 알 수 없지만."

경우에 따라서는 수사가 원점으로 돌아갈 수도 있다는 뜻으로 들렸다.

마쓰미야가 돌아갈 준비를 하고 있는데 가가가 다가왔다.

"새로운 가설이 받아들여진 모양이군."

"덕분에요. 선배가 직접 말했으면 더 좋았을 것을 그랬어요. 어차피 계장님은 누구 추리인지 이미 눈치채신 모양이던데 말이죠."

"모든 일에는 역할이라는 게 있어. 자네도 어서 자리 잡아야지."

그렇게 말하면서 가가는 자신의 휴대 전화를 꺼내 들었다. 어딘가에서 연락이 온 모양이었다.

"여보세요. 아 네, 가가입니다. ……네, 감사합니다. ……아, 그래요? 알겠습니다. 전화 주셔서 고맙습니다. ……네, 그러면 좋겠습니다. 그럼 지금 찾아뵙겠습니다."

가가의 말투가 가볍고 표정도 밝았다.

"무슨 좋은 일이라도 있어요?"

마쓰미야가 물었다.

"그래, 좋은 소식이야. 정식 집 여주인인데, 가사마이나리 신사에서 아오야기 씨를 봤다는 손님이 조금 전에 왔대. 지금도 그 가게에서 마시고 있나 봐."

두 사람은 정식 집으로 달려갔다. 여주인이 나와 두 사람을 안내했다.

6인용 테이블에서 회사원으로 보이는 남자 넷이 술을 마시고 있었다. 테이블 위에는 생선회와 계란말이, 닭튀김 등이 놓여 있었다.

여주인이 통로 쪽에 앉은 통통한 남자에게 다가가 말을 걸었다. 마쓰미야와 가가를 가리키면서 뭐라고 소곤거린다. 자연히 테이블에 앉은 나머지 세 사람의 대화가 끊겼다.

남자가 고개를 끄덕거렸다. 입 모양이 '괜찮습니다.'라고 말하는 듯했다.

여주인이 마쓰미야 쪽으로 걸어왔다.

"괜찮다고 하시네요."

가가는 경찰 배지를 내보이며 테이블로 다가갔다.

"식사 중이신데 죄송합니다."

"아니 뭐, 괜찮습니다."

통통한 남자는 살짝 당혹해하는 표정이었다.

가가가 이름을 묻자 남자는 이와이라고 대답했다. 하마초에 있는 회사에 다닌다고 한다.

"사실 좀 놀랐어요. 일이 이렇게 될 줄은 몰랐거든요. 아주 잠깐 얘기를 나눴을 뿐 아는 바가 전혀 없어요."

"있는 사실 그대로만 말씀해 주시면 됩니다. 만나셨다는 사람이 이 사람인가요?"

가가가 건넨 사진을 보고 이와이는 고개를 끄덕거렸다.

"틀림없습니다."

"그게 언제쯤이었죠?"

"음, 아마 두 달 전쯤일 겁니다."

"가사마이나리 신사에서요?"

"네."

이와이 말에 따르면 올해 여든이 된 자신의 어머니가 그 무렵 병환으로 쓰러져, 퇴근하는 길에 신사에 자주 들렀다고 한다. 그 덕분인지 어머니는 얼마 후 회복되었다고 한다.

"저야 뭐 적당히 참배했을 뿐이지만 그분은 엄청난 걸 준비했더라고요. 그래서 말을 걸어 봤죠."

"엄청난 거라니요?"

"학이오, 종이학."

이와이는 맥주를 한 모금 마셨다.

"천 마리까지는 아니지만 백 마리는 됐을 거예요. 보라색 종이로 접은 예쁜 종이학이었어요. 그걸 새전함 위에 놓고 손을 모아 기도하고 있으니 누군들 호기심이 생기지 않겠어요?"

"보라색……이라고요? 대개 종이학은 여러 가지 색종이로 접잖아요. 그런데 보라색 한 가지였다 이 말씀이죠?"

이와이가 얼굴을 살짝 찡그렸다.

"아니, 거기까지는 자세히 기억이 안 나요. 그저 예쁜 보라색 종이학이었다, 그 정도밖에는요. 어쩌면 여러 가지 색이 섞여 있었을지도 모릅니다. 그 점은 자신이 없어요."

"괜찮습니다. 그래서 뭐라고 말을 거셨나요?"

"열심이시네요, 이 신사에 깊은 사연이라도 있나요? 하고 물었죠."

"그랬더니 상대는 뭐라고 하던가요?"

"쑥스러운 듯이 서둘러 종이학을 치우기 시작했어요. 그리고 '이곳을 참배하는 건 덤 같은 겁니다', 그렇게 말하더군요."

"덤……이라고요?"

"네. 참 이상한 말도 다 하는구나 생각했어요. 종이학까지 준비해 온 사람이 덤이라고 하니까 말이죠. 그래서 기억에 남아 있었어요. 이번 사건의 사진을 봤을 때 어디선가 본 얼굴이다 싶었는데 갑자기 기억이 떠오르지 뭡니까. 그래서 가게에 와서도 떠벌렸던 거예요. 문제를 일으켰다면 죄송합니다."

"아, 아닙니다. 그분이 참배 후에 서둘러 종이학을 치웠다고 하셨는데, 그 상황을 좀 더 구체적으로 말씀해 주시겠습니까?"

"말 그대로 치운 것뿐이에요. 들고 온 쇼핑백 같은 데에 넣지 않았을까요? 미안합니다, 기억이 잘 나지 않아서요."

이와이는 조금 취기가 도는 듯했다.

"알겠습니다. 폐가 많았습니다. 협조해 주셔서 정말 감사합니다."

가가가 고개를 숙이는데 이와이가 "그 사건, 이제 끝난 거 아니에요?" 하고 물었다.

"범인도 죽었잖아요. 텔레비전에서 그러던데."

가가는 잠시 뜸을 들이다가 가볍게 미소를 지었다.

"사건이 끝났는지 안 끝났는지 저희 같은 아랫사람은 판단할 수 없습니다. 저희는 그저 위에서 내리는 명령에 따라 조사할 따름이죠."

"아아, 그렇군요. 참, 세상에 힘들지 않은 일이 없어."

뒷말은 같이 앉아 있는 세 사람을 향한 것이었다.

가지, 하고 가가가 마쓰미야에게 말했다. 마쓰미야는 여주인에게 인사하고 가게 문을 나섰다.

"종이학이라니, 놀랍군."

걸어가면서 가가가 말했다.

"대충 비는 게 아니었어. 상당히 진지했던 모양이야."

"그런데도 덤이라고 했다잖아요. 가사마이나리는 덤이라고요. 그건 다시 말해 원래 참배하려는 신사는 따로 있지만 이왕 시작한 김에 칠복신 전부를 돈다, 그런 뜻 아니겠어요?"

"그래, 나도 같은 생각이야. 문제는 원래 참배하려던 신사가 어디였냐는 거지."

도중에 가가는 늘 가던 길과는 다른 곳으로 꺾어들었다. 마쓰미야가 어디로 가는 걸까 의아해하며 따라가고 있는데 돌연 조그만 붉은 기둥이 나타났다. 건물 사이에 끼여 있어 조금 멀리서 보면 신사가 있으리라고 예상하기 힘든 곳이었다.

"마쓰시마 신사야. 칠복신의 하나지."

그러고서 가가는 신사 안으로 들어갔다. 마쓰미야도 따라 들어갔다.

본전 앞이 울타리로 가로막혀 있는 것은 밤이기 때문일까. 새전함도 울타리 너머에 있었다.

"이곳에서 모시는 신은 대흑천이야. 농업과 상업의 신이지. 회사원이었던 아오야기 씨가 일의 번창을 기원하는 것은 이상한 일이 아니지만, 종이학과는 어울리지 않잖아? 종이학이라는 건 병의 회복이나 장수를 기원하기 위한 건데 말이야. 가사마이나리야말로 그런 걸 비는 신사인데……."

그리고 가가는 안주머니에서 수첩을 꺼냈다.

"가사마이나리 신사는 '수노인'이라는 장수 연명의 신을 모시고 있다는군. 다른 신사로는…… 고아미 신사가 그런 곳이야. '복록수'라는, 역시 장수의 상징을 모시고 있어."

"여기서 먼가요?"

"아니, 바로 근처야. 가 보자고."

둘은 일단 아마자케요코초로 돌아가 그곳에서부터 서쪽을 향해 걸었다. 도중에 아오야기 다케아키가 갔었다는 유서 깊은 찻집이 있었다.

니혼바시 초등학교 뒤로 돌아들었다. 건물에 둘러싸인 삼거리 한쪽 모퉁이에 좁지만 수목이 무성한 부분이 있고 그 안에 붉은 기둥과 신사가 숨어 있었다. 붉은 기둥 옆구리에는 초롱이 걸려 있다.

"여기가 본래 목적이었던 신사인가……?"

마쓰미야가 중얼거렸다. 그러나 가가는 잘 모르겠다는 표정이다.

"장수나 무병 무탈을 내세우는 신사는 여기 말고도 여럿 있어. 꼭 여기여야만 하는 건 아닐 거야."

"뭔가 특별한 사연이 있는지도 모르죠. 예를 들어 전에 참배를 했더니 효험을 봤다거나."

"부인이 했던 말 잊었어? 아오야기 씨는 신심이 두터운 사람이 아니었다고 했잖아."

"그런데 신사 순례를 한 건 사실이잖아요. 종이학까지 접어서 말이에요."

"그래, 그것도 큰 수수께끼야. 왜 종이학일까."

"지금까지 아오야기 씨가 종이학을 접었다는 얘기는 어디서도 안 나왔어요. 언제 그렇게 많이 접었을까요?"

"바로 그 점이야. 그 많은 종이학이 다 어디로 사라졌을까?"

글쎄요, 하면서 마쓰미야는 어깨를 으쓱했다.

"아까 그 사람 말로는 새전함에 올려놓고 참배한 후에 다시 다 치웠다고 했어요. 어디론가 가져간 걸까요, 아니면 버린 걸까요?"

"소원을 비는 데 사용했던 물건을 아무렇게나 버리는 법은 없어. 그걸 어떻게 했을까……."

생각에 잠겼던 가가가 잠시 후 천천히 고개를 끄덕거리기 시작했다. 입가에는 미소가 떠올랐다.

"음, 그렇군. 그랬을 거야."

"뭐예요, 혼자서 고개를 끄덕거리고."

"아오야기 씨가 애초에 목적했던 신사를 찾아낼 방법이 떠올랐어. 모든 건 종이학이 가르쳐 줄 거야."

어둠에 묻힌 신사를 바라보며 가가가 말했다.

19

다음 날 오전 10시가 지날 무렵 마쓰미야와 가가는 스이텐구 신사 사무실에 있었다.

"확실합니까?"

마쓰미야가 달려들 듯이 물었다.

와이셔츠 위에 회색 카디건을 걸친 남자는 고개를 끄덕거렸다.

"한 달에 한 번꼴이었을 겁니다. 새전함 위에 종이학이 놓여 있었어요. 천 엔짜리 지폐가 담긴 흰 봉투와 함께요. 봉투에는 '소각비'라고 적혀 있었습니다."

"그 종이학, 지금은 안 남아 있겠죠?"

"그럼요, 다 태워 버렸죠."

"그게 언제부터였죠, 종이학이 놓여 있었던 게?"

"그러니까…… 아마 반년쯤 전부터일 거예요."

스이텐구 신사의 정문은 오후 5시면 닫히지만 7시까지는 야간 출입구를 이용할 수 있다. 그날 밤, 야간 출입구를 닫기 전에 경내를 둘러보는데 새전함 위에 한 줄로 꿴 종이학이 수북이 놓여 있었다고 한다.

"세어 보니 딱 백 마리더라고요. 아주 예쁜 노란색이었어요."

"노란색이라고요?"

마쓰미야는 가가와 얼굴을 마주 보았다.

"노란색 한 가지뿐이었습니까?"

"네, 그때는 전부 노란색이었어요. 그 후로 매달 색이 달랐고요."

"아니, 매달 말이에요?"

"네. 초록이나 파랑, 보라……, 늘 한 가지 색이었어요. 개수도 언제나 백 마리였고요."

가가가 남자에게 바짝 다가섰다.

"날짜는요, 매달 같은 날이었나요?"

"아, 그건 아니었을 거예요. 매달 달랐을 겁니다."

"요일은요? 매번 토요일이라거나……."

"아마 평일이었을 거예요. 참배객이 많지 않았을 때였다고 기억되니까요."

"두고 간 사람을 본 적은 있습니까?"

"아, 그게 말이죠, 늘 아무도 없는 틈을 타서 두고 가는 것 같았어요. 그래서 나쁜 일도 아닌데 왜 그렇게 몰래 하나 생각했죠."

남자가 쓴웃음을 지었다.

두 형사는 남자에게 고맙다고 인사하고 사무실을 나왔다. 평일 오전인데도 경내가 사람들로 북적거렸다.

아오야기 다케아키는 칠복신에게 기원하는 데 사용했던 종이학을 어떻게 했을까, 그것이 수수께끼를 푸는 열쇠였다.

어느 신사에서 태우는 의식을 행하지 않았을까 하는 게 가가의 추리였다. 그래서 오늘 아침 두 사람은 일찍부터 칠복신을 모신 신사들을 돌아다니고 있었던 것이다. 스이텐구에 오기 전에는 고아미 신사에 들렀다. 그러나 그곳에서는 종이학이 놓여 있었던 적도 없고 그런 의식도 하지 않는다고 했다.

"아오야기 씨의 본래 목적이 스이텐구를 참배하는 것이었다고 봐도 무방할까요?"

"아직은 단정할 수 없어. 종이학을 두고 간 사람이 아오야기 씨라는 확증이 없으니까 말이야."

"하지만 전부 태워 버렸다는데 확증을 어떻게 찾습니까? 그리고 아오야기 씨가 가사마이나리에 가지고 왔다는 종이학과 특징이 일치하잖아요. 물론 색은 다르지만, 그건 매달 바뀌었던 것 같고요. 아마 틀림없을 거예요."

"바로 그 점이야. 왜 다달이 색이 바뀌었을까?"

"별 의미는 없지 않겠어요? 같은 색 종이를 수백 장이나 챙기는 게 더 어렵죠."

가가가 걸음을 멈췄다.

"음, 종이라……. 자네 같으면 어떻게 하겠나? 종이학을 천 마리 접는다 치고, 종이를 어디서 구하겠어?"

"그거야 어디서든 구할 수 있죠. 학 접는 종이는 편의점에서도 팔잖아요."

"좋아, 조사해 보지."

두 사람은 신사를 나와 그 주변을 돌아다녔다. 문구점에 들어가서 학 접는 종이가 있냐고 물으니 여러 종류를 보여 주었다. 같은 색만 백 장이 든 것도 있고, 여러 가지 색이 세트로 들어 있는 것도 있었다. 제품에 따라서는 색깔뿐 아니라 사이즈나 종이의 종류까지 여러 가지인 것도 있었다. 대표적인 것 몇 가지를 구입한 후 문구점을 나왔다.

"이런 걸 사서 어쩌시게요?"

학 종이가 담긴 봉투를 든 마쓰미야가 물었다. 아무리 종이라도 몇백 장이나 되다 보니 꽤 무거웠다.

"물어보나 마나 아니야? 학을 접어야지."

"네에?"

"여기가 좋겠군."

가가가 걸음을 멈춘 곳은 패밀리 레스토랑 앞이었다.

종업원이 기분 나쁜 표정으로 바라보는데도 아랑곳하지 않고 가가와 마쓰미야는 학을 접었다. 종이 접기는 거의 20여 년 만에 해 보는 것이었다. 그런데도 신기하게 접는 방법을 잊지 않았다.

한참을 접고 나서, 온 김에 점심까지 먹은 후 레스토랑을 나왔다. 그길로 다시 스이텐구로 돌아가 오전에 사무실에서 만났던 남자에게 종이학을 보여 주었다.

"아, 이게 가장 비슷하겠는데요. 이런 종이로 접은 것이었어요."

남자가 집어 든 것은 마쓰미야가 일본 종이로 접은 것이었다.

"다만 크기가 다르군요. 좀 더 작았어요. 이 정도 아니었나 싶은데요."

남자가 집어 올린 것은 가로세로 각 10센티미터짜리 종이로 접은 학이었다.

마쓰미야와 가가는 얼굴을 마주 보았다. 아까 들렀던 문구점에는 이런 크기의 학 종이가 없었다. 학 종이는 사방 15센티미터짜리가 일반적이다.

"10센티미터짜리 일본 종이란 말이지. 이게 큰 실마리가 되겠군."

신사 바깥 계단을 내려가며 가가가 말했다.

"아오야기 씨의 회사가 신주쿠에 있지? 아마도 그 근처의 백화점에서 종이를 사지 않았나 싶어. 몇 군데 돌다 보면 그 가게를 찾을 수 있겠지."

"일본 종이를 파는 가게라……."

그렇게 중얼거리던 마쓰미야의 머릿속에 번뜩 떠오르는 것이 있었다. 아! 하고 외치려다가 그는 하마터면 계단을 헛디딜 뻔했다.

"왜 그래, 괜찮아?"

"선배, 저 한 군데 알아요. 일본 종이 파는 가게 말이에요. 이 근처에 있어요."

"어딘데, 그게?"

"며칠 전에 갔던 메밀국수 집 있잖아요, '홍매암'이던가? 그 근처에 일본 종이 전문점이 있었어요."

가가가 눈을 크게 떴다. 그리고 마쓰미야의 얼굴을 손가락으로 가리키며 고개를 끄덕였다.

"가자!"

얼마 안 되는 거리지만 택시를 타기로 했다. 그만큼 마음이 급했던 것이다. 하지만 그러기 전에 남은 학 종이를 처리하고 싶었다. 그때 한 여성이 꼬마를 데리고 계단을 내려오고 있었다. 두 형사는 그들에게 사정을 말하고 종이 꾸러미를 떠안겼다. 상대가 무척 기뻐해서 기분이 좋았다.

일본 종이 전문점은 니혼바시 혼초 3가에 있었다. 쇼와 거리에 면한 건물 전체가 종이 만드는 회사로, 1층이 가게였다. 정면 유리문을 들어서자 오른쪽에 종이 뜨는 과정을 실연해 보여 주는 곳이 있고 벽에 제조 과정을 기록한 패널이 붙어 있었다. 안내 표지판에 의하면 2층에는 특별 전시실과 사료관, 갤러리 등이 있다.

널찍한 가게 안에는 종이뿐 아니라 종이로 만든 다양한 제품이 있었다. 이 가운데서 학 종이를 찾아내기란 쉽지 않을 것 같았다.

마쓰미야가 여점원에게 학 종이가 있느냐고 물었다.

점원이 상냥한 얼굴로 꺼내 온 것은 '10색 일본 종이'라는 상품이었다. 백 장들이에 가로세로 각 10센티미터. 분홍, 빨강, 오렌지색, 갈색, 노랑, 초록, 하늘색, 파랑, 보라, 자주색 순으로 색깔마다 열 장씩 들어 있다. 가격은 1,500엔.

"찾았어요."

마쓰미야가 종이를 가가에게 보여 주었다.

"이걸 열 세트 사서 같은 색으로 백 장씩 접은 것 아닐까요?"

가가가 고개를 끄덕이며 여점원을 향해 돌아섰다.

"혹시 이걸 한꺼번에 많이 사 간 사람이 있었나요? 반년쯤 전에요."

그렇게 물으며 경찰 배지를 내보이자 여점원은 당황한 표정으로 잠깐 기다리라고 하더니 급히 가게 안쪽으로 뛰어갔다.

마쓰미야는 '10색 일본 종이'를 자세히 들여다봤다. 이게 백 장이나 될까 싶게 가볍고 얇았다. 모든 색을 한눈에 볼 수 있도록 가장자리를 약간씩 비껴나게 쌓아 놓았다. 그 선명한 색들을 보고 있자니 학 종이로 쓰기에는 아까울 것 같다는 생각이 들기도 했다.

잠시 후 여점원이 나이가 좀 더 들어 보이는 여자와 함께 돌아왔다.

"종이에 대해서 궁금한 점이 있으시다고요?"

여자가 물었다.

가가는 조금 전과 똑같은 질문을 했다. 여자가 고개를 천천히 위아래로 움직였다.

"그런 손님도 계셨을 거예요. 한꺼번에 여러 개를 사시는 분이 드물지 않으니까요."

"그럼 혹시 이런 분이 가게에 오신 적이 있나요?"

가가는 아오야기 다케아키의 사진을 그녀들에게 보여 주었다.

나이 든 여자의 표정에 변화가 나타났다. 그녀는 눈을 몇 번 깜박거리더니 가가와 마쓰미야를 번갈아 보았다.

"오신 적이 있어요. 열 세트를 한꺼번에 사셨던 걸로 기억해요."

마쓰미야는 몸이 달아오르는 것을 느꼈다.

"반년쯤 전이 확실합니까?"

가가가 침착한 말투로 물었다.

"네, 확실해요. 두 번 걸음을 하시게 해서 기억하고 있어요."

"두 번 걸음을 했다고요?"

"처음 오셨을 때 상품이 모자랐거든요. 그래서 일주일 후에 다시 한 번 오셨어요."

가가가 고개를 끄덕였다.

"알겠습니다. 정말 감사합니다."

'10색 일본 종이' 한 묶음을 사 들고 두 사람은 가게를 나왔다. 그리고 걸어서 스이텐구로 다시 돌아갔다. 도중에 다카라다에비스 신사 앞을 지났다.

"아오야기 씨가 칠복신 순례를 하다가 그 일본 종이 전문점을 발견한 거 아닌가 싶어요."

마쓰미야가 말했다.

"그렇다면 칠복신 순례를 시작할 당시에는 참배할 때 종이학을 사용하지 않았다는 얘기인데, 왜 도중에 그런 걸 시작했을까?"

"특별한 이유는 없지 않을까요, 문득 생각이 떠오른 것 외에는요?"

"문득 생각이 떠오른 것만으로 종이학을 백 마리씩 접는 사람이 어디 있어? 그것도 매달 그렇게."

"그런가요……."

스이텐구로 돌아온 두 사람은 사무실 남자에게 '10색 일본 종이'로 만든 종이학을 보여 주었다. 남자는 노란색 종이학을 손바닥에 올려놓고 눈을 가늘게 떴다.

"이거예요. 아마 틀림없을 겁니다. 그때 그 학이에요."

마쓰미야와 가가가 동시에 고개를 끄덕였다.

"이렇게 해서 종이학을 두고 간 사람이 아오야기 씨였다는 건 확실해졌군요. 역시 본래의 목적은 이 신사였어요."

마쓰미야는 경내로 나가 새삼스럽게 본전을 바라보았다.

"그렇게 보는 게 타당하겠지. 아오야기 씨가 왜 갑자기 신사를 찾아다니게 되었을까 하는 수수께끼는 여전히 남아 있지만."

가가가 석연치 않다는 표정으로 말했다.

스이텐구는 순산을 기원하는 신사로 유명하다. 아오야기 다케아키는 대체 누구를 위해 참배했던 것일까.

정면에 서 있는 본전은 분위기가 장엄했다. 그 바로 앞에는 손을 씻는 누각이 있는데, 가가의 말로는 참배하기 전에 이곳에서 입과 손을 깨끗이 씻는 것이 격식이라고 한다.

본전 오른쪽에 부적과 각종 기념품을 파는 매점이 있었다. 안에 여점원이 보이기에 마쓰미야가 들어가서 아오야기 다케아키의 사진을 보였지만 점원은 고개를 갸웃거렸다. 그러면서, 비슷한 사람을 본 것 같기도 한데 어쩌면 착각일지도 모른다고 한다. 매일 수많은 손님을 상대하니 무리도 아니라고 마쓰미야는 생각했다.

본전 왼쪽에는 어미 개와 강아지 동상이 있는데 그 주위를 십이지의 문자가 하나씩 새겨진 반구가 빙 둘러싸고 있었다. 자신의 띠를 쓰다듬으면 복이 온다고 하는데, 사람들이 간지보다 주로 강아지 머리를 쓰다듬는지 강아지 머리만 반질반질 윤이 났다.

그 앞에서 남자 하나와 여자 둘이 함께 참배하고 있는 모습이 보였다. 두 남녀는 초로이고 나머지 한 여자는 아랫배가 봉긋하다. 임신 중인 딸과 그 부모인 듯했다. 세 사람 모두 더없이 행복해 보였다.

그들을 보고 있던 마쓰미야의 머릿속에 한 여자가 떠올랐다.

"혹시 아오야기 씨가 나카하라 가오리를 위해서 여기 왔던 게……."

거기까지 말하고 나서 그는 고개를 저었다.

"아니, 그건 아닐 거예요. 만약 그렇다면 아오야기 씨와 야시마가 상당히 친밀한 사이였다는 얘기가 되는데, 여태까지 밝혀진 내용과는 맞지 않죠."

"여태까지 밝혀진 내용이라니, 뭘 말하는 거지?"

가가가 물었다.

"그 내용은 수사 결과를 바탕으로 수사진이 제멋대로 만들어 낸 시나리오에 불과하잖아. 거기에 끼워 맞출 필요는 없어. 중요한 건 과연 진실이 무엇이냐 하는 거지."

"그럼 선배는 아오야기 씨가 여기 온 목적이 나카하라 가오리를 위해서였다고 생각하는 건가요?"

"터무니없는 얘기는 아니지만, 자네는 한 가지 중요한 걸

잊고 있어."

"그게 뭔데요?"

"나카하라 가오리는 이제 임신 3개월이야. 그런데 아오야기 씨는 그 전에 칠복신 순례를 시작했잖아."

"아……."

맞는 말이었다. 마쓰미야는 자신의 어리석음에 화가 났다.

"우선은 본래의 절차대로 가족의 얘기를 들어 보지."

가가는 신사의 출구로 향했다.

더는 아오야기의 집 주변을 기웃거리는 사람들이 보이지 않았다. 텔레비전에서도 니혼바시 살인 사건을 거의 다루지 않게 됐다. 야시마 후유키의 사망으로 사건이 일단락되었다는 분위기였기 때문이다. 산재 은폐라는, 그리 대단하지도 않은 범죄로 더는 시청자를 끌어들이기 어렵다고 판단했을 것이다.

마쓰미야는 인터폰을 눌렀다. 잠시 후 아오야기 후미코의 대답 소리가 들렸다. 그가 이름을 밝히자 후미코는 노골적으로 귀찮다는 반응을 보였지만 들어오라고는 했다.

지난번처럼 두 형사는 거실로 안내되었다. 괜찮다고 사양하는데도 후미코는 소파에 나란히 앉은 그들에게 차를 가져다주었다. 찻잔도 지난번과 똑같았다.

"무슨 일이죠, 오늘은?"

눈을 마주치지 않은 채 후미코가 물었다.

"확인이 필요한 정보가 들어와서요."

가가가 그렇게 운을 뗐다.

"남편 분께서 생전에 자신의 주변에서 아이가 태어날 거라고 말씀하셨나 본데요. 혹시 그 일에 관해서 아는 것이 있으신가요?"

후미코의 얼굴에 당혹감이 떠올랐다.

"아이……라고요?"

"네, 출산 축하에 관해서도 생각하고 계셨던 것 같은데요."

아오야기 다케아키가 칠복신 순례를 하고 있었다는 사실에 대해 아직은 가족에게 알리지 않는 게 좋겠다고 가가는 판단했다. 아오야기가 비밀로 했던 일을 무턱대고 밝힐 수는 없었던 것이다.

글쎄요, 하면서 후미코가 고개를 갸웃거렸다.

"친척 중에는 그런 사람이 없어요. 지인들 중에도 없는 것 같고요. 들은 적이 없어요."

"그렇다면 최근에 남편 분께서 어느 집에 아이가 생길 때가 됐다든지, 혹은 아이가 생기지 않아 애태우는 부부가 있다든지, 그런 얘기를 하신 적은 있나요?"

후미코는 여전히 어리둥절한 표정이었다. 아무리 기억을

더듬어 봐도 짐작 가는 일이 없는 듯했다.

"죄송하지만, 아무리 생각해도 떠오르지 않네요."

"그렇군요. 괜찮습니다. 그 일이 이번 사건과 관계가 있는지 없는지도 현재로서는 불확실하니까요. 일단 확인해 본 것뿐입니다."

"저……, 사건은 이미 해결된 것 아닌가요? 야시마라는 사람도 죽었는데 뭘 더 조사한다는 건가요?"

가가는 그 질문에 대답하지 않은 채 "잘 마시겠습니다."라며 찻잔으로 손을 뻗었다. 그리고 천천히 차를 한 모금 마시더니 숨을 길게 내쉬고 나서 "아오야기 씨." 하고 후미코를 불렀다.

"가족 입장에서도 아직 석연치 않은 점이 많지 않습니까? 이대로 사건이 마무리되어도 괜찮다고 생각하세요?"

"그야…… 물론 괜찮지는 않죠."

후미코는 고개를 숙이고 손을 마주 비볐다.

그때 현관에서 발소리가 들렸다. 그리고 잠시 후 거실 문이 열렸다. 씩씩거리며 들어오던 유토가 마쓰미야와 가가를 보더니 마치 스톱 모션처럼 동작을 멈췄다. 현관에 못 보던 신발들이 있는 것을 미처 발견하지 못한 모양이었다.

번번이 실례가 많아요, 라고 가가가 인사하자 마쓰미야도 유토에게 가볍게 목례를 했다.

유토는 부루퉁한 얼굴로 고개를 쳐들더니 말없이 부엌으로 갔다. 냉장고 문이 열렸다 닫히는 소리가 들리고 곧이어 페트병 콜라를 손에 든 유토가 다시 거실로 왔다. 유토는 페트병 뚜껑을 열어 병나발을 불면서 마쓰미야와 가가를 보았다.

"아직도 조사할 게 남았나?"

"유토, 말버릇이 그게 뭐니!"

후미코가 유토를 나무랐다.

아, 괜찮습니다, 하고 후미코를 말리고 나서 가가는 유토를 올려다보았다.

"형사도 회사원과 마찬가지로 위에서 내리는 지시를 거역할 수 없어요."

"흥, 그러고 보니 아저씨들도 운이 참 없네요. 이런 시시한 사건이나 맡고."

"시시하다고?"

마쓰미야가 발끈해서 되물었다.

"뭐가 어떻게 시시하다는 거지?"

"대단할 거 없는 사건이잖아요. 산재 은폐라던가? 그런 치사한 짓을 우리 아빠가 하는 바람에 당한 쪽 남자가 열을 받아서 찔렀다, 그게 다잖아요. 그 자체로는 큰 사건도 아닌데 주제넘게 요란 떨면서 죽는 바람에 매스컴에서 호들갑을 떨어 대니까 경찰로서도 대충 수사할 수는 없게 됐다, 그런 거 아닌가요?"

"어떻게 죽느냐에 따라 경찰의 수사 방식이 달라지지는 않아."

"그래요? 좀 더 후진 데서 죽었으면 달라지지 않았을까요? 다리 한가운데서 뻗었다고 했죠, 아마? 왜 그런 식으로 죽었나 몰라."

그러고서 유토는 콜라병을 찰랑찰랑 흔들었다.

마쓰미야는 유토의 해쓱한 뺨을 한 대 갈기고 싶은 걸 간신히 참았다.

"일단 확실히 해 두겠는데, 아버지가 돌아가신 곳은 병원이지 다리 위가 아니야. 그리고 뻗어 있었던 게 아니라 기린 조각상에 기대 계셨어."

"기린이라니요?"

유토가 무슨 뚱딴지같은 소리냐는 듯 미간을 찡그렸다.

"니혼바시 다리 중앙에 기린 조각상이 있지. 날개 달린 기린 말이야. 아오야기 씨는 그 조각상에 기댄 채 움직이지 못하고 있었어. 그런 아오야기 씨를, 근처에 있던 순경이 발견한 거야. 알고 있겠지만 찔린 장소는 거기서 좀 떨어진 곳이었고. 아오야기 씨가 왜 칼에 찔린 채 거기까지 이동했는지는 아직도 모르겠지만 말이야."

흠, 하며 유토는 시큰둥한 표정을 짓고 콜라를 한 모금 마셨다.

"그런 거야 어찌 됐든 상관없지만, 아무리 살해를 당하더라도 뒤에 남은 사람들에게 폐는 끼치지 말아야 되는 거 아닌가요?"

"유토!"

후미코가 날카로운 목소리로 아들을 나무랐다. 그게 조금은 효과가 있었는지 유토는 험상궂은 얼굴을 한 채 페트병을 손에 들고 거실을 나갔다. 다음 순간 계단을 뛰어 올라가는 소리가 들렸다.

죄송합니다, 라고 후미코가 사과했다.

"남편 일로 주위에서 많이들 쑤군대나 봐요."

마쓰미야도 상황은 짐작할 수 있었다. 가족이 이상한 방식으로 죽으면 몇 년이 지나도록 주위에서 이러쿵저러쿵하는 소리를 듣게 된다. 그 자신이 경험한 일이다.

저, 그런데, 하고 가가가 말을 돌렸다.

"남편 분께 혹시 서재 같은 방이 따로 있었습니까?"

후미코가 고개를 저었다.

"그런 방은 없어요. 회사 일을 집으로 가져온 적이 거의 없었거든요. 책을 읽거나 간단하게 무얼 쓸 일이 있을 때는 여기서 했고요."

"그럼 필기구 같은 건 어디에 두셨나요?"

"저기요."

후미코가 가리킨 곳은 벽 쪽에 놓인 장식장이었다.

"저 서랍에 들어 있어요."

"봐도 될까요?"

"네, 그러세요."

가가가 장갑을 끼며 일어서자 마쓰미야도 주머니에서 장갑을 꺼냈다.

두 사람은 서랍 안을 조사했다. 실은 남아 있는 '10색 일본 종이'를 찾아내는 것이 목적이었다. 스이텐구에서 입수한 증언이 사실이라면 아오야기 다케아키는 종이를 아직 600장밖에 사용하지 않았을 터였다. 그렇다면 어딘가에 나머지가 있을 것이다.

하지만 어느 정도 예상했던 대로 종이는 나오지 않았다. 아오야기 다케아키는 자택 이외의 장소에서 학을 접었던 모양이다.

그쯤에서 얘기를 마무리하고 물러가기로 했다. 현관에서 인사를 하고 있는데 등 뒤에서 인기척이 느껴졌다. 돌아보니 커다란 눈망울이 인상적인 소녀가 서 있었다. 딸인 하루카인 듯했다.

"하루카 오니? 형사님들 오셨어."

후미코가 그렇게 소개했지만 하루카는 들은 척도 하지 않고 아무 말 없이 계단을 뛰어 올라갔다.

죄송해요, 하고 후미코가 또 사과했다.

아오야기의 집에서 나와 잠시 걸어가던 마쓰미야가 뒤를 돌아보았다. "왜 그래?" 하고 가가가 묻자 마쓰미야는 고개를 저으며 "아무것도 아닙니다."라고 대답하고 다시 걷기 시작했다.

사건은 끝나지 않았다. 해결된 것도 아무것도 없다.

마쓰미야는 새삼 그런 생각이 들었다.

20

다음 날 아침 열린 수사 회의에서 야시마 후유키가 면접 본 곳을 찾았다는 보고가 있었다. 마쓰미야와 가가는 어제저녁 경찰서에 돌아왔을 때 이미 대강의 얘기를 들어 알고 있었다.

그곳은 교바시에서 수제 가구와 잡화를 판매하는 '스톡 하우스'라는 회사였다. 나카하라 가오리와 둘이 갔던 영화관에서는 걸어서 10분 이상 걸리는 곳이다.

"사장 외에 종업원이 셋뿐인 조그만 회사입니다. 전시실을 겸한 사무실이 건물 2층에 있고, 구인 광고가 나붙은 곳은 1층 입구 주변이었다고 합니다. 저희가 갔을 때 구인 광고 포스터는 이미 떼어지고 없었지만, 그곳에 구인 광고가 붙어 있는 걸 봤다는 목격 증언이 있어서 그 건물 내의 회사와 사무실을 모두 조사했습니다. 그 결과 야시마가 그 회사를 찾아간 사실을 알아내게 된 거고요."

베테랑 형사인 나가세가 차분히 설명했다.

"야시마는 사건 전날 저녁 7시경에 그 회사를 찾아가 구인에 관해 문의했습니다. 그런데 그때는 직원 한 명밖에 남아 있지 않았고, 그 직원이 사장에게 전화를 걸어 다음 날 오후 6시에 다시 오라는 대답을 들은 겁니다. 그래서 야시마는 다음 날 6시 조금 넘어 그곳을 다시 찾아갔고, 그때는 사장이 직접 만났다고 합니다."

가가가 추리한 내용 거의 그대로였다. 예상 밖이었던 건 음식점이 아니라 가구점이었다는 것뿐이었다. 나카하라 가오리의 말에 따르면 야시마는 접객업에는 맞지 않았다고 하니 타당한 선택이라고 할 수 있었다.

그 가구점 전시실의 일부분은 구둣발로 들어갈 수 없는 곳이라고 했다. 야시마가 '구멍 나지 않은 양말'을 열심히 찾은 것은 신발을 벗을 수도 있다고 생각했기 때문일 것이다.

"그런데 사장 말이, 야시마가 일의 내용에 대해 잘못 생각하고 있는 부분이 있어 채용에는 이르지 못했다고 합니다."

나가세가 보고를 계속했다.

"잘못 생각하다니, 그게 무슨 소리지?"

내내 언짢은 표정을 짓고 있던 관리관이 물었다.

"그 회사는 얼마 후 있을 이벤트의 아르바이트생을 모집하고 있었답니다. 지인에게 부탁해서 일부 구하긴 했는데 몇 명이 모자라는 바람에 구인 광고지를 붙인 거라고요. 그런데 야시마는 가구 제작하는 일을 할 수 있을 것으로 기대했던 모양입니다."

"그랬군. 하지만 그렇다면 왜 그 회사에서는 지금까지 경찰에 신고하지 않았을까? 사건에 대해서 몰랐을 리 없을 텐데 말이야."

"그게 말이죠, 못 알아봤다고 합니다."

"아니, 못 알아봤다니?"

"사장이 그러는데, 사건에 대해서는 알고 있었지만 설마 그 때 그 남자가 문제의 용의자일 줄은 몰랐다는 겁니다. 금세 돌아간 탓에 이름도 기억하지 못했고, 게다가 사건 내용을 인터넷으로밖에 못 봤기 때문에 야시마의 얼굴 사진을 볼 기회가 없었다는 거예요."

"요즘은 그런 사람이 많습니다."

이시가키가 변명하듯 관리관에게 말했다.

"신문을 보지 않는 사람도 많고요. 인터넷에도 야시마의 사진이 나와 있긴 하지만, 확대해서 보지 않으면 작아서 알아

보기 힘들 겁니다."

관리관은 고개를 끄덕였지만 여전히 못마땅한 표정이었다.

"그리고 한 가지가 더 있는데요."

나가세가 수첩을 보면서 보고를 이어 갔다.

"그 가구점 사장에 따르면 야시마가 너무 낙담하는 것 같아서, 만일 가구점에서 일하고 싶다면 가까운 곳에 동업자의 회사가 있으니 가 보라고 알려 줬답니다. '아즈마 가구'라는 업체로, 에도바시 근처에 있습니다."

회의실이 잠시 술렁거렸다. 마쓰미야 역시 놀라긴 마찬가지였다.

"에도바시라고?"

관리관의 목소리가 높아졌다.

"거긴 사건 현장이잖아?"

"그렇습니다. 하지만 그 회사에 찾아가 봤더니 야시마가 방문한 사실이 없다고 했습니다. 그날은 6시 반에 모두 퇴근했다고요."

이상입니다, 라며 보고를 마치고 베테랑 형사는 자리에 앉았다.

관리관이 떨떠름한 표정으로 뒷머리를 긁적거렸다.

"대체 어떻게 된 거야, 야시마는 피해자와 만나기로 약속했던 거 아닌가?"

"시간적으로 봤을 때 약속했을 가능성은 낮아 보입니다."

이시가키가 말했다.

"면접이 잘 풀릴 경우 몇 시간이 걸릴지 모르는데, 야시마의 휴대 전화에는 피해자의 전화번호가 저장돼 있지 않아 약속 시간을 변경할 수도 없었습니다."

"그럼 두 사람이 어떻게 만났다는 거야?"

"생각할 수 있는 가능성은 우연히 만났다는 것뿐입니다."

"우연히 만났다고?"

"이미 보고된 대로 피해자는 칠복신 순례를 하고 있었습니다. 그날도 신사를 돌고 나서 에도바시 부근까지 걸어가던 중에 가구점으로 가던 야시마와 길거리에서 마주쳤을 가능성이 있습니다."

"그럼 그렇게 해서 두 사람이 예의 커피숍에 들어가게 됐다는 건가?"

"그렇게 생각해도 시간적으로는 모순이 없습니다. 다만 그 경우, 야시마가 나이프를 소지하고 있었다는 점은 설명이 안 되죠."

관리관의 얼굴이 다시 일그러졌다.

"나이프라……. 그게 있었군."

"피해자와 만난 것이 우연이라면 야시마가 나이프를 준비할 이유가 없죠."

"호신용일 수도 있지 않을까?"

관리관이 자신 없는 듯 조그맣게 말했다.

"글쎄요……."

대꾸하는 이시가키 역시 자신 없어 하기는 마찬가지였다.

이 문제에 관해 결론이 나지 않은 채 회의가 끝났다. 그러나 이시가키와 고바야시 등은 관리관을 둘러싸고 대화를 이어 갔다. 나이프에 관해 얘기하고 있을 거라고 마쓰미야는 짐작했다.

그때 젊은 형사가 불쑥 회의실로 들어오더니 곧장 이시가키에게 다가가 뭐라고 말을 전했다. 듣고 있던 남자들의 표정이 일제히 흐려지는 것을 멀리서도 알 수 있었다.

이시가키는 회의실 안을 둘러보다가 시선을 마쓰미야에게서 멈췄다. 아니나 다를까, 이시가키는 마쓰미야의 이름을 불렀다.

마쓰미야가 다가가 "네, 무슨 일입니까?"라고 물었다.

이시가키는 대답 없이 손짓만 했다. 좀 더 가까이 오라는 뜻인 듯했다. 마쓰미야는 앉아 있는 상사에게 바짝 다가섰다.

"미안하지만 지금 바로 가가와 둘이 피해자의 집으로 가 줘야겠어."

"왜요, 무슨 일이 있습니까?"

이시가키가 심각한 표정으로 고개를 빠르게 끄덕였다.

"오늘 아침에 그 집 딸이 손목을 그었대."

"네에?"

"구급차로 병원에 실려 가서 응급조치를 받았다는군. 병원에서 경찰서로 연락이 왔어. 다행히 상처가 크지는 않나 봐. 지금은 집에 와 있는 모양이니까 일단 가서 상황을 보고 와."

"알겠습니다."

마쓰미야가 가가에게 돌아가 상황을 설명했다. 가가도 예상 밖의 일에 숨을 삼켰다.

"하긴 그 집 딸, 어제 잠깐 봤을 때도 뭔가 좀 이상했어요."

역으로 향하는 도중에 마쓰미야가 말했다.

"사건 때문에 마음이 몹시 괴로웠나 봅니다. 어쨌든 피해자 측인데 주위에서 이러쿵저러쿵 말이 많았으니까 말이죠."

"살인 사건이란 게 암세포와 같아서 일단 생겼다 하면 그 고통이 주위로 번진단 말이지. 범인이 잡히든 수사가 종결되든, 그 고통에 의한 침식을 막기가 어려워."

가가의 나지막한 음성이 마쓰미야의 가슴을 울렸다. 옳은 말이라고 생각했다.

어제와 마찬가지로 아오야기의 집 주변은 조용했다. 그러나 조금 전만 해도 구급차가 달려오고 사이렌이 울리는 바람에 창을 열고 내다본 동네 사람들이 많았을 것이다. 그들은 아오야기의 집에서 그 집 딸이 실려 나오는 모습을 보고 갖

가지 상상을 했을 게 분명하다. 나쁜 소문이 돌지 않았으면 좋겠는데, 하고 마쓰미야는 생각했다.

인터폰을 눌렀다. 늘 그렇듯이 후미코가 대답할 줄 알았는데 네, 하는 젊은 남자 목소리가 들렸다. 유토인 것 같았다.

마쓰미야가 이름을 밝히고 따님 일로 왔다고 말하자 잠시 틈을 두었다가 "들어오세요." 하는 퉁명스러운 대답이 돌아왔다.

가가와 둘이 현관 앞까지 가자 현관문이 열리고 후미코가 얼굴을 내밀었다. 눈 주위가 빨갛게 부어오르고 눈물 자국이 남아 있었다.

"연일 이렇게 찾아와서 죄송합니다."

마쓰미야가 머리를 숙였다.

"따님에게 불상사가 있었다는 연락을 받고 왔습니다."

"하루카는 약을 먹고 잠들었어요. 얘기할 수 있는 상태가 아닙니다."

"부인과 얘기를 나눠도 괜찮습니다. 상황만 들려주시면 됩니다."

"알겠어요. 그럼 들어오세요."

실례하겠습니다, 라며 안으로 들어섰다. 현관에 유토 것으로 보이는 스포츠 가방이 놓여 있었다.

유토는 거실과 이어진 다다미방에 책상다리를 하고 앉아

있었다. 아오야기 다케아키의 영정 앞이었다. 마쓰미야 쪽은 거들떠보지도 않았다.

"유토, 너는 이제 학교에 가 봐라. 나머지 일은 엄마가 알아서 할 테니까."

후미코가 말했다.

"됐어, 오늘은. 아까 학교에 전화해서 오늘 못 갈 것 같다고 했어."

"하지만……."

"됐다고 하잖아. 가만 좀 내버려 둬!"

유토가 팔짱을 끼고 영정을 노려보며 소리쳤다.

두 사람이 소파에 앉은 후 후미코가 부엌으로 향하려 하자 가가가 "신경 쓰지 마십시오."라고 말했다.

"상황만 전해 듣고 바로 돌아가겠습니다."

후미코는 암담한 표정으로 소파에 앉았다.

"아침에 일어날 시간이 되었는데도 하루카가 기척이 없길래 들여다봤어요. 그랬더니 침대 위가 피투성이로…… 그 아이는 축 늘어져 있었고요."

"손목을 무엇으로 그었습니까?"

가가가 물었다.

"커터 나이프예요. 바닥에 떨어져 있더군요. 몇 번이나 그었는지, 손목에 온통 상처가……."

"그때 따님은 의식이 있었나요?"

"의식은 있었지만 뭘 물어도 대답하지 않았어요. 울기만 하고."

"병원에서 치료받은 후에는 어땠습니까, 얘기를 좀 나눠 보았나요?"

그 물음에 후미코는 맥없이 고개를 저었다.

"형사님들이 오시기 전까지 그 아이 방에 있었지만 한마디도 못 나눴어요."

"자살을 시도한 동기에 대해서는 짐작 가는 게 있으십니까?"

후미코는 한숨을 쉬었다.

"구체적인 건 모르겠지만, 아마 아빠 일로 학교에서 속이 많이 상했나 봐요. 집에 돌아와서도 내내 방에만 틀어박혀 있었어요."

그때 다다미방에서 쿵, 하는 소리가 났다. 유토가 주먹으로 다다미 바닥을 내려친 것 같았다.

"멍청이같이. 자살하면 아빠가 잘못했다는 걸 인정하는 셈이잖아."

마쓰미야가 유토를 노려보았다.

"그런 식으로 말하는 건 좋지 않아. 동생의 심정을 헤아려 줘야 하는 것 아닌가?"

"심정을 헤아리라고요? 내가 모를 줄 알아요? 나도 똑같이 당하고 있는데."

유토가 벌떡 일어나더니 마쓰미야와 가가 앞을 지나 거실을 나갔다.

계단을 뛰어 올라가는 발소리가 사라진 후 가가가 후미코에게 물었다.

"어제와 오늘 사이에 별다른 일은 없었습니까?"

"이렇다 할 일은……."

"사건에 관해 인터넷이나 텔레비전을 통해 새로운 사실을 알게 되었다거나 하는 일은요?"

후미코는 고개를 저었다.

"요즘은 가능하면 그런 걸 안 보려고 해요."

"그럼 누가 찾아왔다든가……."

"아니요, 그게 아니라 하루카가 어제 학교에서 무슨 말을 들었을 거예요."

가가가 잠자코 고개를 끄덕였다. 둘의 대화를 들으면서 마쓰미야는 가가가 왜 그런 걸 묻는지 의아했다. 돌아가는 상황이나 어제 본 하루카의 모습을 생각하면 그녀가 손목을 그은 것 자체는 그다지 놀라운 일이 아니다. 감수성이 풍부한 나이 아닌가.

아오야기의 집에서 나온 후 마쓰미야는 그 점에 대해 가가에게 물었다.

"별다른 이유가 있었던 건 아니야. 그저 확인했을 뿐이지."

가가는 그렇게 대답했다.

마쓰미야는 이시가키에게 전화를 걸어 상황을 보고했다. 별로 심각한 상황은 아니라는 얘기를 듣고 이시가키는 안심하는 눈치였다.

"우리로서도 천만다행이야. 피해자의 유족이 자살했다고 하면 매스컴에서 또 얼마나 시끄럽게 굴겠어."

"하루카 양은 잠이 든 것 같던데, 가족에게 맡겨도 괜찮겠죠? 그럼 저는 곧장 서로 들어가겠습니다."

"아니야, 들어오지 말고 자네들은 사건 당일 피해자의 행적을 다시 한 번 확인해서 정리해 오도록 해."

"행적…… 말씀입니까?"

"요컨대, 당일에도 아오야기가 칠복신 순례를 했다는 확증이 필요하단 말이야. 오늘 아침 회의에서도 얘기가 나왔지만, 야시마가 피해자와 만나기로 약속한 게 아니라면 길거리에서 우연히 마주쳤다고 봐야 하잖아. 야시마가 에도바시에 있었던 이유는 판명됐으니 이제 피해자만 남았어."

"그렇군요."

"현재로서는 자네들이 피해자의 행적에 대해 가장 상세히 파악하고 있어. 그러니 부탁하겠네."

"알겠습니다."

마쓰미야는 전화를 끊고 가가에게 이시가키의 지시를 전달했다. 가가는 석연치 않다는 듯 고개를 갸우뚱했다.

"길거리에서 우연히 마주쳤다……, 하기야 있을 수 없는 일도 아니지."

"나이프에 대해서는 어떻게 설명할 작정일까요? 우연히 마주쳤다면 나이프를 갖고 있었다는 건 이치에 안 맞는 얘기잖아요."

"억지로 끼워 맞출 작정인지도 모르지. 아무튼 일단은 하라는 대로 하지, 뭐. 아오야기 씨의 행적을 확인할 필요도 있으니까."

두 사람은 전철 히비야 선을 타고 닌교초로 갔다. 그리고 이제는 지도가 필요 없을 정도로 익숙한 길을 걷기 시작했다. 코스는 물론 칠복신 순례길이다. 신사 주변의 가게를 찾아다니면서 목격 증언을 수집하기로 했다. 이미 탐문 수사를 마친 가게도 다시 한 번 찾았다. 지난번에는 잊고 있었지만 그 후에 기억이 떠올랐을 수도 있기 때문이다.

하지만 아무리 다녀 봐도 사건 당일 아오야기 다케아키가 칠복신 순례를 한 흔적을 찾을 수 없었다.

"그날은 신사 순례만 하고 가게에는 안 들렀는지도 모르잖아요."

다카라다에비스 신사 앞을 지나면서 마쓰미야가 말했다. 사방이 이미 어둑어둑해지고 있었다.

"어쩌면 신사 순례를 하지 않았을지도 몰라."

가가가 중얼거렸다.

"그건 아닐 겁니다. 신사 순례를 하지 않았다면 아오야기 씨가 왜 니혼바시에 있었겠어요?"

"그야 모르지. 하지만 칠복신 순례를 했다면 종이학을 들고 오지 않았을까? 그런데 스이텐구에는 남아 있지 않았잖아."

"들고 오지 않았을 수도 있어요."

가가는 도무지 모르겠다는 얼굴로 침묵에 빠졌다.

이윽고 두 사람은 쇼와 거리로 들어섰다. 거리 한 모퉁이에 예의 종이 회사가 있다. 1층 가게는 아직 문이 열려 있었다.

"아니, 여긴 바로 어제 다녀갔잖아요."

마쓰미야의 말을 무시하고 가가는 가게 안으로 들어갔다. 마쓰미야도 어쩔 수 없이 그의 뒤를 따라 들어갔다.

어제의 젊은 여점원이 웃는 얼굴을 하면서도 어딘가 모르게 불안한 기색으로 다가왔다.

"주임님을 불러 드릴까요?"

"아니, 괜찮습니다. 그보다, '10색 일본 종이'를 다시 한 번 보여 주실 수 있을까요?"

"아 네, 이거 말인가요?"

그녀가 건넨 상품을 받아 든 가가가 그것을 한동안 물끄러미 바라봤다. 어제 구입한 것과 똑같은 상품이었다.

"그건 또 왜요?"

마쓰미야가 물었다.

죄송하지만, 이라고 가가가 점원을 향해 말했다.

"이 종이는 색의 배열된 순서가 상품마다 언제나 똑같습니까?"

가가의 질문에 점원이 당황한 표정을 짓더니 잠시 기다리라고 하고는 안쪽으로 사라졌다.

마쓰미야는 진열된 상품들을 이리저리 비교해 보았다. 어느 것이나 색의 순번이 똑같았다. 맨 위가 분홍, 그다음이 빨강, 오렌지색, 갈색, 노랑, 초록……의 순이다.

순서가 왜 문제가 되는 거죠? 라고 마쓰미야가 묻는데 점원이 돌아왔다.

"기다리시게 해서 죄송합니다. 순서는 모두 같답니다."

"그렇군요. 감사합니다."

가가가 들고 있던 학 종이를 도로 진열대에 내려놓았다.

"왜 그러는 건데요?"

점원이 멀어진 후 마쓰미야가 물었다.

"색의 순서는 왜 따지죠?"

가가가 천천히 마쓰미야 쪽으로 얼굴을 돌렸다.

"스이텐구에서 들었던 얘기 기억해? 처음 놓여 있던 종이학의 색이 뭐였는지?"

"물론 기억하죠. 노란색이라고 했잖아요."

"그래. 아오야기 씨는 학 종이 열 세트를 한꺼번에 산 다음 같은 색 열 장을 빼내서 백 마리의 학을 접었을 거야. 그런데 좀 이상하지 않아? 자네 같으면 어떻게 하겠어? 보통은 위에서부터 차례대로 종이를 사용하잖아. 이 상품의 맨 위 색깔은 분홍이야. 노랑은 한가운데 끼여 있고. 그런데 왜 굳이 노란색부터 골라서 접었을까?"

마쓰미야는 '10색 일본 종이'라고 이름이 붙어 있는 상품을 새삼스럽게 바라보았다. 아닌 게 아니라 가가 말대로였다.

"노란색에서 시작해야 할 이유가 있었다는 말씀인가요?"

"나는 그렇게 생각해. 문제는 그 이유가 과연 무엇이냐는 거지."

21

벤케이 석상은 생각보다 훨씬 작았다. 올려다볼 정도의 크기를 상상했는데 사람 키와 거의 비슷했다. 높은 받침대에 올라 있는 것도 아니고 울타리가 쳐져 있는 것도 아니어서 손으로 만질 수도 있었다.

밤 10시에 가까운 시각. 가오리는 하마초료쿠도 공원에 와 있었다. 공기가 차갑고 건조했다. 가로등 불빛이 나무에 가려 발밑조차 잘 보이지 않는다.

사건이 발생했던 날 밤에 후유키가 이 공원에 숨어 있었다는 건 나중에 뉴스를 보고 알았다. 공원 이름은 기억을 못했지만 화면에 비쳤던 벤케이 석상이 힌트가 되었다.

집에서 저녁을 먹은 후 불현듯 그곳에 가 보자는 생각이 들었다. 후유키가 마지막으로 전화했던 장소다. 날이 차가워서 코트에 목도리까지 두르고 나왔다. 전철을 타니 닌교초까지 시간이 얼마 걸리지 않았다. 문이 열려 있는 음식점에 들어가서 벤케이 석상이 있는 공원이 어디냐고 물었더니 바로 가르쳐 주었다. 친절한 아주머니다.

심호흡을 하니 가슴이 싸늘해지고 어깨가 움츠러든다. 내쉬는 숨이 새하얘서 신기했다.

너무 조용해 좀 으스스하지만 가오리는 오솔길을 걸어 보기로 했다. 무성한 나무들 사이로 벤치가 보였다. 그날 밤 후유키는 어디에 몸을 숨기고 있었을까. 나무 그늘에 웅크리고 있었을까.

가오리, 하고 신음하는 듯 부르는 소리가 귀에 되살아났다. 그 밤 전화를 건 후유키가 맨 처음 한 말이다.

나, 일을 저질렀어. 일이 좀 잘못된 것 같아. 어떡하면 좋지…….

대체 그는 어떤 심정으로 전화를 했을까. 이제는 아무것도 알 수 없다. 그녀와 통화한 후 그는 경찰을 피하려다 트럭에 치였다.

뭔지는 몰라도 굉장히 난처한 일이 생겼을 것이다, 그렇게 생각할 수밖에 없었다. 그가 사람을 죽인다는 건 있을 수 없는 일이다.

벤치 위에 커다란 짐 같은 것이 놓여 있었다. 궁금해서 다가가다가 움찔하며 걸음을 멈췄다. 회색 담요 밖으로 손 같은 것이 비죽 나와 있었다. 노숙자가 몸을 웅크리고 자고 있는 것이다.

덜컥 겁이 났다. 이 부근만 유난히 나무들이 무성해선지 몹시 어두웠다.

가오리는 발길을 돌려 왔던 길을 되돌아갔다. 그런데 벤케이 석상 근처에 이르렀을 때 누군가 서 있는 모습이 보였다. 키 큰 남자다. 역광이라 얼굴은 잘 보이지 않지만 그녀 쪽을 보고 있는 것 같았다.

모른 척하고 오솔길을 빠져나가려 했을 때였다.

"가오리 씨."

자신의 이름이 불리자 가오리는 숨을 헉 들이마셨다. 하마터면 발을 헛디뎌 넘어질 뻔했다.

남자가 뛰어왔다.

"괜찮습니까?"

그제야 얼굴이 보였다. 아는 사람이다. 형사…… 니혼바시 경찰서의 가가라는 형사다.

"죄송합니다. 놀라게 해 드렸나 보군요."

형사가 미소를 지었다. 그의 하얗게 드러난 이가 가오리에게 안도감을 주었다.

"저야말로 죄송해요. 잘 보이지 않아서요."

"이런 시간에 여긴 무슨 일로…… 아, 혹시 그의……?"

네, 하고 가오리가 고개를 끄덕였다.

"마지막으로 전화를 걸었던 장소와 사고 현장을 제 눈으로 보고 싶었어요."

"역시 그랬군요. 그런데 실은 반대쪽입니다. 그가 사고를 당한 곳은 저쪽이에요."

가가가 가리킨 곳은 조금 전에 가오리가 걸었던 길과는 반대 방향이었다.

"아, 그렇군요……."

"가 보시겠습니까? 제가 안내하죠."

"그래도 될까요?"

"네, 물론입니다."

형사와 동행한다면 안심이다.

"오늘은 마쓰미야 씨가 안 보이네요."

오솔길을 걸으며 가오리가 물었다.

"조금 전에 헤어졌습니다. 근무할 때 외에는 되도록이면 얼굴을 마주하지 않으려고 합니다. 피차 지겨우니까요."

가오리의 긴장을 풀어 주기 위해 하는 말인 듯했다. 그녀는 입가에 미소를 떠올렸다.

"가가 씨는 여기에 무슨 일로 오셨어요?"

"별다른 이유는 없습니다. 일하다 막히면 몇 번이라도 원점으로 돌아가는 게 제 방식이라서요."

"원점이라고요……."

"여기가 원점이죠. 그래서 가오리 씨도 여기 온 거 아닙니까?"

가오리는 말없이 고개를 끄덕였다. 그러면서 그녀는, 이 형사에게도 마쓰미야와 같은 따스함이 있구나 생각했다. 처음에는 위압감을 느꼈지만 그런 느낌은 어느새 사라지고 없었다. 형사라는 족속이 다들 그런지 아니면 이 두 사람만 특별한지는 모르겠다.

땅에 나무 그림자가 어른거렸다. 좀 전까지만 해도 그 모습이 으스스하다고 느꼈는데 지금은 마치 환상처럼 아른거린다고 느껴진다.

앞쪽으로 공원 출구가 보였다. 그 앞은 넓은 도로다. 차들이 쉬지 않고 왔다 갔다 했다.

신오하시 거리예요, 하고 가가가 가르쳐 주었다.

"야시마 씨는 이 길로 뛰어들었어요."

"이런 곳으로……."

무모하다는 생각이 들었다. 편도 3차선에 반대편 차선은 고속도로 출구다.

트럭이 그를 짓뭉개는 모습을 상상하다가 그만 눈을 감아버렸다. 가슴이 북받쳐 오르고 눈 주위가 뜨끈해지려는 것을 있는 힘을 다해 참았다.

심호흡을 몇 번이나 하고서 눈을 떴다.

"고맙습니다, 안내해 주셔서."

가가는 고개를 끄덕이고 잠시 머뭇거리더니 결심했다는 듯 입을 열었다.

"저쪽까지 조금 더 같이 가시겠습니까? 멀지 않은데요."

"네, 그러죠, 뭐. 그런데 왜요?"

"아니, 그게……."

가가가 말끝을 흐리더니 앞서 걷기 시작했다. 두 사람은 신오하시 거리로 들어섰다.

도중에 편의점이 보이자 가가는 가오리더러 잠깐 기다리라고 하고 편의점 안으로 들어갔다. 잠시 후 나온 그의 손에 따뜻한 페트병 녹차와 밀크 티 캔이 들려 있었다.

"어떤 게 좋으세요?"

양쪽을 모두 내밀면서 그가 물었다.

"감사합니다. 녹차로 할게요."

"따뜻한 게 이거밖에 없더군요. 코코아가 있었으면 좋았을 텐데."

"코코아를 좋아하세요?"

"아니, 그런 게 아니라 카페인 없는 음료가 좋을 것 같아서요."

"아……."

임신한 가오리의 몸을 배려한 말이었던 것이다. 눈치가 빠른 사람이라고 생각했다. 그녀 자신도 아직 거기까지는 생각이 미치지 못할 때가 많은데.

가가가 밀크 티 캔을 따서 마셨다. 가오리도 페트병 뚜껑을 열었다.

"그러고 보니 그 사람, 코코아를 참 좋아했어요."

따뜻한 녹차를 한 모금 마시고 나서 가오리가 말했다.

"패밀리 레스토랑에 가면 드링크 바에서 몇 잔이나 마시곤 했는데……."

"단것을 좋아했나 보군요."

"그런 편이었어요. 술도 좋아했고요."

이제 그와 패밀리 레스토랑에 가는 일은 없을 것이다. 선술집에서 건배를 하는 일도.

"몸은 어때요? 너무 많이 움직이는 건 안 좋지 않나요?"

캔을 손에 들고 걸으면서 가가가 물었다.

"괜찮아요. 조금은 움직이는 편이 더 좋다고 하더라고요."

"그렇다면 다행이네요. 그런데 임신한 사실을 사람들에게 알렸나요?"

"아니요, 아직……. 안 그래도 고향 친구들에게는 알릴까 하던 참이에요."

"그는…… 야시마 씨는요? 다른 사람들에게 알렸다고 하던가요?"

"그런 말은 못 들었어요. 최근에는 누구와 만나는 일도 거의 없었으니까요."

가오리도 후유키도 도쿄에는 친하게 지내는 사람이 별로 없었다. 있었다면 여러 가지로 의논도 하고 좋았을 텐데.

이윽고 큰 사거리가 나오자 가가가 걸음을 멈췄다. 바로 옆에 커다란 간판을 내건 닌교야키 빵 가게가 있었다.

"저, 제가 임신한 게 사건과 관계가 있나요?"

"글쎄요, 그건 아직 모릅니다. 그런데 혹시 스이텐구라는 신사를 아세요? 순산을 기원하는 곳으로 유명한데요."

"들어 본 적은 있는 것 같아요."

"가 보신 적은요?"

"없어요."

"그럼 야시마 씨와 그곳에 관한 얘기를 나눈 적도 없겠군요."

"네, 없어요."

대답하면서 가오리는 무심결에 자신의 배를 쓰다듬었다. 순산 기원이라……. 그런 건 아직 생각도 못 해 봤다. 보통의 부부라면 주위에서 그런 조언을 많이들 해 줄 텐데.

"그런데 그게 왜요?"

가오리의 질문에 가가가 네거리의 대각선 반대 방향을 가리켰다.

"저기 파출소가 있죠?"

"네."

"잘 보이지는 않겠지만, 저 파출소 건너에 스이텐구 신사가 있어요. 그래서 이 네거리의 이름이……."

그가 가리키는 표지판을 보며 가오리는 아, 하고 입을 벌렸다. '스이텐구 앞'이라고 되어 있었다.

"실은 피해자인 아오야기 다케아키 씨가 저 스이텐구 신사를 참배했었어요. 그것도 정기적으로요."

가오리가 다음 얘기를 기다리는 듯 형사의 얼굴을 바라보았다.

"어떠세요, 그 일과 관련해서 짚이는 거 없습니까?"

"아니요, 무슨 말씀이신지 잘 모르겠어요. 저는 아오야기라는 분을 전혀 몰라요."

가가는 온화한 표정으로 고개를 끄덕였다. 가오리의 대답에 의심을 품는 기색은 없었다.

"역시 그렇군요. 알겠습니다."

"그건 왜 물으시는데요?"

가가가 고개를 저었다.

"임신한 사람이 가오리 씨 말고 또 있는지도 모르죠."

"저 말고……요?"

가가는 씩 웃으며 머리를 긁적거렸다.

"도무지 뭐가 어떻게 된 건지 종잡을 수가 없어요. 두 손 두 발 다 든 상태죠. 그래서 이렇게 원점으로 되돌아와 본 건데……."

말하는 가가의 표정을 보고 가오리는 퍼뜩 깨달아지는 게 있었다. 이 형사는 후유키가 범인이라고 생각하지 않는다. 그래서 이렇게 고뇌하고 있는 것이다.

"공기가 꽤 차가워졌어요. 이제 그만 집으로 돌아가셔야죠. 제가 바래다 드리겠습니다."

"아니, 괜찮아요. 그보다 가가 형사님, 부탁이 있는데요."

"뭐죠?"

"사건 현장 말이에요, 여기서 걸어갈 수 있는 곳이죠? 안내 좀 해 주시겠어요?"

가가의 눈이 휘둥그레졌다.

"지금 말입니까?"

"네. 너무 폐를 끼치는 걸까요?"

"아닙니다. 그런 뜻이 아니라……."

미간을 찡그리고 잠시 생각하던 가가는 결국 고개를 끄덕했다.

"알겠습니다. 그런데 그 전에 확인할 게 있어요. 조금은 움직이는 편이 좋다는 거, 정말이죠?"

"의사가 그렇게 말했어요."

"좋습니다. 그럼 안내해 드리죠."

때마침 신호가 초록으로 바뀌었다. 가가가 횡단보도로 내려서자 가오리도 그 뒤를 따랐다.

닌교초 거리를 지나 네거리에서 왼쪽으로 접어들었다. 영업을 끝낸 가게가 많았다. 문이 열려 있는 곳은 술집 정도다.

"야시마 후유키 씨는 어떤 분이었습니까?"

가가가 물었다.

"취미 같은 게 있었나요? 독서라든지……."

글쎄요, 라고 가오리는 대답했다.

"책을 읽는 건 본 적이 없어요. 만화조차도요. 굳이 꼽자면 운동 경기를 보는 정도랄까요. 야구나 축구 경기를 텔레비전으로 보곤 했으니까요. 하지만 야구나 축구에 대해서도 별로 많이 아는 것 같지는 않았어요."

"사건 전날 두 분이 영화를 보러 갔다고 하셨죠? 영화는 좋아했었나요?"

"아, 영화는 가끔 보러 갔어요. 돈이 없어서 이번처럼 어디서 티켓이 생기거나 시사회에 당첨됐을 때 가는 정도였지만요."

"시사회요?"

"네. 시사회가 있으면 신청하곤 했죠. 저희, 당첨이 꽤 잘되는 편이었어요."

"와, 무슨 요령이라도 있는 겁니까?"

"있죠."

가오리가 선뜻 그렇게 대답하자 가가가 신기하다는 듯 그녀를 돌아보았다.

엽서예요, 라고 그녀가 웃으며 말했다.

"엽서로 응모하는 거예요. 요즘은 인터넷이나 휴대 전화로 신청을 받는 경우가 많은데 그런 시사회에는 응모하지 않아요. 신청하기 쉬우면 응모자가 많아 경쟁률이 높아지거든요. 하지만 엽서는 번거롭기도 하고 돈도 들기 때문에 대개는 꺼리죠. 그래서 당첨 확률이 높아지는 거고요."

"그렇겠군요."

"인터넷이나 엽서 양쪽 다 응모가 가능한 경우도 있는데, 그럴 때도 엽서로 응모하면 당첨 확률이 높아져요. 아마도 인터넷과 엽서를 따로 추첨하는 것 같아요. 그래서 돈은 별로 없지만 우편엽서는 떨어뜨리지 않고 준비해 놓곤 했어요."

"그렇군요."

"그리고 휴대 전화 같은 걸로 쉽게 검색되는 시사회는 역시 경쟁률이 높을 수밖에 없기 때문에 되도록이면 인터넷에 나와 있지 않은 시사회를 찾아요."

가가가 걸음을 멈추며 "영화 잡지 같은 데서요?"라고 물었다.

딩동댕, 하며 가오리가 손가락을 세웠다.

"하지만 실은 영화 잡지도 당첨될 확률이 아주 높다고 볼 수는 없어요. 영화 잡지를 읽는 사람은 대부분 영화를 좋아하는 사람들이잖아요. 그러니까 그걸 본 사람들은 응모할 가능성이 높죠. 그래서 저는 일반 잡지의 영화면을 꼼꼼히 체크해요. 그것도 여성 잡지 말고 남성 잡지로요."

"그건 또 왜죠?"

"모르세요? 여자는 조금이라도 득이 되는 걸 좋아하잖아요. 그래서 귀찮아도 시사회 같은 데 응모하는 거고요. 하지만 남자는 수고스럽게 그런 데 응모하느니 자기 돈 내고 보겠다는 사람이 많아요."

가가는 고개를 크게 끄덕거리고 다시 천천히 걷기 시작했다.

"한 수 배웠네요."

"이런 건 후유키가 아니라 제가 전부 생각해 낸 거예요. 후유키는 보고 싶은 영화가 있으면 대뜸 예매를 해 버리죠. 가가 형사님도 한번 시도해 보세요. 제 말대로 하면 틀림없이 당첨될 거예요."

"네, 한번 해 보죠."

임신한 가오리를 배려해서인지 가가는 아주 천천히 걸었다. 나란히 걷고 있는데도 피로한 느낌이 전혀 없었다.

이윽고 앞쪽으로 다리가 보였다. 에도바시 다리라고 가가가 알려 주었다.

큰길을 가로질러 에도바시 다리를 건넜다. 그러자 계단이 나오고 그 아래에 지하도가 있었다. 가오리는 움찔했다. 사건 현장이 지하도라고 뉴스에서 보도했던 것이 떠올랐다.

"여기가……."

"그렇습니다."

가가가 대답했다.

짧고 좁은 지하도였다. 환한 불빛이 흰 벽을 비추고 있었다.

가오리는 몸이 떨려 왔다. 차가운 공기 탓이 아니었다. 이곳에서 살인 사건이 벌어진 것이다. 그것도 후유키가 범인으로 지목된 사건이. 그 사실이 보이지 않는 벽이 되어 점점 다가오는 느낌이었다. 어디에도 빠져나갈 구멍 따위는 없는 것일까. 여기서 짓뭉개져 버릴 수밖에 없을까.

"괜찮으세요?"

가가가 물었다.

가오리는 형사를 올려다보았다.

"가가 형사님, 믿어 주세요. 후유키는 사람을 죽이지 않았어요. 그런 짓을 저지를 수 있는 사람이 아니에요. 제발 믿어 주세요."

이런 데서 외쳐 봐야 소용없다는 걸 알면서도 가오리는 절규할 수밖에 없었다. 그녀의 목소리가 좁은 지하도 안에 메아리쳤다.

가가가 냉철한 눈빛으로 가오리를 바라보았다. 형사의 시선이다, 라고 가오리는 생각했다. 사실만을 믿고 추호도 인정에 휩쓸리지 않기로 결심한 사람의 얼굴이다. 그녀의 외침도 그런 그의 마음을 흔들어 놓지는 못했을 것이다.

그런데 다음 순간 가가의 입에서 나온 말은 그녀의 예상을 뒤엎는 것이었다.

"네, 압니다."

"네?"

가오리는 형사의 얼굴을 뚫어져라 쳐다보았다.

"아신다니……."

가가는 고개를 끄덕이더니 아무 말 없이 출구를 향해 걷기 시작했다. 가오리는 허둥지둥 그를 쫓아갔다.

지하도에서 나오자 가가는 바로 앞에 나 있는 도로의 끝 쪽을 가리켰다.

"칼에 찔린 후 피해자는 이 길을 따라 니혼바시 다리까지 걸어갔습니다."

"네, 그건 뉴스에서 봤어요."

가오리가 한숨을 쉬었다.

"하필이면 거기로……."

가가는 의아한 듯 미간을 찡그렸지만 이내 이해했다는 표정을 지었다.

"아, 그러고 보니 마쓰미야에게 들은 적이 있습니다. 히치하이크로 도쿄에 올라왔다고요?"

"네."

"추억의 장소겠군요. 그럼 가지 말까요?"

"아니요, 가겠어요."

가오리가 단호하게 말했다.

"다시 한 번 보고 싶어요."

알겠습니다, 라고 가가가 대답했다.

둘은 다시 나란히 걷기 시작했다. 도쿄 한복판인 데다 심야도 아닌데 사람의 통행이 거의 없는 길이었다. 차도 많이 다니지 않았다. 이러니 칼에 찔린 사람이 걸어가는데도 누구 하나 알아채지 못했던 것이다.

"이런 질문을 하면 실례인지도 모르겠습니다만, 아이는 어떻게 할 생각인가요? 지금 상태로는 낳아서 키우기가 쉽지 않을 텐데요."

가가가 물었다.

"낳지 않는 편이 좋다는 말씀인가요?"

"아니요, 그런 말이 아닙니다. 다만……."

"낳을 거예요."

가가의 말을 자르며 가오리가 말했다. 그리고 그녀는 오른손을 아랫배에 대더니 "낳을 거예요."라고 다시 한 번 말했다.

"이 아이가 없으면 저는 정말 외톨이가 되거든요. 알아요, 쉽지 않다는 거. 아빠가 없으니 이 아이도 고생스럽겠죠. 하지만 어떻게든 키울 거예요. 어떻게든 살아갈 거예요."

자신도 모르게 말에 힘이 들어가는 것은 그것이 가오리 자신을 향한 말이기도 했기 때문이다. 그래, 이겨 나가야만 해. 이 아이를 위해서라도 정신 똑바로 차리고 살아야 해.

가가는 아무 말이 없었다. 무슨 생각을 하고 있는지 궁금해 가오리는 그의 옆얼굴을 슬쩍 보았다. 가가의 시선은 똑바로 앞을 향해 있었다.

"……말만 앞세운다고 생각하시겠죠."

가오리는 그렇게 말해 보았다.

"세상을 만만하게 본다고요."

그러자 가가가 그녀 쪽을 돌아보았다.

"세상을 만만하게 보고 있다면 차라리 안심이죠. 어디에도 빛이 보이지 않는다고 절망할까 봐 오히려 걱정입니다."

"가가 씨……."

"혼자서도 자식을 훌륭하게 키워 낸 여성을 여럿 알고 있습니다. 마쓰미야의 어머니도 그랬고요."

"그 형사님이요? 그렇군요……."

"그렇게 안 보이죠? 오히려 고생 모르고 자란 도련님 타입이죠."

동감이어서 가오리는 고개를 끄덕였다. 조금 더 용기가 났다.

니혼바시 다리가 보였다. 석조 난간이 중후하고 멋졌다. 처음 봤을 때 일이 떠올랐다. 도쿄에는 고속도로 밑에 이런 게 있구나 하고 놀랐던 기억이 있다.

파출소 앞을 지나 다리 가까이 갔다. 그런데 다리가 시작되는 부근에서 가가가 갑자기 걸음을 멈추었다. 그의 시선은 여전히 앞을 향해 있었다.

다리 가운데쯤에 서 있는 사람의 그림자가 보였다. 자세히 보니 후드 달린 방한 점퍼를 입은 고등학생 정도로 보이는 젊은이가 난간에 설치된 등을 올려다보고 있다.

다음 순간 젊은이가 이쪽으로 돌아섰다. 걸음을 내디디려던 그는 마치 망가진 기계처럼 동작을 멈췄다. 얼굴에 놀란 빛이 역력했다. 그 시선은 가가를 향해 있었다.

가가가 젊은이에게 천천히 다가가 말을 걸었다. 그러나 젊은이는 그와 얘기를 나눌 마음이 없는 듯, 손을 저으며 돌아서서 달리기 시작했다.

가오리가 가가에게 다가갔다.

"누구예요?"

"피해자의 아들입니다. 피해자가 이 기린 조각상에 기대어 있었다는 얘기를 해 줬거든요. 그래서 보러 온 모양이에요."

그리고 가가는 기린 조각상을 올려다보았다. 두 마리 용처럼 생긴 것이 등의 기둥을 감고 올라가는 듯한 형상이다.

"이거, 용 아닌가요?"

가오리의 물음에 가가가 미소 지었다.

"용처럼 보이지만 실은 중국 전설에 등장하는 기린이라는 동물입니다. 맥주 라벨에서도 볼 수 있죠."

아아, 하며 가오리가 고개를 끄덕였다.

"그런데 그 기린에 날개가 있어요?"

"원래의 기린에는 없을 겁니다. 그런데 이 다리에 기린 조각상을 만들 때는 날개를 달기로 했답니다."

"왜요?"

"왜냐면 여기는,"

가가가 도로 중앙을 가리켰다.

"일본 도로의 기점이거든요. 가오리 씨도 잘 아는 것처럼."

"도로 원표……라고 하던가요?"

"네, 맞아요. 일본 도로 원표라고 합니다. 즉, 여기서부터 사람들이 전 일본으로 퍼져 나갔다는 얘기죠. 그래서 기린 등에 날개를 달기로 했답니다."

"그렇군요."

가오리도 새삼스러운 눈길로 기린 조각상을 올려다보았다.

그 당시 꿈에 부풀었던 자신들의 모습을 보는 것 같았다. 시골을 떠나 히치하이크로 여기까지 왔다. 하지만 그곳이 골인 지점이라고 생각하진 않았다. 여기서부터 모든 걸 새롭게 시작하는 거라고 생각했다. 가슴 한가득 꿈을 품고 있었다. 자신들에게는 날개가 있다고, 빛나는 미래로 날아갈 수 있다고 믿었다.

그러나 결국 날지 못했다.

후유키가 천국으로 가고 말았을 뿐.

22

"사건 전날 피의자 야시마 후유키는 동거 중인 나카하라 가오리 씨와 긴자에서 영화를 보기로 하고 저녁 8시에 영화관 앞에서 만나기로 약속했습니다. 약속 장소에 조금 일찍 도착한 야시마는 그 부근을 돌아다니다가 교바시에 있는 가구와 잡화 판매업체 '스톡 하우스'의 구인 광고를 보고 회사 안으로 들어갑니다. 그러나 사장이 퇴근하고 없어 다음 날 오후 6시에 다시 방문하기로 합니다."

조용한 회의장 안에 고바야시의 쩌렁쩌렁한 목소리가 울렸다. 수사원이 거의 전원 참석한 가운데 연단에는 관리관들이 앉아 있었다.

"그날 예정대로 영화를 보고 야시마는 나카하라 씨와 함께 집으로 돌아옵니다. 나카하라 씨는 구인 건에 대해 몰랐던 것으로 보이는데, 이것은 야시마가 의도적으로 감춘 것이 아니라 단지 얘기할 기회가 없었던 것으로 보입니다. 다음 날 나카하라 씨가 먼저 아르바이트를 하러 나가고 야시마는 오후 5시가 조금 지나서 집을 나섭니다. 그러면서 그는 취업 면접을 보러 간다는 문자 메시지를 나카하라 씨에게 남깁니다. 오후 6시가 조금 넘어 다시 '스톡 하우스'를 방문했지만 그때 야시마는 일의 내용이 자신이 예상했던 것과 다르다는 사실을 알게 됩니다. 그를 동정한 사장이 에도바시에 유사한 회사가 있으니 찾아가 보라고 가르쳐 주어 야시마는 '스톡 하우스'를 나온 후 일단 '아즈마 가구' 사무실로 향했던 것으로 보입니다. 그런데 그날 '아즈마 가구'는 6시 반에 문을 닫았다고 합니다. 야시마가 '아즈마 가구'까지 갔는지 어떤지는 분명치 않지만, 어쨌든 그는 에도바시 부근에서 피해자 아오야기 다케아키 씨와 마주쳤을 것으로 추정됩니다. 과거에 '가네세키 금속'에 근무했던 야시마는 재취직을 부탁해야겠다고 마음먹고 아오야기 씨에게 말을 겁니다. 그때 야시마가 아오야기 씨에게 산재 은폐와 관련된 내용을 암시했을 가능성이 있습니다. 한때 계약직 사원으로 일했던 남자를 제조 본부장 직책에 있는 인물이 기억할 것이라고 기대하기는 힘든데, 그 후 두 사람이 근처 찻집으로 들어간 것을 보면 아오야기 씨 쪽에서 약점을 잡혔다고 생각한 게 아닌가 짐작됩니다. 찻집에서 두 시간가량 대화를 나눈 후 두 사람은 그곳을 나옵니다. 그리고 어느 쪽이 제안했는지는 알 수 없으나 에도바시 다리로 향합니다. 다리 바로 앞에 있는 지하도를 지날 때 주위에 사람이 없다는 것을 확인한 야시마는 아오야기 씨를 찌르고 지갑과 서류 가방을 빼앗은 후 에도바시 다리를 건너 도주합니다. 경로는 불분명하지만 여하튼 그는 하마초료쿠도 공원까지 가서 그곳에 몸을 숨깁니다. 그리고 밤 11시 넘어 나카하라 씨에게 전화해서 '일을 저질렀다, 일이 좀 잘못된 것 같다.'라는 말을 하는 찰나 경찰에게 발각되는 바람에 도주하다가 신오하시 거리 노상에서 트럭에 치여 병원으로 실려 갑니다."

고바야시는 손에 든 서류에서 얼굴을 들고 "이상입니다."라고 말한 후 자리에 앉았다.

이시가키가 관리관을 바라보았다.

"어떻습니까? 야시마가 범인이라는 전제하에 지금까지 드러난 사실을 정리한 것이 이상의 내용입니다."

관리관은 불만스럽다는 듯이 아랫입술을 내밀었다.

"흉기는 어떻게 된 거야? 나이프 얘기는 없잖나."

"네, 거기에 대해서는 다른 수사관이 보고할 겁니다. 사카가미!"

지명된 사카가미가 일어섰다.

"이번 사건에서 사용된 나이프가 야시마 본인의 것이라는 증거는 나오지 않았습니다. 그러나 야시마는 건축 하청 업체에서 일하던 당시부터 전공 나이프 등의 작업용 나이프를 소지했던 것으로 보아 문제의 나이프도 본인이 구입했거나 다른 사람이 양도했을 가능성이 큽니다. 한편 문제의 나이프는 아웃도어용으로, 나무를 깎거나 하는 데에 적합해 목공 작업 등에 사용되는 경우가 많다는 것이 전문가의 의견입니다. 이상입니다."

사카가미가 보고를 마치고 자리에 앉았다. 관리관은 여전히 못마땅한 기색이었다.

"그래서 어쨌다는 거야? 사건 당일 야시마가 나이프를 소지하고 있었는지 여부는 설명이 안 되잖아."

관리관님, 하고 이시가키가 나섰다.

"야시마는 '스톡 하우스'라는 곳에 기술자로 취직하고 싶어 했답니다."

"기술자?"

"목공 기술자 말입니다. 그런데 그곳에서는 이벤트를 위한 단기 아르바이트생을 구하고 있었습니다. 그래서 '스톡 하우스' 사장이 다른 곳을 소개해 준 겁니다."

"목공 기술자로 일하고 싶어 했으니 나이프도 갖고 있었을 것이다?"

"면접 때 뭘 만들어 보라고 할 수도 있어서 도구를 지참했다고 해도 이상할 건 없습니다."

"그런가……."

순간 표정이 밝아진 관리관이 팔짱을 끼고 의자에 몸을 기댔다.

"하긴 기술자들은 도구에 대한 집착이 강하다고 하지. 음…… 그걸로 설명이 될까?"

"일단 모순은 없어지죠."

"좋아, 그걸로 가지. 그 선에서 진행하도록."

알겠습니다, 라고 이시가키가 대답했다. 그러나 이시가키의 얼굴은 관리관처럼 밝아지지 않았다.

회의 후 수사관들이 다시 팀별로 모였다. 마쓰미야가 속한 팀을 이끄는 고바야시도 어째 떨떠름한 기색이었다.

"이런 식으로 가도 되는 거예요?"

마쓰미야가 고바야시에게 속삭이듯 물었다.

"나이프 말이야?"

"네."

고바야시는 얼굴을 찡그리고 눈썹 옆쪽을 긁적거렸다.

"어쩔 수 없잖아. 위에서는 '이런 사건을 가지고 뭘 그렇게 질질 끄느냐, 후딱 해치워 버려라.' 그러면서 난리인데. 계장이 저렇게 곤란해하는 걸 모르는 척하란 말이야?"

"아무리 그래도 그렇지……."

"나도 이상하다고 생각은 해. 목공 일을 하는 데는 목공 전용 도구를 사용할 텐데 말이지. 하지만 어쩌겠어. 시키는 대로 하는 수밖에."

쓴 것이라도 삼킨 듯한 고바야시의 표정을 보자 마쓰미야도 더는 말을 할 수 없었다. 자신들은 어차피 일개 병정에 불과하다고 새삼 생각했다.

의논 끝에 마쓰미야와 가가는 휴대 전화의 기록 등을 참고

해 다시 한 번 야시마 후유키의 지인들로부터 얘기를 들어 보기로 했다. 산재 은폐 건으로 인한 야시마의 피해 의식이 어느 정도였는지를 밝히는 것이 목적이었다. 그 결과를 가지고 이시가키와 고바야시가 엮은 스토리를 보강하려는 것이다.

"이거 완전히 야시마를 범인으로 몰고 가는 거잖아요. 이래도 괜찮은가 모르겠네요."

가가와 나란히 복도를 걸으며 마쓰미야가 말했다.

가가는 말이 없었지만 '괜찮을 리 없지.'라는 분위기를 온몸으로 풍기고 있었다.

"참, 그건 그렇고, 가나모리 씨에게서 메일이 왔던데요."

경찰서를 나왔을 때 마쓰미야가 말했다.

"3주기 건으로 선배와 의논할 게 있는 모양이에요. 선배한테도 메일을 보냈지만 답장이 없다면서요."

"지금은 그럴 때가 아니야."

가가가 쌀쌀맞게 대답했다.

"잠깐 얘기할 정도의 시간은 낼 수 있잖아요. 가나모리 씨도 바쁜 사람이에요. 그런데도 자기가 이 근처까지 오겠다고 하는데……. 선배가 답장을 안 보내면 내가 알아서 전부 결정할 테니까 그런 줄 아세요."

"마음대로 해. 그보다."

가가가 걸음을 멈추고 주위를 돌아보았다.

"부탁할 게 있어."

"3주기 일로요?"

가가가 얼굴을 찡그리며 손을 내저었다.

"아니, 아니, 일 얘기야. 지금부터 나 혼자 움직이게 시간을 좀 줘. 반나절이면 돼."

마쓰미야가 사촌 형의 얼굴을 마주 보았다.

"뭘 하시려고요?"

"조사할 게 있어."

가가는 차도로 시선을 향한 채 말했다.

"물론 헛걸음이 될 가능성이 높아. 그러니까 나 혼자 하려는 거고. 성과가 있으면 알려 주지."

"뭘 조사하는지는 안 가르쳐 줄 거예요?"

가가는 잠시 생각하다가 마쓰미야를 보았다.

"야시마 후유키가 코코아를 좋아했대."

"코코아요?"

"응. 패밀리 레스토랑의 드링크 바에서도 줄곧 코코아만 마셨나 봐."

"그런 얘기를 언제 누구한테 들었어요?"

"어젯밤 자네와 헤어진 후에 하마초료쿠도 공원에서 나카하라 씨를 만났어."

"아……."

"찻집 종업원은 아오야기 씨가 분명히 같은 음료를 두 잔 주문했다고 했어. 그게 무슨 음료인지는 기억을 못했지만 말이야. 만일 아오야기 씨가 만난 사람이 야시마였다면 코코아를 두 잔 주문했을 가능성이 높아. 그 찻집에도 코코아는 있으니까."

"그런데 그게 어쨌다는 거예요?"

"부검 결과지를 확인해 봤는데, 위의 내용물에 코코아는 없었어."

마쓰미야는 눈을 번쩍 뜨며 동시에 입을 쩍 벌렸다.

"나는 야시마가 그 찻집에 가지 않았다고 봐."

"그럼 아오야기 씨가 만난 사람이 제3의 인물이라는……?"

"그래."

가가는 입가에 미소를 머금었지만 그의 눈은 조금도 웃고 있지 않았다.

"그 제3의 인물이 범인이란 말인가요?"

글쎄, 하면서 가가는 고개를 갸우뚱했다.

"아직 거기까지는 모르겠어. 하지만 만약 야시마가 그 찻집에 없었다면 아까 그 스토리는 성립할 수 없겠지."

"찻집 종업원이 아오야기 씨와 함께 온 사람을 보지 못했다는데 그걸 증명하기가 쉽겠어요?"

"과연 그럴까? 어떤 인물이 그 자리에 없었다는 걸 증명하기 위한 상투적인 수단이 있잖아. 우리가 잘 써먹는 것."

"상투적인 수단?"

잠시 어리둥절해하던 마쓰미야가 알겠다는 듯 "아아," 하고 입을 벌렸다.

"알리바이 말이군요."

"그래. 찻집에 없었다면 야시마 후유키는 '스톡 하우스'를 나온 후 사건이 발생하기까지의 두 시간 동안 어디서 뭘 했을까, 그걸 알아내려는 거야."

"어떻게 알아낼 건데요?"

그러나 가가는 그 물음에 대답하지 않은 채 "저녁때 다시 만나."라는 말만 남기고 뒤돌아서 성큼성큼 걷기 시작했다.

23

유토가 진로 지도실에 들어가자 사나다는 눈부신 것이라도 본 양 눈을 깜박거리고 나서 맞은편 의자를 가리켰다.

"앉아라."

유토가 의자를 끌어당겨 앉았다.

"어때, 마음을 좀 추슬렀어?"

사나다가 물었다.

유토는 고개를 저었다.

"글쎄요, 아직 사건이 해결되지 않았으니 마음을 추슬렀다고 말하긴 힘들어요."

그렇겠지, 하며 한숨을 쉬고 나서 사나다는 손에 쥔 자료로 시선을 떨어뜨렸다.

"이것저것 생각할 여유가 없겠지만, 일단은 반 학생 모두와 상담을 해야 해서 오라고 했다. 가능한 범위에서만 대답해도 좋으니까 지금 시점에서 생각하고 있는 걸 얘기하면 돼."

네, 하고 유토는 대답했다.

"우선 기본적인 것부터 묻자. 3학년에 올라온 직후에 한 상담에서는 대학 진학을 희망한다고 했는데, 그건 지금도 변함없다고 보면 될까?"

사나다가 자료를 들여다보면서 물었다.

유토는 대답하지 않았다. 아니, 대답할 수 없었다는 표현이 옳을 것이다.

사나다가 고개를 들었다.

"왜, 아니야?"

유토는 가슴에 고인 숨을 토하고 나서 입을 열었다.

"망설이고 있어요."

"망설이다니, 왜?"

"그게……."

"경제적인 문제 때문에?"

"그것도 있어요."

"그것도, 라면 다른 문제도 있다는 말이야?"

유토는 입을 다물었다. 아직은 아무 말도 할 수 없다고 생각했다.

"유토."

사나다가 나지막이 불렀다.

"일단 얼굴을 좀 들어 봐."

유토가 얼굴을 들었다. 그러나 유토의 시선은 여전히 아래를 향해 있었다.

"네 심정은 알아. 아버지가 그렇게 되셨으니 집안 사정이 걱정되기도 하겠지. 대학에 가려면 돈이 드니까 말이야. 적은 돈도 아니고. 그러느니 일을 해서 조금이라도 어머니를 돕고 싶겠지. 그런 거 아니야?"

사나다가 한 얘기는 유토의 본심과 전혀 달랐지만 유토는 "그렇죠, 뭐."라고 대답했다.

그래, 하고 사나다는 고개를 끄덕였다.

"훌륭한 생각이야. 꼭 그래야겠다면 응원을 아끼지 않겠다. 하지만 유토, 그건 쉬운 일이 아니야. 일단 고졸 학력으로는 취업 자체가 어려워. 매년 졸업생의 취업을 돕고 있지만, 해가 거듭될수록 취업난이 심해지고 있어. 가족을 부양하고 싶다면 대학은 졸업하는 게 어떨까 싶은데. 전문학교라도 좋으니까 말이야."

하나도 와 닿지 않는 얘기였다. 취직은 꿈도 꾸지 않는 데다 진학도 안중에 없다. 문제는 지금이다. 지금 어떻게 할 것인가.

"도움을 줄 만한 사람은 없나? 친척이라든가."

유토가 잠자코 있어서인지 사나다가 다시 물었다.

"아버지가 나름의 위치에 계셨던 분이었으니 저축한 돈도 있지 않을까 싶은데."

"글쎄요…… 그런 건 잘 몰라요."

"어머니와 그 문제를 의논해 본 적은 있어?"

"사건이 일어난 후로는 없어요."

"그렇구나."

사나다는 책상 위에 팔꿈치를 올려놓고 두 손을 깍지 꼈다.

"어머니와 한번 진지하게 얘기를 나눠 봐. 이건 내 생각이다만, 어머니도 네가 진학하기를 바라실 거야. 학비 문제는 장학금을 받는 방법도 있고 하니 어떻게든 되지 않겠니? 아무튼 잘 의논해 보는 게 좋겠다."

"알겠습니다."

지도실을 나와 교실로 돌아가니 수업은 이미 끝났지만 몇몇 아이가 남아 있었다. 그중에는 스기노의 모습도 보였다.

유토가 들어가자 아이들이 가방을 들고 하나둘 교실을 떠났고 스기노만 남았다.

"애들이랑 같이 안 가도 되냐?"

유토가 물었다.

"나랑 같이 있으면 곤란할 텐데."

그러자 스기노가 얼굴을 찡그리며 "그렇지 않아."라고 대답했다. 하지만 목소리에 맥이 없었다.

"그래, 뭐, 알아서 해. 그건 그렇고, 구로사와에게 연락이 안 되는데, 뭐 아는 거 있어?"

"구로사와?"

"문자를 보냈는데 답장이 없어. 전화를 해도 연결이 안 되고. 그 녀석, 전화기를 바꿨나?"

"글쎄, 잘 모르겠어. 그런데 구로사와는 왜 찾아?"

"하고 싶은 얘기가 있어서. 너랑 셋이서."

화들짝 놀란 듯 스기노의 눈이 동그래지고 얼굴에 긴장의 빛이 돌았다.

"얘기라니, 혹시……."

그래, 하고 유토는 고개를 끄덕거렸다.

"그 일이야."

스기노가 외면하듯 고개를 돌렸다.

"이제 와서 새삼스럽게 무슨 얘기를 한다는 거야?"

"새삼스럽지 않아. 새삼스럽지 않으니까 얘기하려고 하는 거야."

"왜, 누가 뭐라고 했어?"

"아니, 아무도……."

뭐라고 하지 않았어, 라고 대답하려던 유토는 잠시 말을 멈췄다.

"아니다. 뭐라고 했는지도 모르지."

스기노가 유토를 힐끔 봤다.

"누가?"

"우리 아빠가."

"뭐?"

스기노가 몸을 움찔했다.

"너희 아버지는 이미……."

"그런 건 아무래도 상관없어. 아무튼 그렇게 알고, 너도 구로사와에게 연락해 봐. 부탁한다."

그 말을 남기고 유토는 교실을 나왔다. 그리고 떼 지어 슬렁슬렁 걷고 있는 학생들을 앞지르며 역으로 향했다. 얼굴이 약간 붉어졌다는 게 스스로도 느껴졌다. 싸늘한 공기가 오히려 상쾌하게 느껴졌다. 하지만 지금부터 자신이 하려는 일을 생각하면 암담했다. 스스로 짊어져야 할 짐이 어쩌면 정신이 아득해질 만큼 무거울지도 모른다. 그러나 더는 도망칠 수 없다고 생각했다. 진실을 외면해서는 안 된다.

전철을 타고 나카메구로 역에서 내렸다. 집 근처에 이르자 앞쪽에 낯익은 사람의 뒷모습이 보였다.

유토는 걸음을 재촉해 그 사람을 쫓아갔다. 옆에 가서 서자 상대가 그를 알아보고 걸음을 멈췄다.

"아, 유토 군."

고타케의 네모난 얼굴에 작위적인 미소가 번졌다.

"학교에서 오는 길인가?"

"네. 저희 집에 가시는 건가요?"

"응. 전달할 사항이 몇 가지 있어서 말이야. 내가 회사 연락병이잖아."

"산재 은폐 건은 어떻게 됐어요?"

유토의 질문이 불쾌했는지 고타케가 입 끝을 일그러뜨렸다.

"그 건은 이미 정리가 다 끝났어. 물론 속이야 상하겠지만, 네가 신경 쓸 일이 아니야. 잊어버려라."

"정리가 다 끝나다니, 어떻게 끝났다는 건가요? 모든 흑막이 우리 아빠…… 아오야기 다케아키 씨에게 있었다, 그렇게 말인가요?"

"흑막이라니, 거창하게시리."

고개를 옆으로 돌리고 피식 웃는 고타케를 보자 유토는 온몸에 열이 솟았다.

"당신은 뭐예요!"

유토가 고함을 쳤다.

"왜 아무 책임도 지지 않는 건데요!"

그러자 고타케가 불끈하는 표정으로 유토를 노려보았다.

"말해 줄까? 나 역시 서류 송검이 될 거야. 산재 은폐에 가담했다는 이유로."

"그렇다고 회사에서 잘리는 건 아니잖아! 공장장을 그만두는 것도 아니고. 다 우리 아빠 탓으로 돌릴 거잖아!"

"나는 지시에 따랐을 뿐이야. 네 아버지의 지시에."

"거짓말!"

"뭐가 거짓말이라는 거지?"

"아빠가 그렇게 더러운 지시를 할 리 없어. 당신이 멋대로 한 짓이잖아!"

"그게 무슨 말도 안 되는 소리야? 아무것도 모르는 철부지 주제에."

내뱉듯이 말한 고타케가 돌아서 걸음을 옮기려 했다.

유토는 피가 거꾸로 솟구치는 느낌이었다. 몸이 저도 모르게 움직이고 있었다. 꽉 움켜진 주먹이 고타케의 네모난 얼굴을 후려쳤다.

24

마쓰미야가 네 번째 상대를 만나러 가고 있는데 가가에게서 전화가 왔다. 5시를 조금 넘겼을 무렵이었다. 그 전에 만난 세 사람에게서는 유익하다고 할 만한 정보를 얻지 못했다. 야시마 후유키의 지인이라고는 해도 같은 가게에서 아주 잠깐 아르바이트를 같이 했다든가 면접을 본 후 잠시 얘기를 나눈 정도여서 전화번호와 이메일 주소는 교환했지만 실제로는 거의 연락을 주고받지 않은 사람들이었다.

마쓰미야는 걸으면서 전화를 받았다.

"접니다. 뭐 좀 알아내셨어요?"

"아직 잘 모르겠어. 지금 어디지?"

"여기가…… 가메이도 같은데요."

마쓰미야가 주위를 둘러보며 대답했다.

"아, 잘됐어. 탐문 조사 그만하고 나 좀 도와줘."

"뭘 하면 되는데요?"

"나카하라 씨를 데려와. 그녀에게 확인시킬 것이 있어."

"데리고 오라니, 어디로요? 지금 대체 어디 있습니까?"

"서점."

"서점이라고요?"

마쓰미야는 걸음을 멈췄다.

가가가 서점 이름을 말했다. 니혼바시에 있는 유명한 서점이다. 중앙로에 면한 큰 건물에 있는 것이다.

그렇군, 하고 마쓰미야는 생각했다. 여자라면 모를까, 남자는 길거리에서 시간을 보내야 할 때 마땅히 갈 곳이 없다. 기껏해야 찻집 정도인데 금전적 여유가 없는 야시마 후유키가 혼자서 그런 곳에 들어가지는 않았을 것이다. 반면에 서점은 돈이 없어도 책을 읽으면서 시간을 보낼 수 있다. 서점에 들어갔을 가능성이 충분히 있다.

"나카하라 씨한테 뭘 확인시키려고요?"

"와 보면 알아. 부탁해."

그리고 가가는 마쓰미야의 대답도 듣지 않고 전화를 끊어버렸다.

뭐야, 자기 멋대로. 입속으로 그렇게 투덜거리며 마쓰미야는 택시를 향해 손을 들었다.

나카하라 가오리는 집에 있었다. 화장기가 없어선지 안색이 별로 좋아 보이지 않았다. 같이 가 볼 곳이 있다고 하자 그녀는 당혹스러운 표정을 지었다.

"사건에 관해서라면 더는 할 얘기가 없는데요."

"그게 아니라, 확인해 주셨으면 하는 게 있어서 그럽니다."

"확인이라니, 뭘요?"

가오리의 우울한 표정은 별로 달라지지 않았다.

"그게…… 말이죠."

마쓰미야가 머뭇머뭇 말을 꺼냈다.

"야시마 씨가 혐의를 벗을 수 있을지도 모릅니다."

그녀의 눈이 휘둥그레졌다.

"그럼 무죄를 증명할 수 있다는 건가요?"

"아니요, 그럴 가능성이 있다는 얘깁니다."

가오리는 마쓰미야를 마주 보며 숨을 크게 들이쉬었다.

"10분만 기다려 주시겠어요? 나갈 준비를 하게요."

물론이죠, 라고 마쓰미야가 대답했다.

외출 준비를 끝낸 나카하라 가오리와 함께 택시를 타고 니혼바시로 향했다. 택시 안에서 그녀는 뭘 확인하는 거냐고 물었다. 궁금한 건 당연한 일이다.

"자세한 건 저도 잘 모릅니다. 일단 가가 씨를 만나 봐야 알아요."

"가가 씨를……."

"어제 만났다면서요. 무슨 얘기를 나눴습니까?"

"별 얘기 안 했어요. 영화 시사회에 당첨되는 요령 같은 거……."

"시사회요?"

가오리는 가가와 나눴던 얘기를 간추려 전했다. 마쓰미야는 그제야 납득이 갔다. 코코아를 근거로 아오야기 다케아키와 찻집에 함께 있었던 사람이 야시마가 아니라고 확신한 가가는 시사회 얘기를 듣고 나서 야시마가 서점에 들렀으리라고 추측한 것이다.

택시가 목적지에 도착했다. 마쓰미야는 가가에게 전화한 후 가오리를 서점으로 안내했다. 그녀는 건물을 올려다보며 의외라는 표정을 지었다.

서점 입구에 가가가 나타났다. 그는 마쓰미야에게 고개를 끄덕여 보인 후 "이렇게 오시라고 해서 죄송합니다."라고 가오리에게 사과했다.

"그 사람의 무죄가 증명될지도 모른다면서요?"

"아직은 잘 모릅니다. 일단 같이 가시죠."

두 사람은 서점 안으로 들어갔다. 마쓰미야도 그들의 뒤를 따라갔다.

앞서 걷던 가가가 직원용 문을 열더니 매장 뒤쪽으로 들어갔다. 종이 상자가 잔뜩 쌓여 있는 통로를 지나 도착한 곳은 어느 좁은 방이었다. 벽에 모니터가 죽 걸려 있고, 경비원으로 보이는 중년 남자가 의자에 앉아 있었다.

"방범 카메라 영상이로군요."

마쓰미야가 가가의 의도를 알아차렸다.

"니혼바시에서 서점에 들어갔다면 십중팔구 이 서점이겠지. 방범 카메라가 매장 내의 모든 지점을 촬영하는 건 아니지만 두 시간이나 이 안에 있었다면 어느 카메라엔가 찍혔을 가능성이 커."

"그렇겠네요. 그런데 이렇게 큰 서점이라면 방범 카메라 수도 엄청날 텐데요."

"왜 아니겠어. 사건 당일 오후 6시 반에서 8시 반까지 찍힌 영상을 죄다 훑어봤더니 눈이 이만저만 피곤한 게 아니야."

가가가 손가락으로 양쪽 눈꺼풀을 비볐다.

마쓰미야는 선배 형사이자 사촌 형이기도 한 가가를 물끄러미 바라보았다. 니혼바시 서의 가가 형사는 수사 1과에서도 머리가 잘 돌아가기로 정평이 나 있었다. 물론 틀린 말은 아니지만 뭐니 뭐니 해도 그의 가장 큰 무기는 기가 질릴 정도의 끈기다. 마쓰미야는 그 점을 새삼 깨달았다.

"그럼 나카하라 씨는 뭘 확인하면 되죠?"

마쓰미야가 물었다.

"아, 아까 그 영상, 다시 한 번 부탁합니다."

가가의 말에 경비원이 기계를 조작하기 시작했다. 눈앞에 있는 모니터에 정지 화면이 비쳤다. 서서 잡지를 읽고 있는 손님들의 모습이 보였다. 손님 대부분이 여자인 것으로 보아 여성지 매장인지도 몰랐다.

"자, 나카하라 씨, 이제부터 영상을 보여 드릴 텐데요, 눈에 띄는 점이 있으면 말씀해 주세요."

가오리가 모니터 앞으로 바짝 다가갔다.

"시작하시죠."

영상이 흐르기 시작했다. 한동안은 이렇다 할 변화가 없었다. 서서 오랫동안 잡지를 읽는 여성이 있는가 하면 잠깐 잡지를 들춰 보고 사라지는 여성도 있었다.

잠시 후 가오리가 어, 하고 눈을 동그랗게 떴다.

"정지!"

가가가 외쳤다.

"저 사람, 후유키 같아요."

마쓰미야도 그녀가 가리킨 곳을 들여다봤다. 서서 잡지를 읽고 있는 여자 손님 뒤로 남자 하나가 지나가고 있었다. 비스듬한 방향이라 확실히 알아보기는 어렵지만 야시마 후유키와 비슷했다.

"지금 그 부분 다시 한 번 보여 주세요."

가가가 경비원에게 부탁했다.

영상이 반복됐다. 다 보고 난 가오리가 고개를 크게 끄덕거렸다.

"틀림없어요."

마쓰미야는 몸이 후끈 달아오르는 것을 느꼈다. 모니터 구석에 표시된 시각은 19시 45분, 즉 아오야기 다케아키가 찻집에 있었을 때다. 아오야기와 같이 있었던 사람이 야시마가 아니라는 뜻이다.

"다음 영상 부탁합니다."

홍분한 마쓰미야와는 대조적으로 가가는 침착하게 말했다.

새로운 영상이 시작되자마자 가오리가 "후유키예요!"라고 외쳤다. 마쓰미야도 알아볼 수 있었다. 저 앞쪽 서가에서 잡지를 꺼내 보고 있다. 비록 뒷모습이지만 옷차림으로 판별할 수 있었다.

야시마 후유키로 보이는 인물은 20분 이상 그 자리에 있었지만 끝내 한 번도 카메라 쪽을 보지 않은 채 사라지고 말았다.

"마지막 영상입니다."

세 번째 영상은 분위기가 지금까지와는 사뭇 다른 장소였다. 사람들이 거의 없고, 양옆에 책장이 있었다. 잡지 코너처럼 사람이 붐비는 곳은 아닌 듯했다.

그 영상이 시작되자마자 마쓰미야가 어, 하고 놀라는 소리를 냈다. 바로 앞에 후유키로 보이는 남자의 뒷모습이 나타났기 때문이다.

남자는 금세 걸음을 멈추더니 왼쪽에 있는 책장에서 책을 몇 권 뽑아 들었다. 그러느라 남자의 옆얼굴이 보였다. 야시마 후유키와 비슷했다.

잠시 후 남자는 책을 도로 책장에 꽂아 놓고 사라졌다.

"저 사람도 후유키예요. 틀림없어요."

가오리가 단언했다.

가가는 고개를 끄덕였다.

"나카하라 씨가 그렇게까지 확신한다면 아마 맞을 겁니다."

"그럼 이제 그 사람의 무죄가 증명된 건가요?"

가오리가 매달리는 듯한 눈빛을 가가에게 보냈다.

그러나 가가는 아무 반응도 보이지 않은 채 마쓰미야를 향해 고개를 돌렸다.

"나카하라 씨를 댁까지 모셔다드려."

"왜요?"

가오리의 음성이 다소 날카로웠다.

"그 사람 무죄를 증명할 수 있을지 모른다고 해서 여기까지 왔는데요."

가가는 고개를 숙이고 숨을 내쉬었다. 그리고 다시 고개를 들고 그녀를 지그시 바라보았다.

"뭔가를 증명하는 데에는 시간이 걸리는 법입니다. 이해해 주세요."

가오리는 대꾸하지 않았다. 가가는 그런 그녀에게서 눈을 떼지 않은 채 "모셔다드리지."라고 재차 마쓰미야에게 말했다.

마쓰미야는 가오리를 데리고 모니터가 있는 방을 나왔다. 그녀는 내내 입을 다물고 있었다. 마쓰미야 역시 할 말이 떠오르지 않았다. 가가의 말이 옳다. 희망을 품게 할 만한 말을 경솔하게 내뱉을 수는 없다.

서점을 나와서야 가오리는 "이제 됐어요."라고 입을 뗐다.

"아니에요, 댁까지 모셔다드리겠습니다."

그녀는 고개를 저었다.

"모처럼 나왔으니 이 부근을 좀 걸어 보고 싶어요. 그 사람이 마지막으로 걸었던 곳이기도 하니까요."

"아……, 그렇군요."

그녀가 "형사님," 하고 애절한 눈빛으로 마쓰미야를 불렀다.

"모쪼록 잘 부탁드릴게요."

그녀는 머리를 깊이 숙였다.

그런 그녀를 향해 마쓰미야는 "최선을 다하겠습니다."라고 말했다. 상투적인 대답으로 들릴지 모르지만 마쓰미야는 진심이었다.

가오리를 보내고 나서 마쓰미야는 조금 전에 있던 방으로 되돌아갔다. 가가는 여전히 모니터 앞에 앉아 있었다.

"집까지 안 모셔다드렸어?"

"이 근처를 걷고 싶대서요. 그보다, 이 영상은 어떻게 할 생각입니까?"

"물론 본부로 가져가야지. 하지만 이 영상만으로는 윗사람들이 움직이지 않을 거야."

"왜요?"

가가가 모니터를 보았다.

"여기 비친 인물이 야시마 후유키라는 확증이 없어. 내 눈에는 비슷해 보여서 나카하라 씨에게 확인해 달라고 했지만, 아무리 그녀가 틀림없다고 하더라도 증거로는 인정되지 않아. 그녀는 제3자가 아니니까."

마쓰미야가 모니터에 조금 더 가까이 다가갔다.

"얼굴이 좀 더 확실하게 나온 영상은 없나요?"

"죄다 체크했지만 이게 다야, 안타깝게도."

마쓰미야는 입술을 깨물었다. 화면은 마지막 장면에 정지돼 있었다. 야시마가 손에 들었던 책을 책장에 도로 꽂고 돌아서려고 하는 장면이었다.

그때 마쓰미야의 머릿속에 문득 스치는 것이 있었다. 그는 손가락으로 모니터를 가리켰다.

"지문이오. 저 책장에 꽂힌 책들의 지문을 조사하면 야시마의 것이 나올지 몰라요."

"아, 그래! 기대해 볼 수 있겠는걸."

"이게 몇 층이죠? 당장 책을 회수하죠. 누가 사 가기라도 하면 일이 골치 아프게 되잖아요. 빨리요. 몇 층이에요?"

"그렇게 흥분할 거 없어. 증거품은 사라지지 않아."

하지만, 이라고 대꾸하려던 마쓰미야는 그 말을 삼켰다. 가가가 책상 밑에서 쇼핑백을 꺼내고 있었기 때문이다. 그 안에 책이 잔뜩 들어 있었다. 그중 한 권은 『일본 SF 영화 베스트 100』이라는 책이었다.

25

노트북 화면에서 눈을 뗀 이시가키는 부루퉁한 얼굴로 낮게 신음했다. 화면에 비치고 있는 것은 서점의 방범 카메라 영상이었다.

니혼바시 경찰서 소회의실에서 마쓰미야는 가가와 함께 이시가키를 마주하고 있었다. 아직 다른 사람들에게는 알리지 않는 편이 낫겠다고 판단해 이시가키를 이곳으로 부른 것이다.

"여전하군, 자네는."

이시가키가 시선을 가가에게로 향했다.

"조직에 얽매이고 싶지 않아 일부러 관할 서에 남아 있다는 소문이 반드시 터무니없는 말만은 아닌 것 같아."

"마쓰미야 형사와 서로 의논해서 결정한 일입니다."

"흥, 글쎄다."

이시가키는 입술을 비틀며 콧방귀를 뀌었다.

"아무튼 이 영상 말인데, 확실히 야시마와 비슷하기는 해.

그러나 그뿐이야."

"그러니까 책의 지문을……."

마쓰미야가 나서려 하자 이시가키가 손을 내밀어 제지했다. 그리고 굵은 팔뚝으로 팔짱을 끼더니 한숨을 쉬면서 눈을 감았다.

상사가 무슨 고민을 하는지는 마쓰미야도 짐작이 갔다. 만일 야시마의 지문이 발견되면 사건의 구도가 완전히 달라진다. 상부에는 뭐라고 설명할 것이며 앞으로의 수사 방침은 어떻게 세워야 할지 답이 안 나오는 것이다.

잠시 후 이시가키가 다시 눈을 뜨고 마쓰미야와 가가를 번갈아 쏘아보았다.

"감식반과 의논해 보지. 난데없는 얘기라 환영은 못 받겠지만 말이야."

그제야 마쓰미야는 가슴에 담고 있던 숨을 토해 냈다.

"감사합니다."

그리고 마쓰미야는 고개를 숙였다.

"다만 한 가지."

이시가키가 양손으로 책상을 짚으며 몸을 앞으로 쑥 들이밀었다.

"지문이 발견되지 않으면 이 영상은 잊어버리는 거야. 알겠나?"

마쓰미야가 고개를 옆으로 돌렸다. 가가는 "알겠습니다."라고 대답했다. 이런 결과를 예상했다는 표정이다.

"좋아, 그럼 수고해."

그러더니 이시가키는 "아 참,"이라고 덧붙였다.

"저녁나절에 피해자의 아들이 메구로 서로 연행됐다던데?"

"아들이라면…… 유토 군 말인가요?"

마쓰미야가 물었다.

"연행되다니, 무슨 일 때문에요?"

"상해래. 길거리에서 '가네세키 금속' 사람을 때렸나 봐. 그 직전에 큰 소리로 다퉈서 그 근처 사람들이 경찰에 신고한 모양이더군."

"가네세키 금속 사람 누구……."

"공장장이라던데."

"아아."

마쓰미야는 기억이 떠올랐다. 고타케라는 남자다. 공장에서도 만났었고 텔레비전 인터뷰도 본 적이 있었다.

"왜 그랬답니까?"

"목격한 사람들 얘기로는 아버지의 결백을 주장하더라는 거야. 아버지가 그런 더러운 짓을 했을 리 없다며 소리소리 지르더래."

"그래요?"

마쓰미야와 가가가 서로 얼굴을 마주 보았다.

"동생은 자살 소동을 벌이지 않나, 참 골치 아픈 유족이야. 다행히 상대편 남자가 일을 크게 만들고 싶지 않다고 해서 금방 풀려났나 봐. 어쨌든 자네들도 알고 있어야 할 것 같아서."

알겠습니다, 라고 대답한 후 마쓰미야는 가가와 함께 소회의실을 나왔다.

"그 부인은 지금 심정이 어떨까요."

마쓰미야가 말했다.

"살인 사건은 암세포와 같다는 선배 말, 마음속 깊이 와 닿아요. 불행이 점점 번지고 있어요."

"그렇긴 하지만 좀 이상해."

가가가 허공을 바라보았다.

"뭐가요?"

"유토 군이 아버지 일로 왜 그토록 화를 냈는지 말이야. 전에는 자업자득이라고 하더니."

"본심으로는 아버지를 믿었던 거예요, 틀림없이. 그건 그렇고, 방범 카메라 건은 저대로 놔둬도 되나요?"

"그 영상 하나만으로는 증거 능력이 부족해. 지문이 발견되기를 기도해야 할 것 같아."

그리고 가가는 손목시계를 내려다보았다.

"7시 50분이라…… 아슬아슬하게 도착하겠군."

"스케줄이 또 있어요?"

"누굴 좀 만나기로 했어. 자네도 같이 가지."

그렇게만 말하고 가가는 빠른 걸음으로 걷기 시작했다.

"누굴 만나는데요?"

"몰라서 물어? 빨리 연락하라고 한 건 자네잖아."

"네? ……아, 그럼 혹시……."

"그래, 가나모리 씨. 8시에 닌교초에서 만나기로 했어."

"선배가 먼저 연락했어요?"

"응, 아까 서점에서 기다리는 동안. 8시면 넉넉할 줄 알았는데 자칫하면 늦겠어."

"그랬군요. 그런데 왜 닌교초예요? 긴자 쪽이 더 편할 텐데요."

"나도 같은 생각이었지만 그녀가 그러자고 해서 말이지. 닌교초에 가 보고 싶은 레스토랑이 있다나 봐."

"그래요?"

시간이 빠듯해 두 사람은 경찰서 앞에서 택시를 타고 닌교초 오몬 거리 근처에서 내렸다. 가게 간판은 금방 찾을 수 있었다. 오래된 민가를 개조한 듯한 2층짜리 건물이었다.

가게로 들어서자 종업원이 2층으로 안내했다. 다다미를 깐

널찍한 공간에 기다란 앉은뱅이 테이블들이 놓여 있었다. 가나모리 도키코의 모습이 이내 눈에 들어왔다. 안쪽 자리에 앉아 노트 같은 것을 펼쳐 놓고 있던 그녀는 가가와 마쓰미야를 발견하자 미소를 지어 보였다.

마쓰미야가 "오랜만입니다."라며 꾸벅 고개를 숙였다. 두 사람은 그녀의 맞은편 방석 위에 책상다리를 하고 앉았다.

"정말 오랜만이에요. 건강해 보이셔서 다행이네요."

가나모리 도키코가 눈을 가늘게 뜨고 웃었다. 2년 전보다 조금 야윈 것 같긴 하지만 그 건강한 미소는 여전했다.

"이번 사건에서도 가가 씨와 함께 움직이시는 건가요?"

"뭐, 어쩌다 보니 그렇게 됐습니다."

마쓰미야가 대답했다.

가가는 메뉴를 펼쳤다.

"이 집의 추천 요리는 뭐니 뭐니 해도 비프스튜죠. 그리고 크로켓. 물론 다른 요리도 맛있지만요."

"그럼 가가 씨가 알아서 시켜 주세요."

가나모리 도키코의 말에 가가는 잠시 생각하다가 종업원을 불러 몇 가지 요리를 주문했다. 상당히 익숙한 폼이 여러 번 와 본 눈치다.

"어떠세요, 시간을 내실 수 있겠어요?"

맥주로 건배한 뒤 가나모리 도키코가 가가에게 물었다.

가가는 맥주를 한 모금 삼킨 후 고개를 갸우뚱 기울였다.

"아직은 확실히 말씀드리기 힘들어요. 이번 사건이 해결될 때까지는……."

"니혼바시 살인 사건은 거의 해결된 것처럼들 얘기하던데요."

"매스컴이 제멋대로 떠드는 것뿐이에요. 사망한 남자가 범인이라는 증거는 아직 하나도 나오지 않았습니다."

"그런가요? 전 그런 어려운 건 잘 모르겠고, 아무튼 일단은 전에 말씀드린 일정대로 진행할 생각이에요. 그래도 괜찮겠죠?"

말투는 부드러웠지만 토를 달 수 없는 단호함이 느껴졌다. "아, 뭐……."라며 가가는 애매하게 고개를 끄덕였다. 사촌형이 이 여자에게 쩔쩔매는 모습이 마쓰미야는 무척 통쾌했다.

이윽고 요리가 나왔다. 고소한 크로켓에 맥주가 술술 넘어갔다. 새우튀김도 바삭하고 향기로웠다. 가가의 추천 요리인 비프스튜는 입안에 들어가자 고기가 사르르 녹았다.

가나모리 도키코는 입에 침이 마르도록 요리를 칭찬하면서도 오늘 저녁의 목적을 잊지 않았다. 간간이 먹기를 멈추고 옆에 놓아둔 노트를 펼쳐 3주기 준비에 대해 가가에게 의견을 물었다. 친척과 지인에게는 어떻게 연락할 것인지, 답례품은 무엇으로 할 것인지, 법요 후 회식은 어디서 할 것인지 등,

결정해야 할 것투성이였다. 그런데 가가의 대답은 "알아서 하세요." "도키코 씨에게 맡기겠습니다.", 그 두 가지뿐이었다.

급기야 가나모리 도키코가 "가가 씨!" 하며 약간 무서운 표정을 지었다.

"가가 씨 아버님의 3주기란 말이에요. 좀 더 진지하게 생각해 주세요."

그런데도 가가는 식후 커피를 맛나게 홀짝거리며 고개를 흔들었다.

"전에도 얘기했지만 저는 그게 꼭 필요한 일이라는 생각이 별로 안 들어요. 그래도 추모하고 싶어 하는 사람들을 위해서 반드시 마련해야 하는 자리라고 하도 그러니까……."

"가가 씨에게도 필요한 일이에요."

가나모리 도키코가 말했다.

"1년에 한 번 정도는 아버님을 기억해도 좋잖아요."

"기억하지 않는다는 얘기가 아닙니다. 다만 저로서는 이미 정리가 끝난 일이라……."

"정리가 끝났다니요, 그게 무슨 뜻이죠?"

"저와 아버지 문제는 이미 마무리가 됐다는 뜻입니다. 그러니 되돌아볼 필요가 없다는 거죠."

"그건 잘못된 생각이에요. 가가 씨는 아직 아무것도 몰라요."

그 결연한 말투가 옆에서 듣고 있는 마쓰미야마저 흠칫하게 했다.

"뭘 모른다는 겁니까?"

가가가 물었다.

"아버님의 마지막 마음요. 이 세상에 작별을 고해야만 했을 때 그 마음이 어땠을지 한 번이라도 생각해 본 적이 있나요?"

가가는 표정을 흐트러뜨리지 않은 채 커피 잔을 내려놓았다.

"그야 물론 여러 가지 마음이 교차했겠죠. 하지만 그런 걸 제가 생각할 필요가 있나요?"

"생각해야죠, 단 하나뿐인 아들을 얼마나 그리워하셨을지."

마쓰미야가 깜짝 놀라 가가의 얼굴을 바라보았다. 그러나 가가는 쓴웃음만 지을 뿐이었다.

"그 점에 대해서는 이미 말씀드렸을 텐데요. 아주 오래전에 아버지와 둘이 결정한 일입니다."

"헤어진 당신의 부인, 그러니까 가가 씨 어머니도 하나뿐인 자식의 얼굴을 보지 못한 채 홀로 외롭게 세상을 떠났다, 그러니 당신이 죽을 때 곁을 지키지 않아도 된다, 아버님이 그렇게 말씀하셨다는 거죠?"

"맞습니다."

가가가 고개를 끄덕거렸다.

"남자 대 남자의 약속이죠."

가나모리 도키코의 얼굴에 냉소가 떠올랐다.

"어이가 없네."

"뭐라고요?"

가가가 나지막한 소리로 되물었다.

"건강할 때 나눈 약속 따위는 아무런 의미가 없어요. 가가 씨는 사람의 죽음과 마주한 적이 있나요?"

"많죠, 셀 수 없을 정도로요. 그게 제 일이니까요."

가나모리 도키코가 천천히 고개를 가로저었다.

"가가 씨가 본 것은 시체지 살아 있는 사람의 죽음이 아니에요. 저는 죽어 가는 사람들을 수없이 봐 왔어요. 죽음을 눈앞에 두었을 때 사람은 본래의 마음으로 돌아가죠. 자존심이나 의지 같은 것을 다 버리고 자신의 마지막 소원과 마주하게 돼요. 그런 그들의 마지막 메시지를 마음에 받아들이는 것은 살아 있는 사람들의 의무예요. 가가 씨는 그 의무를 소홀히 했어요."

그녀가 내뱉는 말 한 마디 한 마디가 마쓰미야의 마음을 파고들었다. 반론할 말을 생각하며 옆에 앉은 가가를 봤지만 그는 입을 꾹 다물고 있었다. 사뭇 고통스러워하는 그 옆얼굴은 마쓰미야가 거의 본 적 없는 것이었다.

미안해요, 라고 가나모리 도키코가 차분히 말을 이었다.

"제가 그만 잘난 척하고 말았네요. 가가 씨와 아버님의 이별은 그 나름의 의미가 있다고 생각해요. 다만 아버님의 마음도 조금은 헤아려 주셨으면 해서……. 제 바람일 뿐이죠."

미간에 주름을 세우고 있던 가가는 혀로 입술을 축이며 "고맙습니다."라고 중얼거리듯 말했다.

식사를 마친 세 사람은 음식점을 나왔다. 마침 빈 택시가 지나가자 가가가 손을 들어 세웠다.

"저녁 잘 먹었어요. 조심해서 들어가세요."

그렇게 인사한 후 가나모리 도키코는 택시에 올라탔다.

택시가 멀어지자 가가는 걷기 시작했다. 택시를 탈 마음은 없는 듯했다. 마쓰미야도 그와 나란히 걸었다.

"된통 당했는데요."

마쓰미야가 그렇게 말해 보았다. 그러나 가가는 똑바로 앞을 향한 채 대답이 없었다. 표정만 봐서는 무슨 생각을 하고 있는지 알 수 없었다.

저 앞쪽에 에도바시 다리가 보였다. 가가가 걷는 방향으로 보아 경찰서가 아니라 사건 현장으로 갈 작정이라는 걸 마쓰미야는 이미 눈치채고 있었다.

에도바시 다리를 건너 예의 지하도로 들어간 가가는 반대쪽으로 빠져나온 후 잠시 걸음을 멈췄다가 이번에는 니혼바시 다리를 향해 걸어갔다. 그러는 동안에도 가가는 내내 말이 없었다.

니혼바시 파출소 앞을 지나 다리를 건너기 시작했다. 다리 한가운데에 이르자 가가는 걸음을 멈췄다. 등을 마주 대고 서 있는 두 마리의 기린상 앞이었다. 가가는 기린상을 물끄러미 올려다보았다.

"그들의 마지막 메시지를 마음에 받아들이는 것은 살아 있는 사람들의 의무란 말이지……."

그렇게 중얼거리던 가가가 갑자기 눈을 크게 떴다. 그 눈동자에는 빛이 어려 있었다.

가가가 걸음을 옮기기 시작했다. 그는 점점 더 빨리 걸었다.

마쓰미야가 허둥지둥 그를 쫓아갔다.

"또 어딜 가는 겁니까?"

"서로 돌아갈 거야. 어쩌면 내가 크게 착각을 한 건지도 모르겠어."

26

슈분칸 중학교는 조용한 주택가에 자리하고 있었다. 교문 기둥에 붙어 있는 빛바랜 휘장이 역사가 오랜 학교임을 말해 주었다.

이미 한 번 온 적이 있는 가가는 잘 아는 곳이라는 표정으로 교문을 들어섰다. 마쓰미야는 그 뒤를 따라갈 뿐이었다.

수사 회의가 끝난 후 마쓰미야는 고바야시에게 오늘은 자유롭게 움직이고 싶다고 말해 보았다. 이시가키에게 가서 잠시 의논하고 난 고바야시는 마쓰미야에게 돌아와 뭔가를 탐색하는 눈초리로 말했다.

"허락은 받았어. 뭘 할 작정인지는 모르겠지만 보고는 제대로 하도록 해."

"그야 물론이죠."

고개를 꾸벅하고 물러가려는데 고바야시가 그의 팔을 힘주어 잡았다. 그리고 얼굴을 마쓰미야의 귀에 바짝 갖다 댔다.

"나한테는 알려 줘야지. 야시마가 범인이 아닌 거지?"

"그건 아직 뭐라고……."

그러자 이번에는 마쓰미야의 팔을 획 잡아당겼다.

"뭘 추적하고 있는 거야, 어? 누구야?"

대답하지 않고는 풀려나기 어려울 것 같아 마쓰미야는 하는 수 없이 입을 열었다.

"아들요."

"뭐, 아들?"

고바야시는 허를 찔렸다는 표정이었다.

"피해자의 아들 말이야?"

"아직 확실한 건 아니에요."

그러고서 마쓰미야는 고바야시의 손을 떨쳐 냈다.

그렇다. 아직 확실하지는 않았다. 어쩌면 완전히 잘못 짚었는지도 모른다. 그러나 마쓰미야에게는 어떤 직감 같은 것이 있었다. 지금 가가가 바라보는 곳에 틀림없이 사건의 진상이 놓여 있을 것이라는.

운동장에서는 학생들이 농구하는 그룹과 배구하는 그룹으로 나뉘어 체육 수업을 받고 있었다. 그러나 나이가 좀 들어 보이는 남자 교사는 학생들을 지도하고 있다기보다 그저 멍하니 학생들의 시합을 바라보고 있는 것처럼 보였다.

가가가 건물 1층에 있는 서무실 창구로 다가가 뭐라고 얘기하자 잠시 후 안에서 여직원이 나왔다. 그녀는 두 사람을 '내빈실'이라는 팻말이 붙은 방으로 안내했다.

구닥다리처럼 보이기는 하지만 꽤 비싸게 주고 샀을 것 같은 소파가 테이블 양쪽에 놓여 있었다. 여직원은 두 사람에게 소파에 앉으라고 권한 뒤 도로 나가 차를 가져다주었다.

"학교에 와 보는 게 얼마 만인지 모르겠네요. 아주 한참 된 것 같아요."

마쓰미야가 그렇게 말하는데 어디선가 노랫소리가 들려왔다. 가까운 곳에 음악실이 있는 것 같았다.

가가가 일어나 트로피와 상패가 진열된 장식장으로 다가갔다.

"이 학교는 스포츠에 상당히 힘을 쏟고 있는 모양이야."

"수영도 있어요?"

마쓰미야가 묻자 가가가 트로피 하나를 가리켰다.

"계영에서 전국 대회 2위를 한 적이 있군."

"대단하네요."

"그런데 10년 전 일이야."

그때 문을 노크하는 소리가 들렸다. 네, 하고 가가가 대답했다.

떡 벌어진 어깨에 얼굴이 크고 눈썹이 짙은 남자가 들어왔다. 남방계인가 보다고 마쓰미야는 생각했다.

남자는 이토카와라는 교사였다. 사건이 일어나기 사흘 전에 아오야기 다케아키와 통화한 바로 그 상대다. 그 일과 관련해 가가는 이미 참고인 조사를 하러 온 적이 있었다. 그때 이토카와는 아오야기 다케아키가 아들과 사이가 좋지 않아 고민이라며 자신에게 상담을 청하기 위해 전화했었다고 했다.

마쓰미야가 그에게 자신을 소개했다. 이토카와는 별 관심 없다는 듯 고개만 끄덕였다.

"바쁘실 텐데 죄송합니다."

가가가 말했다.

"혹시 수업 중은 아니었습니까?"

"아니요, 마침 빈 시간이었어요. 그보다, 오늘은 무슨 용건입니까? 지난번 그 일이라면 더는 말씀드릴 게 없는데요. 그때 제 알리바이까지 물으셨죠?"

"아, 네. 지난번에는 실례가 많았습니다. 그때는 관련자 모두에게 같은 질문을 하고 다녔습니다. 기분 상하셨다면 사과드리겠습니다."

"아니, 뭐, 기분이 상한 정도는 아니었습니다. 그럼 오늘은 무슨 일로?"

"실은 이번 사건 때문이 아니라 좀 더 예전의 일에 대해 얘기를 듣고 싶어서요."

가가의 말에 이토카와는 의아하다는 표정을 지었다.

"예전의 일이라니요?"

"네, 3년 전 일 말입니다. 3년 전 여름 방학에 일어난 사고……라면 아실 거라고 생각합니다만……."

"아아, 그 사고 말이군요."

이번에는 이토카와의 얼굴에 경계의 빛이 떠올랐다.

"그 사고는 갑자기 왜요?"

"이번 사건을 조사하던 중에 그 사고에 대해 알아야 할 필요가 생겼습니다. 그래서 좀 말씀해 주셨으면 하고요."

이토카와는 뺨에 경련이 일어난 듯한 부자연스러운 미소를 지으며 가가와 마쓰미야를 번갈아 보았다.

"알 수 없군요, 그게 이번 사건과 무슨 관련이 있는지. 전혀 별개의 얘기인 것 같은데요. 게다가 이번 사건의 범인은 이미 밝혀졌잖습니까. 죽은 그 남자가 범인 아닙니까? 왜 아직도 수사가 계속되고 있는지 모르겠군요."

"사건은 아직 종료되지 않았습니다."

마쓰미야가 끼어들었다.

"그 사람이 범인이라고 결론 난 게 아닙니다."

"그래요? 그렇다 해도 그렇게 오래전 일까지 되짚을 필요가 있을까 싶군요."

이토카와는 과장되게 고개를 갸웃거려 보였다.

"역시 떠올리고 싶지 않으신가 보군요."

가가가 말했다.

"글쎄요, 뭐……."

"혹시 되짚으면 곤란한 사정이라도 있으십니까?"

그러자 이토카와가 눈을 부라렸다.

"그게 무슨 뜻입니까?"

"형사는 말이죠, 듣고 싶은 얘기가 있는데 좀처럼 들려주지 않을 경우 이렇게 해석합니다. 털어놓으면 본인에게 곤란한 사정이 있나 보다, 하고요."

이토카와의 입술이 경련하듯 실룩거렸다.

"알고 싶은 게 대체 뭡니까?"

"자세한 내용입니다. 선생님이 최초 발견자시죠?"

"네…… 그렇습니다만."

"가능하면 사고가 일어나기 전부터, 그러니까 그날 수영 대회가 있었다고 들었는데 그때 일부터 얘기해 주시면 좋겠습니다."

이토카와가 혀로 입술을 축이고 나서 등을 쭉 펴더니 "아예, 좋습니다."라고 말하며 가가를 똑바로 보았다.

그러는 이토카와의 표정을 옆에서 바라보며 마쓰미야는 그가 혹시 연기하고 있지나 않은지 유심히 관찰했다.

어젯밤 가나모리 도키코와 헤어진 후 가가는 퍼뜩 뭔가를 깨달은 듯 경찰서로 돌아가겠다고 했다. 물론 마쓰미야도 그와 동행했다. 경찰서로 돌아간 가가는 인터넷으로 신사 몇 군데를 검색했다. 그리고 이어서 신문 기사도 검색했다. 그런데 그 검색어들이 마쓰미야로서는 뜻밖의 것이었다. 슈분칸 중학교, 수영부, 사고, 이 세 가지였던 것이다.

왜 그런 걸 검색하느냐고 묻자 가가는 이렇게 대답했다.

"종이학을 스이텐구 신사에서 태워 달라고 한 걸 보면 아오야기 씨의 목적이 스이텐구 참배였던 건 확실해. 거기까지는 좋았지만 그다음이 문제였어. 스이텐구 하면 순산 기원이라는 사실에 너무 얽매였던 거야. 스이텐구에는 또 하나의 커다란 효험이 있다고 알려져 있어. 바로 수난(水難) 구제야."

"수난……."

마쓰미야로서는 처음 듣는 얘기였다. 그러고 보니 신사 매점에서 물의 신 갓파의 얼굴을 본 것 같기도 했다.

"도쿄에는 재해 방지를 기원하는 신사가 여러 군데 있어. 화재 방지에 효험이 있다는 신사도 많고. 그렇지만 수난 구제 신사는 몇 군데 없어. 스이텐구 외에는 다이토 구에 있는 소겐지 절 정도지. 아오야기 씨가 스이텐구를 참배한 것이 혹시 물과 관련된 사고 때문은 아닐까 생각하다가, 그 아들 유토가 중학 시절 수영부였다는 사실이 떠올랐어."

그러고 보니 마쓰미야도 떠오르는 것이 있었다.

"사건 발생 사흘 전에 아오야기 씨가 수영부 고문에게 전화를 걸었다고 했죠?"

"그래. 이제 왜 내가 이런 걸 검색하는지 알겠지?"

가가의 추리가 옳았다는 것은 곧바로 증명되었다. 3년 전 신문 기사 중에 다음과 같은 내용이 있었다.

'18일 저녁 7시경, 슈분칸 중학교 수영장에서 이 학교 2학년생이 물에 빠진 것을 발견, 구급차로 병원에 이송했으나 현재까지 의식이 돌아오지 않고 있다. 학생은 같은 학교 수영부원으로, 수영장에 무단 침입해 혼자 수영하다가 사고를 일으킨 것으로 보인다. 처음 발견한 사람은 수영부 고문으로, 점검차 수영장에 갔다가 수영장 바닥에 가라앉아 있는 학생을 발견했다고 한다. 이 학생은 이날 낮 다른 경기장에서 있었던 시합에서 성적이 좋지 않아 낙담한 상태였던 것으로 알려졌다. 학교에서는 침입 경로 등을 조사하고 있다.'

아쉽게도 이 사고의 후속 보도는 찾을 수 없었다. 그리고 이 외에는 슈분칸 중학교에서 일어난 물 관련 사고를 찾을 수 없었다.

이토카와는 먼 기억을 더듬는 표정으로 담담하게 얘기했다.

대회가 끝난 것은 오후 4시경이었다. 경기장에서 한 시간 정도 미팅한 후 해산했다. 부원들은 각자 집으로 돌아갔고 이토카와 자신은 학교로 갔다. 시합 성적을 컴퓨터에 입력하기 위해서였다.

"작업을 하다가 필요한 자료가 있어서 수영부 방으로 가지러 갔어요. 도중에 무심코 풀 사이드를 보는데 벗어 놓은 옷이 있는 거예요. 이상하다 싶어 가 보니 바닥에 누군가 빠져 있었습니다. 서둘러 끌어내 보니 2학년 부원이었습니다. 즉시 119에 연락하고, 구급대가 올 때까지 인공호흡과 심장 마사지를 계속했죠. 그때 교내에 선생님은 아무도 남아 있지 않았고, 구급차를 본 수위만 달려왔습니다. 학생의 가족과 교장 선생님께는 구급차가 오고 나서 연락했어요. 거기까지는 신경 쓸 틈이 없었습니다."

얘기를 마친 이토카와는 후, 하고 숨을 길게 토했다.

"이상이 사고의 경위입니다."

그리고 그는 더 할 말이 있냐는 듯 가가를 빤히 바라보았다.

"사고를 당한 학생의 이름이 뭡니까?"

가가가 물었다. 이토카와가 미간을 찡그리며 입술을 굳게 다물자 가가는 "조사해 보면 금방 알 수 있는 일입니다."라고 덧붙였다.

이토카와는 부루퉁한 표정으로 학생 이름이 요시나가 도모유키라고 말했다.

"나가노 현으로 이사했다고 들었습니다만, 자세한 주소는 모릅니다."

"그 학생은 무사히 회복됐습니까?"

"아니, 그게……."

이토카와가 괴로운 표정을 지었다.

"후유증이 남았다고 들었습니다. 안타까운 일입니다만."

"학생 측에서 학교에 책임을 추궁하지 않았나요?"

가가가 또 물었다.

"말은 좀 있었죠. 외부에서 쉽게 들어갈 수 있도록 한 건 문제 아니냐고요. 틀린 말은 아니지만, 건물 내부라면 몰라도 옥외에 있는 수영장에 들어가는 것까지 철저히 차단하기란 현실적으로 불가능합니다. 학생 부모님이 그 점을 이해해 주

서서 소송으로까지 번지지는 않았습니다."

"그런 식으로 방과 후에 무단 침입하는 경우가 종종 있습니까?"

"전혀 없었던 건 아닙니다. 학생들 말로는 지금도 간혹 그런 일이 있다고 하더군요. 재학생뿐 아니라 근처에 사는 졸업생이 들어오는 경우도 있다고 합니다."

"신문 기사에 의하면 그날 요시나가 군은 낮에 있었던 시합 때문에 상심이 컸다고 하던데요."

"그 점은 저도 뼈저리게 반성하고 있습니다."

이토카와가 무거운 어조로 말했다.

"기대가 컸던 만큼 다소 심하게 나무랐던 것 같습니다. 본인이 그토록 낙담한 줄은 몰랐어요. 아마 혼자서 연습하다가 발에 쥐가 났든가 심장 발작을 일으켰든가 했을 겁니다."

메모해 가던 가가가 불쑥 고개를 들었다.

"정말 혼자였을까요?"

"네? 무슨 뜻이죠?"

"다른 사람은 아무도 없었냐는 말입니다. 혼자서 연습하는 것보다는 동료들과 함께하는 게 즐겁잖아요."

"연습을 즐길 만한 기분이 아니었을 겁니다. 자율 연습은 원래 혼자 하는 것이기도 하고요. 그리고 다른 학생이 있었다면 애당초 사고가 일어나지도 않았을 겁니다."

완전히 수긍하는 표정은 아니었지만 가가는 그렇군요, 라며 고개를 끄덕였다.

"수영장을 볼 수 있을까요?"

"물론 볼 수는 있습니다만, 이 시기에는 물이 채워져 있지 않습니다."

"상관없습니다."

그리고 가가는 자리에서 일어서며 "부탁드리겠습니다."라고 덧붙였다.

학교 건물을 나온 세 사람은 운동장을 지나 체육관 뒤편에 있는 수영장으로 향했다. 학교 건물에서 꽤 떨어진 곳이어서, 이런 곳에 있으니 다른 사람 눈에 띄지 않고 수영하는 것이 가능했겠다 싶었다. 게다가 수영장 자체가 허술한 울타리로 둘러싸여 있어 중학생 정도면 뛰어넘는 게 어렵지 않을 듯싶었다.

이토카와를 따라 풀 가장자리를 걸었다. 길이 25미터의 텅 빈 풀에는 바닥에 나뭇잎만 쌓여 있었다.

"이 풀에는 조명 시설이 없습니까?"

"비상용이 있긴 하지만 평상시에는 사용하지 않습니다."

"요시나가 군이 발견된 시각이 저녁 7시경이었죠? 아무리 여름이라도 그 시각이라면 꽤 어두웠을 텐데요."

"그럴 겁니다. 어두웠을 거예요."

"그런데 용케도 발견하셨군요."

"네?"

"어두운데도 물속에 있는 요시나가 군을 용케 발견하셨다이 말입니다. 벗어 놓은 옷이 있었다지만, 빠진 사람이 반드시 그 근처에 있으리라는 보장도 없었을 텐데 말이죠."

이토카와는 숨을 들이쉰 다음 "손전등이 있었습니다."라고 대답했다.

아아, 하고 가가는 고개를 끄덕였다.

"그런데 요시나가 군의 주 종목은 뭐였습니까?"

"자유형, 크롤입니다. 특히 단거리에 강했죠. 50미터요."

"그럼 그날 시합도 그 종목에 출전했나요?"

"에에, 그럴 겁니다. 그런데 저…… 형사님, 국민의 의무라고 생각해서 이렇게 협조하고는 있지만, 왜 이런 걸 묻는지 말씀해 주셔야 하지 않겠습니까? 저는 니혼바시 사건과 이 사고가 무슨 관계가 있는지 도무지 모르겠는데요."

이토카와가 짜증 섞인 목소리로 말했다.

"불만스러우신 심정은 잘 압니다."

가가는 태연하게 대답했다.

"탐문 조사를 하다 보면 늘 질책을 받곤 하죠. 아무것도 가르쳐 주지 않으면서 묻기만 한다고요. 그러나 그렇게 하는 데는 다 이유가 있습니다."

"압니다. 수사상의 비밀을 일반인에게 밝힐 수는 없다는 거겠죠. 아무리 그래도 그렇지……."

"그게 다가 아닙니다. 목적을 밝히면 질문받는 측에서는 선입견이 생깁니다. 저희로서는 선입견에 좌우되지 않은 대답을 듣고 싶은 겁니다."

이토카와는 한숨을 쉬고 나서 손바닥으로 얼굴을 비볐다.

"말씀하시는 뜻은 알겠습니다."

"혹시 졸업한 수영부원 명부가 있나요? 있으면 잠시 빌리고 싶은데요."

가가의 요구에 이토카와는 고개를 가로저었다.

"그건 어렵습니다. 개인 정보니까요. 꼭 필요하시다면 영장을 가지고 오세요."

"그렇군요. 알겠습니다."

가가는 두말 않고 물러섰다.

"조사에 응해 주셔서 감사합니다."

"이제 된 겁니까?"

"네. 혹시 또 연락드릴 일이 있으면 그때도 잘 부탁드리겠습니다."

가가는 이토카와를 향해 머리를 꾸벅한 후 "가지."라고 마쓰미야에게 말했다.

27

슈분칸 중학교 교문을 나서자마자 가가는 "짐작대로야."라고 중얼거렸다.

"3년 전 사고가 이번 사건과 관련이 있을 거야. 그 선생이 뭔가를 감추고 있는 것 같아."

"저도 그런 생각이 들었어요. 사건 사흘 전에 아오야기 씨가 이토카와에게 연락한 것도 그 사고 때문이 아니었을까요?"

"아마 그럴 거야. 다만 석연치 않은 점이 몇 가지 있어."

그러고서 한 블록 정도 더 걷던 가가가 걸음을 멈췄다.

"이쪽 관할 서에 아는 경찰이 있어. 오늘 아침에 전화해서 예의 수영장 사고에 관한 자료를 준비해 달라고 부탁했어. 나는 이길로 그 자료를 가지러 갈 테니까 어딘가에서 다시 만나기로 하지."

"그럼 저는 아오야기 씨네 집에 다녀올게요."

그 말에 가가는 의아해하는 표정을 지었다.

"유토는 아직 학교에 있을 텐데."

"압니다. 부인에게 유토의 수영부 시절 명부를 빌려 달라고 부탁해 보려고요."

가가가 알겠다는 듯 고개를 끄덕거렸다.

두 사람은 나카메구로 역에서 다시 만나기로 하고 일단 헤어졌다.

후미코는 집에 있었다. 하루카도 학교를 쉬고 집에 있다고 했다.

거실로 안내하는 후미코에게 마쓰미야는 현관에 선 채 손사래를 쳤다.

"여기서 말씀드리겠습니다. 실은 빌리고 싶은 게 있습니다."

빌리고 싶은 게 유토의 수영부 시절 명부라고 하자 후미코는 당황한 기색을 보였다.

"그게 이번 사건과 무슨 상관인데요?"

"아직은 뭐라 말씀드릴 수 없습니다. 관계가 있을지도 모른다고밖에는요."

"그럼 그 사람이 범인이 아니라는 건가요?"

"죽은 야시마 후유키 씨를 말씀하시는 거라면, 경찰은 아직 그 무엇도 공식적으로 발표하지 않았습니다. 매스컴에서 멋대로 그를 범인으로 결론지었죠."

후미코가 아연한 표정을 지었다.

"그 사람이 범인이 아니에요? 그럼 제 남편은 도대체 왜 살해당한 거죠? 범인은 대체 누군가요?"

쓸데없는 말을 해서 성가시게 되었다고 마쓰미야는 생각했다. 이럴 때 가가라면 어떻게 대응했을까.

"진정하세요. 아직 선불리 말씀드릴 단계가 아닙니다. 오늘은 아무 말씀 마시고 명부만 빌려주시면 고맙겠습니다."

후미코는 불만과 망설임이 뒤섞인 얼굴로 잠시 마쓰미야를 바라보다가 계단 위쪽으로 눈길을 돌렸다.

"명부는 아들 방에 있을 거예요. 하지만 함부로 들어갔다가는 유토가 가만있지 않을 텐데요."

"복사만 하고 바로 돌려드리겠습니다. 절대 외부로 유출하거나 하는 일은 없을 겁니다. 약속드리죠."

마쓰미야의 강경함에 압도됐는지 후미코는 마지못한 표정으로 고개를 끄덕였다.

"그럼 잠깐만 기다리세요."

감사합니다, 라며 마쓰미야는 머리를 깊이 숙였다.

잠시 후 후미코가 들고 온 것은 A4 사이즈의 소책자였다. 표지에 '슈분칸 중학교 수영부 창설 60주년 기념지'라고 인쇄돼 있었다. 작년에 만들어진 것인 듯했다. 책자 뒷부분에 현역 부원과 졸업생의 이름과 연락처가 있었다.

그럼 잠시 빌리겠습니다, 라며 다시 한 번 머리를 숙이고 현관문을 나가려던 마쓰미야는 문득 떠오르는 것이 있어 뒤를 돌아보았다.

"3년 전에 슈분칸 중학교 수영장에서 사고가 있었다던데, 혹시 기억하십니까?"

순간 후미코는 허를 찔린 것처럼 눈을 동그랗게 떴다.

"알고는 있는데……. 유토보다 한 학년 아래 학생이 물에 빠진 사고를 말씀하시는 거죠?"

"네. 혹시 최근에 그 사고에 대한 얘기가 가족 간에 오간 적 있나요?"

"아니요, 없는 것 같은데요."

"그렇군요. 알겠습니다. 그럼 조금 이따가 다시 오겠습니다."

아오야기의 집을 나온 마쓰미야는 근처에 있는 편의점에 가서 필요한 페이지를 복사했다. 첫 페이지에 이토카와의 인사말이 실려 있어 그 페이지도 함께 복사했다.

아오야기의 집으로 돌아가 명부를 돌려준 후 그는 나카메구로 역으로 가는 도중에 가가에게 전화를 걸었다. 가가는 이미 역 앞 커피숍에 가 있다고 했다.

"기록에 남아 있는 것만 봐서는 사고 내용이 이토카와 선생의 얘기와 별반 다르지 않아."

가가는 테이블에 놓인 커피 잔을 옆으로 치우더니 그 자리에 자료를 올려놓았다.

"요시나가 도모유키의 과실에 의한 사고로 처리되어 누구에게도 책임을 묻지 않았더군. 아마 보상금 같은 것도 지급되지 않았을 거야. 자세한 내용을 물어보려고 요시나가의 집에 전화해 봤지만, 역시 이사했는지 연결되지 않았어."

"대체 어떻게 된 일일까요? 아오야기 씨는 왜 이제 와서 수난 구제를 기원하는 신사에 참배할 마음이 생겼을까요? 유토 군이 그랬다면 또 몰라도."

그렇게 말하며 마쓰미야는 명부 복사본을 자료 위에 올려 놓았다.

"참배한 사실을 왜 가족에게, 특히 유토에게 숨겼는지도 수수께끼야."

"혹시 아오야기 씨 자신이 요시나가 도모유키 군과 뭔가 연관이 있는 거 아닐까요?"

"무슨 뜻이지?"

가령, 하고 마쓰미야는 목소리를 낮췄다.

"실은 아오야기 씨의 숨겨 놓은 아들이었다든지."

가가가 크게 웃음을 터뜨렸다.

"그건 아니야."

"왜요, 조사해 보지도 않고 어떻게 알아요?"

"그럼 조사해 보든가."

그러고서 가가는 커피 잔을 들었다.

"어, 여기 요시나가 도모유키 군의 새 주소가 실려 있잖아! 그 선생, 모른다고 잡아떼더니……. 가루이자와라면 출장 가기 딱 좋은 거리군."

"본부에 돌아가면 계장님께 말씀드려 볼게요. 계속 멋대로 움직인다고 한마디 하시겠지만."

"그래, 부탁해. 아니, 그런데 이토카와 선생이 이런 인사말을 했어? 물은 거짓말하지 않는다, 물에는 거짓이 통하지 않는다, 물을 속이려 들었다가는 그 대가가 모두 자신에게 되돌아온다……, 멋진 말을 했군. 그 선생이 진심으로 이렇게 생각한다면 지금 우리가 하고 있는 수사는 헛수고라는 얘기인데 말이야."

마쓰미야는 그렇게 말하는 가가의 얼굴을 빤히 바라보았다.

"있잖아요, 이제 좀 가르쳐 주시죠."

"뭘?"

"아오야기 씨의 스이텐구 참배 목적이 순산 기원이 아니라 수난 구제라는 걸 어떻게 아셨는지 말이에요. 직감이라고 하면 할 말은 없지만, 그게 아니라 뭔가 계기가 있었던 것 아닌가요?"

가가는 복사지를 도로 내려놓고 커피 잔으로 손을 뻗었다.

"그야 그렇지."

"어디서 힌트를 얻었습니까?"

"힌트라고 할 만한 것은 아니야. 다만 유토의 태도가 갑자기 변했다는 게 마음에 걸렸어. 전에는 아버지를 경멸하는 듯한 말까지 했었는데 언제부턴가 확실히 달라졌거든. 고타케라는 공장장에게 손찌검했다는 말을 들었을 때 확신했어."

"저도 그런 생각은 했어요. 동생이 손목을 긋는 바람에 심경에 변화가 일어났나 보다고 생각했는데."

"아니지. 그때 유토가 했던 말 생각 안 나? 이렇게 말했잖아. 자살을 하면 아빠가 잘못했다는 걸 인정하는 셈이잖아. 다시 말해서 동생의 자살 소동이 있기 전부터 유토는 아버지를 믿기로 했던 거야."

그때 일은 마쓰미야도 똑똑히 기억하고 있었다.

"그럼 무엇이 유토를 달라지게 만든 걸까요?"

"유토에게 아오야기 씨에 관한 새로운 정보가 들어왔다고 봐야겠지. 그런데 말이지, 그 집 사람들은 전날부터 누구와도 접촉하지 않았어. 부인 말에 따르면 텔레비전이나 인터넷 뉴스조차 보지 않았다고 하더군."

마쓰미야는 가가가 그런 사실들에 관해 아오야기의 가족에게 질문했던 일을 떠올렸다. 그때 이미 가가는 유토의 변화를 눈치채고 그 이유를 찾아내려 했던 것이다.

"그럼 과연 유토에게 정보를 준 사람이 누굴까. 그걸 도무지 알 수 없었는데 갑자기 답을 찾게 됐어."

마쓰미야는 기억을 더듬어 봤지만 스스로는 답을 찾을 수 없을 것 같았다. 그는 얼굴을 찡그리며 가가를 노려보았다.

"두 손 들었어요. 거드름 그만 피우고 가르쳐 주시죠. 누굽니까?"

가가가 히죽 웃었다.

"그게 누구냐면, 바로 자네야."

"제가요? 제가 무슨 말을 했다고요?"

"유토의 동생이 손목을 긋기 전날 자네가 아오야기 씨 집에서 기린 얘기를 했잖아. 니혼바시 다리에 있는 기린 조각상 말이야."

"기린 조각상요? 아아, 맞아요. 그랬죠. 하지만 그 외에 별다른 얘기는 안 했는데요. 그러고 나서 유토는 바로 방으로 가 버렸고요."

"그런데 실은 유토의 마음이 몹시 흔들렸던 거야. 내가 하마초료쿠도 공원에서 나카하라 씨를 만났다는 얘기는 했지? 그날 니혼바시 다리에서 서성거리는 유토를 봤어."

"그래요?"

마쓰미야는 처음 듣는 소리였다.

"그때는 잘 몰랐는데, 나중에 곰곰이 생각해 보니 유토는 기린 조각상을 올려다보고 있었던 것 같아. 유토가 자네 말을 듣고서 아오야기 다케아키 씨가 왜 칼에 찔린 채 니혼바시 다리까지 걸어갔는지, 그 이유를 깨달았던 것 아닐까? 그 이유라는 것이 기린 조각상과 관련이 있고, 그것이 아버지에 대한 생각을 바꾸게 만든 거지. 그렇게 생각하면 유토가 왜 갑자기 심경의 변화를 일으켰는지 설명이 돼."

"기린에 무슨 의미가 있기에……."

"그건 나도 몰라. 다만 이것만은 말할 수 있지. 기린 조각상은 다케아키 씨가 유토에게 보내는 메시지였다, 죽음을 앞둔 아버지가 아들에게 보내는."

"다케아키 씨가 유토에게, 아버지가 아들에게……."

그렇게 중얼거리다 보니 떠오르는 일이 있었다.

"가가 선배, 그거, 가나모리 씨가 했던 말에서 힌트를 얻은 거죠?"

"추리 과정은 상상에 맡기겠어. 중요한 건 유토야. 유토가 만일 아버지의 메시지를 이해했다면 다케아키 씨가 했던 그 수수께끼 같은 행동의 의미도 알지 않았을까? 대체 무엇 때문에 니혼바시를 돌아다녔는지 말이야. 그래서 나는 이렇게 생각해 봤어. 다케아키 씨가 신사를 참배한 것은 자기 자신을 위해서가 아니라 아들 유토를 위해서가 아니었을까 하고 말이야. 그렇다면 혹시 유토에게 여자 친구가 있어서 그녀가 임신이라도 한 걸까 싶기도 하지만 그런 얘기는 지금까지 어디에서도 나온 적이 없어."

"그래서 수난 구제를 떠올리게 된 거군요!"

그리고 마쓰미야는 한숨을 내쉬며 고개를 끄덕거렸다.

"이제야 납득이 되네요."

"요시나가 도모유키 군이 아오야기 씨의 숨겨 둔 자식이라는 설은 어떡할 건데?"

"취소예요, 취소. 아오야기 씨가 참배를 한 이유는 아들 유토를 위해서였다, 그게 맞는 답인 것 같네요. 하지만 그렇다면 유토 본인에게 얘기를 들어 봐야 할 것 같은데요."

"알고 있어."

가가가 손목시계를 보았다.

"슬슬 수업이 끝날 시간이군."

두 사람은 남은 커피를 마저 마신 후 커피숍을 나와 다시 아오야기의 집으로 향했다. 그러나 집 근처에 다다른 그들은 집으로 곧장 들어가지 않고 근처에서 잠시 상황을 살피기로 했다. 마침 노상에 주차된 트럭이 있어 두 사람은 그 뒤로 몸을 숨겼다.

"사고의 진상이 뭐라고 생각해?"

가가가 물었다.

마쓰미야는 잠시 생각하다가 고개를 저었다.

"잘 모르겠어요. 유토 군 혼자는 아니었을 거라는 느낌이 드는데……."

"하지만 다른 부원들이 함께 있었다면 금세 사고를 알아차렸을 거야. 구급차에 실려 갔을 정도라면 일정 시간 물속에 잠겨 있었다고 봐야 하는데, 그러고도 알아차리지 못했다는 건 상상하기 힘들지."

그토록 상상하기 힘든 일이 일어나는 것은 어떤 경우일까.

마쓰미야는 머리를 굴려 보았지만 답을 찾을 수 없었다.

그때 가가가 이봐, 하고 마쓰미야를 나지막이 부르며 턱짓을 했다. 가가가 가리키는 방향을 따라가 보니 도로 맞은편에서 유토가 무거운 발걸음으로 터벅터벅 걸어가고 있었다.

두 사람은 동시에 트럭 앞으로 나갔다. 고개를 숙이고 걷던 유토가 그 기척을 느꼈는지 고개를 돌렸다. 그리고 형사들을 발견하자 걸음을 멈췄다.

"잠시 얘기를 하고 싶은데, 괜찮을까?"

마쓰미야가 물었다.

"왜 이런 데서 잠복하고 있죠?"

유토가 도전적인 눈빛으로 두 사람을 쏘아보았다.

"자네한테만 할 얘기가 있어."

가가가 대답했다.

"어머니나 동생이 있는 데서는 자네가 솔직하게 대답하기 어려울 테니까."

"무슨 얘긴데 그래요?"

"이렇게 서서 할 얘기가 아니야. 일단 어디 가서 좀 앉지."

가가가 먼저 걸음을 옮기자 마쓰미야가 유토에게 가자고 눈짓했다.

결국 조금 전에 나온 커피숍에 다시 들어가게 되었다. 가가는 이번에도 커피를 주문했지만 마쓰미야는 홍차를 주문했다. 유토는 아이스커피를 마시겠다고 했다.

"고등학교에 와서는 다른 활동을 안 하는 모양이군."

가가는 그렇게 운을 뗐다.

"왜지?"

"그냥요. 딱히 하고 싶은 것도 없고요."

"수영은? 중학교 때는 꽤 열심히 했잖아."

유토의 속눈썹이 미세하게 떨리는 것을 가가는 보았다.

"벌써 질문이 시작된 건가요?"

"그렇게 생각해도 좋아. 상당히 불쾌한 표정인데, 왜지? 수영부 시절 얘기는 하기 싫은 건가?"

"그런 건 아니지만……."

유토는 고개를 숙인 채 중얼거리듯 대답했다.

"그럼 다른 얘기를 하지. 유토 군의 아버지는 니혼바시에 종종 가곤 했는데 그 이유를 알았어. 니혼바시 칠복신 순례, 아니 정확하게 말하자면 스이텐구 참배가 목적이었지. 종이학 백 마리까지 가지고 말이야. 유토 군도 이제는 알 텐데?"

유토가 고개를 들었다가 금방 다시 숙이고 좌우로 머리를 흔들었다.

"몰라요. 처음 듣는 얘기예요."

"정말? 그런데 왜 전혀 놀라는 눈치가 아니지?"

"그건…… 스이텐구가 뭔지도 모르니까 그렇죠."

"자네 아버지가 수난 구제를 위해서 참배하러 다녔다는 게 우리의 추리야. 그래서 최근에 아오야기 씨 주변에서 물과 관련된 사고가 있었는지 살펴본 결과, 3년 전에 슈분칸 중학교에서 그런 사고가 일어났다는 사실을 알게 됐어. 요시나가 도모유키 군이 병원으로 실려 간 사고 말이야. 물론 자네는 기억하고 있겠지?"

유토는 혀로 입술을 핥고 나서 네, 라고 갈라진 목소리로 대답했다.

"사고에 대해 정확히 설명해 줬으면 좋겠어. 자네가 아는 범위 안에서."

잠시 말이 없던 유토가 아이스커피 잔을 손에 들었다. 그리고 빨대로 한 모금 마신 뒤 길고 조그맣게 숨을 내쉬고 나서 "몰라요."라고 대답했다.

"전 아무것도 몰라요. 요시나가가 혼자 수영장에 숨어들어서 연습하다가 빠졌다는 것밖에는요."

"그럼 왜 아오야기 씨는, 그러니까 자네 아버지는 그런 일을 했을까? 스이텐구에서 뭘 빌었던 걸까?"

"모른다니까요."

"유토 군, 이건 아주 중요한 일이야. 유토 군 아버지가 살해당한 사건과 관련이 있을지도 몰라. 아니, 반드시 어떤 관련이 있을 거라는 게 우리 생각이야. 그러니 사실대로 말해 줬으면 좋겠어."

유토의 뺨이 파르르 경련했다. 한숨을 깊이 내쉰 후 유토가 고개를 들었다.

"저는 몰라요."

그리고 유토는 가가를 똑바로 보았다.

"저, 이제 집에 가도 될까요? 형사님 질문에 제가 대답할 말은 없는 것 같은데요."

유토 군, 하고 마쓰미야가 나서려는 것을 가가가 손을 살짝 들어 제지했다.

"그래, 가도 돼. 다만 자네가 협조해 주면 사건이 빨리 해결될 거라고 기대했는데 아쉽게 됐군."

유토가 가방을 들고 자리에서 일어섰다.

"그럼 갈게요. 잘 마셨습니다."

유토는 고개를 꾸벅한 후 출구로 향했다. 그 뒷모습에서 굳은 결의가 느껴졌다.

마쓰미야는 홍차를 후루룩 마신 뒤 고개를 갸웃거렸다.

"도대체 무슨 일이었을까요? 자신에게 어지간히 불리한 일이 있었나 봐요."

"아니, 그런 게 아닐 거야. 자신만을 위해서라면 눈빛이 저렇지 않지."

"눈빛이 왜요?"

"저건 누군가를 지키고자 하는 눈빛이야. 저 나이의 소년이 저런 표정을 보일 때는 어른이 무슨 말을 한들 아무 소용이 없어."

지키다니, 대체 누구를……. 마쓰미야가 그런 생각을 하는데 휴대 전화가 진동했다. 고바야시였다.

"네, 마쓰미야입니다."

"나야. 아주 급히 전할 말이 있어서 전화했어. 지금 통화 괜찮나?"

"네, 괜찮습니다. 무슨 일입니까?"

고바야시는 잠시 틈을 두었다가 다시 말했다.

"지문이 나왔어."

"지문이라면……."

겨드랑이 밑으로 땀이 흘렀다.

"자네들이 가져온 책에서 야시마의 지문이 나왔어. 방범 카메라에 찍힌 남자가 야시마 후유키로 판명된 거지. 피해자와 함께 찻집에 있었던 사람은 야시마가 아니야."

28

저녁이 되자 급격히 찬 기운이 몰려왔다. 입김에도 하얀 빛이 감돌았다. 본격적인 겨울이 머지않은 것 같았다.

가방을 껴안은 유토는 집으로 가는 길과는 전혀 다른 길로 가고 있었다. 애초에는 곧장 집에 들어갈 작정이었지만 형사들을 만나는 바람에 마음이 바뀌었다.

이건 아주 중요한 일이야. 유토 군 아버지가 살해당한 사건과 관련이 있을지도 몰라…….

가가라는 형사의 말이 사실일까. 관련이 있다는 건 무슨 뜻일까. 아버지가 그런 장소에 있었던 이유, 단순히 그런 의미일까.

온갖 생각이 유토의 머릿속을 오갔다. 형사들에게 모든 걸 털어놓을까도 잠깐 생각해 봤다. 그러나 역시 그럴 수는 없었다. 이건 혼자서 결정할 일이 아니다.

낯익은 집들이 시야에 들어왔다. 그중 한 곳을 향해 걸어갔다. 커다란 서양풍 집. 대문 기둥에 '구로사와'라고 새겨진 문패가 붙어 있다.

인터폰을 눌렀다. 잠시 사이를 두고 "네." 하는 여자 목소리가 흘러나왔다.

안녕하세요, 라고 유토는 인사했다.

"쇼타의 중학교 동창생 아오야기라고 합니다. 쇼타, 집에 있나요?"

"아아, 잠깐 기다리렴."

여자는 상대가 누구인지 금세 알아차린 것 같았다.

잠시 후 현관문이 열리고 구로사와가 얼굴을 내밀더니 뜻밖이라는 표정으로 "어쩐 일이야?"라고 물었다.

"잠깐 볼 수 있냐?"

"응, 잠깐은."

유토가 현관 쪽으로 다가갔다.

"너, 왜 휴대 전화 연결이 안 되냐? 문자를 보내도 답이 없고."

아, 하고 구로사와가 입을 반쯤 벌렸다.

"맞다, 잠깐만."

구로사와가 안으로 사라지는 것과 동시에 현관문이 닫혔다. 그리고 안에서 동동거리며 왔다 갔다 하는 소리가 나더니 현관문이 다시 열렸다. 구로사와의 손에 휴대 전화가 들려 있었다.

"나 이거 새로 샀거든. 미안하다, 새 번호를 알려 줄 틈이 없었어."

"흠……."

그게 아니겠지, 라고 유토는 생각했다. 산재 은폐 건으로 세상이 유토 아버지를 나쁜 놈 취급하고 있다는 걸 구로사와가 모를 리 없었다. 지금은 될 수 있으면 유토를 멀리하는 편이 낫겠다고 생각한 것 아닐까.

구로사와의 새 번호를 받은 후 유토가 말했다.

"있잖아, 스기노에게도 말했는데, 셋이 얘기를 좀 했으면 좋겠어."

그 순간 구로사와의 눈가에 그늘이 드리웠다.

"무슨 얘기?"

"그야 뻔하지 않아? 우리 셋이 할 얘기란 게 뭐겠냐."

구로사와가 시선을 다른 곳으로 돌렸다.

"그걸 왜 지금……."

"지금 하면 안 될 이유라도 있어?"

"그건 아니지만……."

"오늘 시간 돼?"

구로사와가 다시 유토를 바라보며 곤란하다는 듯 눈썹을 찌푸리더니 고개를 저었다.

"오늘은 힘들어. 조금 이따가 과외 선생이 온단 말이야. 집 밖으로는 못 나가."

"그럼 내일은?"

"내일…… 몇 시쯤?"

"학교 끝나고 나서 5시에 나카메구로 역 앞에서. 어때?"

구로사와는 잠시 머뭇거렸지만 결국은 마지못한 듯 "좋아."라고 대답했다.

"그럼, 내일 보자. 스기노에게는 내가 연락할게."

그러고서 유토가 돌아서 대문을 향해 가는데 구로사와가 다시 "야, 유토." 하고 불렀다. 유토가 걸음을 멈추고 뒤돌아 보았다.

"대체 무슨 일이냐?"

"너도 알잖아, 우리 아빠, 살해당한 거."

놀라는 표정의 구로사와를 뒤로한 채 유토는 대문을 지나 거리로 나섰다.

29

마쓰미야와 가가는 도쿄발 오전 9시 20분 신칸센 열차를 탔다. 시각표에 따르면 10시 32분에 가루이자와 역에 도착한다.

"상당히 추울 거야. 각오하는 편이 좋아."

코트를 접어 선반에 올리고 난 가가가 자리에 앉으며 말했다. 손에 가방을 든 마쓰미야와 달리 가가는 오늘도 맨손이다.

"가루이자와 하면 피서지라는 이미지밖에 없었는데, 생각해 보니 1년 내내 사는 사람도 있겠더라고요."

마쓰미야가 말했다.

"부인 말에 따르면 원래는 요시나가 집안의 별장이었던 모양이야."

부인이란 요시나가 도모유키의 어머니를 말한다. 어젯밤 그녀에게 전화해서 오늘 방문하겠다는 뜻을 전했다. 단, 방문 목적까지는 말하지 않았다. 아들에 대해 얘기를 듣고 싶다고만 말했을 뿐이다.

가루이자와 출장은 의외로 쉽게 허락이 떨어졌다. 이유는 물론 야시마 범인설이 크게 흔들렸기 때문일 것이다.

서점에서 수거한 책에서 야시마의 지문이 발견됨에 따라 아오야기 다케아키가 커피숍에서 만난 상대가 야시마가 아닌 다른 사람이라는 사실이 확실해졌다. 따라서 수사진이 지금까지 엮어 놓은 스토리는 뿌리째 흔들리지 않을 수 없었다.

물론 야시마가 범인일 가능성도 전혀 없는 건 아니었다. 서점을 나온 야시마가 커피숍에서 나오는 아오야기 다케아키를 우연히 발견하고 갑자기 강도 짓을 하기로 마음먹은 것 아니냐는 의견도 있었다. 하지만 그랬다면 왜 커피숍에 함께 있었던 인물이 나서지 않는 것일까. 사건에 연루되는 것이 두려워 잠자코 있을 뿐인가.

"자네들이 잡은 실마리가 정답일지도 모르지."

그렇게 말하면서 이시가키는 출장을 허락했다. 하지만 그 눈은 '이렇게 멋대로들 굴고 있으니 해답을 가져와야 해.'라고 위압적으로 말하고 있었다.

사실 3년 전의 수영장 사고에 어떤 비밀이 숨겨져 있는지는 아직 전혀 아는 바가 없었다. 어제 마쓰미야와 가가는 아오야기 유토를 만난 후 요시나가 도모유키와 같은 학년이었던 수영부원 두 명을 만나 봤지만 두 사람은 사고에 아무런 의문을 품고 있지 않았다. 뭔가를 숨기는 눈치도 아니었다.

"혼자 수영장에 몰래 들어가다니 바보 같은 짓이라고 여기긴 했지만, 선배 등등에게 칭찬을 많이 받아 자신감이 충만했던 도모유키가 시합 결과에 어지간히 충격을 받았나 보다 싶기도 했어요."

요시나가 도모유키와 비교적 친했던 소년은 차분한 말투로 그렇게 설명했다.

일단 수영부 연습 중에 사고가 발생했다고는 생각하기 어려웠다. 수영부 전원의 입을 맞추는 것도 불가능하고, 설사 맞췄다 해도 언젠가는 누군가의 입에서 진상이 흘러나오게 마련이었다.

멍하니 생각에 잠겨 있는 동안 열차가 가루이자와에 도착했다. 그사이에 가가와는 거의 대화를 나누지 않았다. 가가는 자리에서 일어나 양팔을 위로 쭉 뻗으며 목을 이리저리 돌렸다. 잠들었던 모양이었다.

역 앞에서 택시를 탔다. 운전사에게 행선지를 알리고 얼마나 걸리는지 물으니 "10분 정도면 도착할 겁니다."라고 대답했다.

택시가 울창한 숲 사이를 달렸다. 눈은 쌓여 있지 않았지만 차창 밖이 겨울의 냉기로 가득하다는 것은 차 안에서도 느낄 수 있었다. 길을 걷는 사람들의 차림새 또한 설국의 그것이었다.

별장 지대 중간에서 차를 멈춘 택시 기사가 이 근처일 거라고 말했다. 마쓰미야는 택시에서 내려 바로 옆에 있는 주택의 대문 기둥을 봤다. 나무 문패에 요시나가라는 이름이 새겨져 있었다.

"아, 여기네요."

마쓰미야가 아직 택시 안에 있는 가가에게 소리쳤다.

가가는 요금을 지불하고 택시에서 내리며 "역시 춥군." 하고 코트 깃을 여몄다.

인터폰이 보이지 않자 두 사람은 열려 있는 대문을 지나 안으로 들어섰다. 정원이 넓어 현관까지 가는 길도 거리가 꽤 되었다.

집은 갈색을 기조로 한 차분한 분위기의 건물로, 창에는 덧문이 붙어 있었다. 현관문이 지면보다 상당히 높이 있는 이유는 눈이 쌓일 경우를 고려해서일 것이다.

현관문 옆에 인터폰이 있어 마쓰미야가 버튼을 눌렀다. 곧

바로 "네." 하는 여자 목소리가 들렸다.

"어제 전화 드린 경시청 사람입니다."

"아, 네."

잠시 후 잠금장치를 해제하는 소리가 들리고 문이 열렸다. 몸집도 얼굴도 자그마한 여성이 모습을 드러냈다. 나이가 쉰쯤 됐을까. 스웨터와 청바지 차림에 살짝 서리가 내린 머리를 뒤로 묶고 있다. 그녀의 이름이 미에코라는 것은 어제 전화로 들어 알고 있었다.

마쓰미야와 가가가 자신들을 소개하자 그녀는 두 사람에게 안으로 들어오라고 했다. 집 안은 따뜻한 데다 희미한 꽃향기가 풍겼다.

"도모유키 군은요?"

슬리퍼로 갈아 신으면서 가가가 물었다.

미에코는 가볍게 양손을 마주 잡고 두 형사를 바라보며 "거실에 있어요."라고 대답했다.

그녀가 안내하는 대로 복도를 걸어가자 맞은편에 문이 나왔다.

"들어오세요."라는 미에코의 말에 두 사람은 문 안으로 들어갔다.

그곳은 식당을 겸한 넓은 거실이었다. 통층 구조에 호화로운 소파와 테이블이 놓여 있고 창가에는 흔들의자가 있었다.

그리고 그 흔들의자에…… 한 소년이 앉아 있었다.

트레이너 차림에 무릎에 담요를 덮은 소년은 얼굴은 이쪽을 향해 있었지만 눈이 감겨 있었다. 깡마른 몸에 피부가 도자기처럼 희고 앞머리는 눈썹 위에서 가지런히 정리돼 있다.

마쓰미야는 천천히 다가가 소년을 자세히 보았다. 소년은 죽은 사람처럼 미동도 하지 않았다.

"호흡은 스스로 할 수 있어요."

요시나가 미에코가 자못 자랑스럽다는 듯이 말한다.

"상태가 좋을 때는 표정을 변화시키기도 한답니다."

"눈을 뜨는 일은요?"

가가의 물음에 놀랍게도 미에코는 방긋 미소를 지으며 대답했다.

"잠을 자고 있으니 눈을 뜨는 일은 없죠. 늘 자고 있으니까요."

이 아이는 건강하다, 아무 데도 나쁘지 않다, 라고 주장하는 것처럼 들렸다. 자기 자신을 늘 그렇게 타이르고 있는 건지도 모른다.

"이쪽으로 앉으세요."

미에코가 권하는 대로 두 사람은 소파에 앉았다. 그녀는 화사한 무늬가 있는 잔에 홍차를 내왔다.

"언제 이쪽으로 이사 오셨습니까?"

가가가 물었다.

"사고가 난 다음 해였을 거예요. 아이 아빠가 정년 퇴직한 걸 계기로 도쿄에 있는 집을 처분하고 셋이서 여기로 옮겨 왔어요. 공기 좋은 곳에서 저 아이를 보살피고 싶어서요."

"남편 분은 지금……?"

"도쿄에 갔어요. 고문을 맡고 있는 회사가 몇 군데 있어서, 정기적으로 가 봐야 하거든요."

미에코는 여전히 방긋거리며 대답했다.

잘사는 집이어서 그나마 다행이라고 마쓰미야는 생각했다. 아마 평범한 가정이었다면 도모유키에게 드는 비용이 상당히 부담스러웠을 것이다.

"그런데 듣고 싶으시다는 얘기가 뭔가요?"

미에코가 물었다. 가가는 살짝 앞으로 다가앉았다.

"아드님의 사고에 관한 겁니다. 기록을 보니 이 댁에서 소송을 제기하거나 하신 사실이 없던데, 의문스러운 점이 전혀 없으셨나요?"

미에코가 살랑살랑 고개를 저었다.

"솔직히 말씀드리자면 의문투성이였어요. 저 아이 혼자서 학교 수영장에 몰래 들어갔다는 게 도무지 믿어지지 않았죠. 물에 빠졌다는 것도 그렇고요. 어렸을 때부터 수영을 해서 누구보다도 물에 익숙하고 물의 무서움도 잘 아는 아이였거든요."

"그런데 왜 학교 측의 설명을 그대로 받아들이셨습니까?"

"그러지 않을 수 없었어요. 경찰에서도 미심쩍은 점이 없다고 했고, 무엇보다 저 아이를 치료하는 게 최우선이었기 때문에 누구에게 책임이 있느냐 하는 문제는 뒷전이었어요. 그리고,"

미에코는 흔들의자로 시선을 향했다.

"어쩌면 그럴 수도 있지 않을까 싶기도 했어요. 워낙 책임감이 강한 아이라서요."

"그게 무슨 뜻이죠?"

"시합 전날까지 신경을 아주 많이 썼어요. 자기가 팀의 발목을 잡으면 안 된다면서요."

"발목을 잡다니요?"

"계영 멤버로 선발됐는데, 저 아이만 2학년이고 나머지는 모두 3학년이었거든요. 선배들에게 누를 끼치면 안 된다는 얘기였죠."

"계영이라고요……."

가가는 생각에 잠기는 모습이었다.

저, 하고 미에코가 말했다.

"대체 뭘 수사하시는 거죠? 왜 이제 와서 그 사고에 대해 알려고 하시는 건지……."

당연한 의문이었다.

"실은 최근에 도쿄에서 살인 사건이 있었습니다. 저희는 그 사건에 대해 조사하고 있습니다."

"살인 사건이라고요?"

미에코의 얼굴에 불안한 기색이 드리웠다.

"아, 걱정 마십시오. 이 댁에 관해 뭔가를 의심하는 건 아닙니다. 피살자를 조사하던 중에 아드님이 당한 사고와 연관된 부분이 있지 않을까 싶은 일이 있어서 찾아뵌 것뿐입니다."

"그 피해자라는 사람이 누군데요?"

"아오야기라는 남자입니다. 아오야기 다케아키 씨요. 혹시 생각나시는 거 없습니까?"

"아오야기 씨, 어디서 들어 본 것 같기도 한데…… 죄송합니다. 생각이 잘 나지 않아요."

혹시 도모유키에게 들었을지도 모르겠다고 마쓰미야는 생각했다. 집에서 수영부 선배 이름을 입에 담은 적이 있을 것이다.

그러나 가가와 마쓰미야는 이곳에 오기 전에 아오야기 다케아키가 도모유키의 수영부 선배 아버지라는 사실을 도모유키의 집에는 알리지 않기로 이미 결정한 바 있었다.

"혹시 니혼바시에 있는 스이텐구라는 신사를 아십니까? 순산을 기원하는 신사로 유명하지만 수난 구제에도 효험이 있다고 하는데요."

가가의 질문에 미에코가 눈을 깜박거렸다.

"네, 알아요."

"아오야기 씨는 정기적으로 스이텐구에 참배를 했던 것으로 보입니다. 종이학 백 마리까지 바치면서 말이죠. 이 얘기를 듣고 혹시 생각나는 건……."

가가가 말을 하다 말고 입을 다물었다. 그 이유는 묻지 않아도 알 수 있었다. 마쓰미야가 보기에도 미에코의 표정에 분명한 변화가 있었기 때문이다. 그녀가 눈을 크게 뜨고 숨을 삼키는 게 느껴졌다.

"있으시군요."

요시나가 미에코가 고개를 위아래로 크게 끄덕였다.

"네, 있어요. 그분이 아마도 '도쿄의 하나코 씨'인 것 같아요."

"하나코 씨라니요?"

"잠깐 기다리세요."

미에코가 거실을 나갔다.

마쓰미야는 가가를 보았다. 민완 형사인 사촌 형 역시 영문을 모르겠다는 표정이긴 했지만, 그의 눈은 뭔가 중대한 실마리를 얻을 수 있을지도 모르겠다는 기대감에 빛나고 있었다.

잠시 후 미에코가 돌아왔다. 그녀의 품에 노트북이 안겨 있었다.

“실은 제가 블로그를 운영하고 있어요. 아들의 간병 일기를 쓸 작정으로 시작한 건데, 그간 여러 사람이 격려의 댓글을 달아 줘서…….”

그렇게 말하며 미에코는 노트북을 켰다.

“‘도쿄의 하나코 씨’라는 분도 그런 분들 중 하나인가요?”

가가의 질문에 미에코는 고개를 끄덕거렸다.

“네, 그분과는 언젠가부터 메일도 주고받게 됐어요. 혹시 남자가 아닐까 생각한 적도 있었고요. 그런데 그분이 살해당하다니…….”

“그럼 종이학 백 마리에 대해서도 들으신 거로군요.”

“네, 천 마리를 열 번에 나눠 바치신다고 했어요. 자세한 내용을 알고 싶으시면 제 블로그를 읽어 보세요. 부끄럽지만요.”

미에코는 노트북 화면을 마쓰미야와 가가 쪽으로 향하게 했다.

거기에는 화려한 일러스트로 꾸며진 블로그 초기 화면이 있었다.

그걸 본 가가가 “어!” 하며 화면 상단을 가리켰다.

블로그 제목이 ‘기린의 날개’였다.

30

두 사람이 다시 도쿄 역에 도착한 시각은 오후 2시가 조금 지나서였다. 가가의 제안에 따라 그들은 곧장 슈분칸 중학교로 향했다.

학교에 도착하자 곧바로 행정실을 찾았다. 어제 두 사람을 내빈실로 안내해 준 여직원이 그들을 알아보고 '어머' 하는 표정을 지었다.

"죄송합니다만 이토카와 선생님을 다시 한 번 뵙고 싶은데요."

가가의 말에 여직원이 앞에 놓인 컴퓨터 자판을 두드리기 시작했다.

"지금 수업 중이시네요. 급한 일인가요?"

"아닙니다. 수업이 끝날 때까지 기다리죠. 어제 갔던 방에서 기다리면 되겠습니까?"

"네. 어딘지는 아시나요?"

"네, 압니다."

내빈실로 간 두 사람은 어제처럼 소파에 나란히 앉았다. 두 사람 다 아무 말이 없었다. 대화는 돌아오는 신칸센 열차 안에서 충분히 나눴다. 물론 대화라고는 해도 가가가 추리한 내용을 마쓰미야가 일방적으로 들은 것뿐이지만.

지난 24시간 동안 여러 사실이 드러났다. 두 형사는 곧 사건의 진상이 밝혀질 것이라고 확신하고 있었다.

수업이 끝났음을 알리는 벨이 울렸다. 동시에 주위가 와글와글 소란스러워졌다. 분주히 복도를 오가는 발소리가 들렸다.

몇 분 후 내빈실 문이 열렸다. 이토카와였다. 어제 이상으로 경계하는 기색이 표정에 드러났다.

마쓰미야와 가가가 일어나 이토카와를 맞았다.

"오늘은 또 무슨 일이시죠? 이젠 해 드릴 얘기도 없는데요."

이토카와의 음성이 날카로웠다.

"죄송합니다만 보여 주셨으면 하는 게 있어서요."

가가가 대답했다.

"그게 뭐죠?"

가가는 잠시 뜸을 들인 뒤 대답했다.

"시합 결과입니다. 3년 전 사고 당일에 있었던 시합, 그때의 기록을 보고 싶습니다."

이토카와의 얼굴에 살짝 경련이 일었다.

"그런 걸 봐서 뭐 하시려고요?"

목소리도 한풀 꺾인 것처럼 들렸다.

"요시나가 도모유키 군이 시합 결과에 충격을 받아 그런 행동을 했을 거라고 어제 선생님께서 말씀하셨잖습니까. 그렇다면 성적이 과연 어느 정도였는지 확인할 필요가 있겠다 싶어서 말이죠."

이토카와가 눈썹을 찡그렸다.

"그럴 필요가 있을까요? 요시나가의 성적이 좋지 않았다는 건 모두가 인정하는 사실인데요. 저도 잘 알고 있고 말이죠."

그렇긴 하지만, 이라고 말하며 가가는 한 걸음 앞으로 나섰다.

"좀 더 구체적인 사실을 알고 싶어서요. 부탁드립니다."

장신의 형사가 내려다보자 이토카와는 기가 좀 눌린 듯했다.

"알겠습니다. 그럼 잠시 기다리세요."

"아니요, 같이 가겠습니다. 직원실이라면 멀지 않으니까요."

"직원실이 아니라 수영부 방에 있습니다."

"그렇군요. 괜찮습니다. 같이 가겠습니다."

그러자 마쓰미야도 가가 옆에 나란히 섰다.

"가시죠."

이토카와는 씁쓸한 표정으로 돌아서서 내빈실을 나갔다. 마쓰미야와 가가가 그의 뒤를 따랐다.

학생들이 운동장에 삼삼오오 모여 재잘재잘 떠들고 있었다. 그 옆을 지나가자 학생들은 호기심 어린 눈으로 가가 일행을 바라보았다. 선생 이외의 어른을 교내에서 보는 게 흔치 않기 때문일 것이다.

수영부 방은 수영장 바로 옆에 있는 조그만 건물 2층에 있었다. 1층은 탈의실이다.

이토카와가 열쇠로 문을 열었다. 들어가 보니 책상과 개인 사물함, 캐비닛밖에 없는 조그만 공간이었다. 책꽂이에 두툼한 파일이 여러 권 꽂혀 있어 제목을 들여다보니 시합 결과를 정리해 놓은 것인 듯했다.

"이겁니다."

그 말에 가가가 흰 장갑을 꺼냈다.

"봐도 되겠습니까?"

이토카와가 "그러시죠."라고 퉁명스럽게 대답했다.

마쓰미야도 장갑을 끼고 옆에서 들여다봤다. 가가가 빠른 속도로 페이지를 넘겼다. 그러다가 어느 페이지에서 그의 움직임이 멈췄다. 3년 전 8월 18일, 사고 당일의 기록이다.

마쓰미야는 종목과 출전 선수 명단을 죽 훑어봤다. 50미터 자유형에 요시나가 도모유키의 이름이 있었다. 아오야기 유토도 같은 종목에 출전한 것으로 돼 있다.

그때 가가가 장갑 낀 손으로 어느 부분을 가리켰다. 200미터 계영 항목이다. 선수 이름을 본 마쓰미야는 침을 삼켰다. 다음과 같이 쓰여 있었기 때문이다.

제1주자 아오야기 유토(3학년)

제2주자 스기노 다쓰야(3학년)

제3주자 요시나가 도모유키(2학년)

제4주자 구로사와 쇼타(3학년)

메모해, 라고 가가가 속삭였다. 하지만 그러기 전에 이미 마쓰미야는 필기구를 꺼내 들고 있었다. 사실 그들이 알고 싶었던 것은 시합 결과가 아니라 계영 멤버였다.

아오야기 유토도 요시나가 도모유키도 다른 종목에는 출전한 기록이 없었다.

가가가 파일을 덮어 책꽂이에 도로 꽂아 놓았다. 그리고 마쓰미야와 동시에 돌아서자 앞에 이토카와가 눈에 음험한 빛을 담은 채 어두운 표정으로 서 있었다.

"이제 만족하십니까?"

이토카와가 물었다.

"네, 이걸로 충분합니다. 그런데 한 가지 여쭤 봐도 될까요?"

"뭡니까? 빨리빨리 합시다."

"선생님께서는 무슨 교과를 가르치시나요?"

이토카와는 별 이상한 걸 다 묻는다는 듯 미간을 찡그렸다.

"수학인데요."

"아하, 그렇군요. 중학교 수학에는 공식이 잔뜩 나오죠. 피

타고라스의 정리, 근의 공식 등등."

"그래서요, 그게 어쨌다는 겁니까?"

"공식을 기억하면 여러 가지 문제를 풀 수 있죠. 그런데 처음에 잘못 기억하면 똑같은 실수를 계속 반복하게 됩니다. 그런 경우 있으시죠?"

"그런데요."

이토카와의 표정이 마치 '이 형사들이 대체 무슨 말을 하고 싶은 거야.'라고 말하는 듯했다.

"학생들이 공식을 바르게 기억하도록 지도해 주세요."

"그런 건 댁들이 굳이 말하지 않아도……."

"그러시겠죠. 자, 실례가 많았습니다. 협조해 주셔서 감사합니다."

가가는 재빨리 그렇게 내뱉고 마쓰미야더러 가자고 눈짓을 했다.

학교를 나온 두 사람은 근처에 있는 패밀리 레스토랑에 들어가 늦은 점심을 먹었다. 신칸센에서는 얘기를 나누느라 점심을 놓치고 말았다.

식사를 마치자 마쓰미야가 가방에서 복사지를 꺼냈다. 수영부원 명단을 복사한 것이었다.

"스기노 다쓰야와 구로사와 쇼타, 이 둘과 유토 군이 3년 전 사고에 관여했다고 봐도 대체로 문제가 없을 것 같아요."

가가가 커피를 한 모금 마시고 나서 고개를 끄덕거렸다.

"그럴 거야. 적어도 사고와 관련해서 중대한 뭔가를 알고 있는 것만은 틀림없어. 누구에게도 절대 털어놓을 수 없는 사실을 말이야. 어제 내가 유토 군이 누군가를 지키려 한다고 말했잖아. 그건 아마도 나머지 둘일 거야. 나머지 둘의 동의 없이 사건의 진상을 발설할 수는 없다고 생각했을 거야."

"그럼 얘기를 들으려면 셋을 한자리에 모아야겠군요."

그러자 가가가 수영부 명단을 가까이 끌어당겼다.

"나는 스기노 다쓰야를 맡을 테니 자네는 구로사와 쇼타를 데려와."

"알겠습니다."

주소를 보니 두 학생의 집이 상당히 떨어져 있었다.

"4시 반이군. 슬슬 학교가 끝날 시간이야."

가가가 시계를 보며 말했다.

"구로사와 쇼타를 어디로 데려올까요?"

가가는 잠시 생각하고 나서 "아오야기 씨 댁이 좋지 않을까?"라고 대답했다.

"유토 군이 돌아와 있을지도 모르고, 설령 없다 해도 언젠가는 돌아올 테니까 말이야."

"그렇겠네요. 구로사와 쇼타를 만나면 일단 연락드리겠습니다."

"알았어."

패밀리 레스토랑 앞에서 가가와 헤어지고 마쓰미야는 택시를 탔다. 내비게이션이 있기에 구로사와 쇼타의 집 주소를 입력해 달라고 부탁했다. 가장 가까운 역은 유토의 집과 마찬가지로 나카메구로 역이지만 역으로부터의 방향은 정반대인 듯했다.

주택가 한가운데에서 택시가 멈췄다. 마쓰미야는 요금을 지불하고 내렸다. 비교적 규모가 큰 집들이 모여 있었다. 문패를 보면서 걷는데 얼마 안 가서 구로사와의 집이 나왔다. 서양풍의 화려한 저택이다.

인터폰을 누르고 신분을 밝혔다. 경시청이라는 말을 듣자 상대 여성의 목소리 톤이 높아졌다.

현관에 나타난 사람은 보라색 카디건을 걸친 품위 있어 보이는 여성이었다. 구로사와 쇼타의 어머니일 거라고 짐작한 마쓰미야가 아들에게 용건이 있다고 말하자 그녀가 불안한 듯 어깨를 움츠렸다.

"그 아이가 무슨……."

아니, 아닙니다, 하고 마쓰미야는 웃으며 손을 내저었다.

"몇 가지 물어보고 싶은 게 있을 뿐입니다. 아직 안 들어왔나요?"

"아니요, 조금 전에 들어왔다가 금방 다시 나갔어요. 친구와 만나기로 약속했다면서요."

"친구라면…… 고등학교 친구입니까?"

"아니에요, 중학교 때 같이 특별 활동을 했던 친구예요."

"혹시 수영부 말입니까?"

형사가 아들에 대해 상세히 알고 있다는 사실에 겁이 났는지 그녀는 네에, 하고 주눅 든 얼굴로 턱을 살짝 끌어당겼다.

"그 친구 이름이 뭡니까?"

"아오야기 유토인데요."

마쓰미야는 숨을 삼켰다. 이게 과연 우연일까.

"혹시 어디서 만나는지 아세요?"

글쎄요, 라며 그녀가 고개를 갸웃거렸다.

"역에서 만난다던가……."

가슴이 두근거리기 시작했다. 사태가 예단할 수 없는 방향으로 흘러가는 느낌이었다.

"지금 아드님한테 전화해서 어디 있는지 알아봐 주실 수 있을까요? 제 얘기는 하지 마시고요."

"그럼 뭐라고 하면서 물어보면 좋을까요?"

"그건 알아서 해 주세요."

구로사와 쇼타의 어머니는 난감한 표정을 지으며 집 안으로 들어갔다. 현관 밖에서 기다리는 동안 마쓰미야는 가가에게 전화를 걸어 상황을 전했다.

"그거 신경 쓰이는데. 좋아, 내가 지금 역으로 가지. 어떻게든 그 아이들을 찾아내야겠어."

"스기노 다쓰야는요?"

"아직 학교에서 돌아오지 않았대. 어쩌면 스기노도 그 아이들과 만나기로 했는지 모르지."

"이런 타이밍에 셋이…… 우연일까요?"

"아닐 거야. 사건을 계기로 유토 군의 심경에 변화가 생긴 거야. 거기다 어제 우리가 사고에 관해 묻는 바람에 사건과의 연관성에 대해 생각하기 시작했는지도 몰라."

"이거 어쩐지 마음이 뒤숭숭한데요."

"그럴 만한 상황이야. 아무튼 그 아이들이 있는 장소를 빨리 찾아내야 해."

알겠습니다, 하고 전화를 끊는데 현관문이 열렸다. 쇼타의 어머니 얼굴에 수심이 가득했다.

"역 앞에 있는 것 같은데 자세한 건 안 가르쳐 주네요."

하는 수 없었다. 마쓰미야는 구로사와 쇼타의 전화번호를 물은 후 그의 집을 나왔다.

나카메구로 역에 도착해 다시 가가에게 연락을 취한 후 주변의 패스트푸드점과 커피숍을 찾아다녔다. 비슷한 또래의 청소년들이 많아 예상외로 시간이 걸렸다.

낯익은 교복이 눈에 들어온 것은 햄버거 가게 앞을 지날 때였다. 마쓰미야는 걸음을 멈추고 가게 안을 들여다보았다. 아오야기 유토가 창가 자리에 앉아 있었다. 옆에 있는 머리 긴 남학생이 구로사와 쇼타일까.

전화로 그 사실을 가가에게 알렸다. 가가도 그 근처에 있는 듯했다.

잠시 후 가가가 나타나 두 사람은 가게 안으로 들어갔다. 그리고 곧장 유토 일행이 있는 쪽으로 다가갔다. 머리 긴 남학생이 먼저 누가 다가오는 것을 알아차리고 눈길을 주었다. 거기에 이끌리듯이 유토도 고개를 돌렸다. 다음 순간 유토가 깜짝 놀라는 표정을 지었다.

"구로사와 군이지?"

가가가 머리 긴 남학생에게 물었다. 남학생은 그런데요, 라며 경계하는 표정을 지었다.

가가는 유토에게 고개를 돌렸다.

"혹시 스기노 군과도 만나기로 했나?"

유토는 침묵했다. 옆얼굴에 그 나이 아이들 특유의 허세가 흘렀다.

"역시 그런 모양이군."

"거참, 귀찮게 구네."

유토가 옆얼굴만 보인 채 내뱉듯 말했다.

"우리가 누구를 만나든 무슨 상관인가요? 법에 걸리나요?"

"위반했기 때문에 그 일에 대해 의논하려는 거 아닌가?"

가가의 말에 두 남학생의 얼굴에서 동시에 핏기가 가셨다.

"스기노 군은 언제 오는 거지?"

가가가 물었다. 유토는 반항기 가득한 표정으로 "안 올 겁니다."라고 대답했다.

"약속 시간이 5시인데 그 녀석 아직도 안 왔어요. 전화도 안 되고 문자를 보내도 답이 없어요."

마쓰미야는 시계를 보았다. 이미 30분도 더 지나 있었다.

"그 약속을 언제 했지?"

가가가 물었다.

"오늘 낮에 문자를 보냈어요. 같은 학교에 다니긴 하지만, 지금 저랑 얘기하는 걸 누가 보기라도 하면 주위에서 따돌림 당할 테니까요."

"그 문자에 답은 왔어?"

"네, 왔어요. 가능하면 오겠다고요. 그래서 꼭 와야 한다고 못을 박았는데."

유토는 쯧, 혀를 찼다.

가가가 유토에게 손을 내밀었다.

"그 문자 좀 보여 주겠나?"

네? 하고 유토가 눈을 동그랗게 떴다.

"그, 그건 왜요?"

“따지지 말고 어서 보여 줘.”

강한 말투에 기가 눌렸는지 유토가 휴대 전화를 꺼냈다. 그리고 익숙한 손놀림으로 버튼을 몇 개 누른 후 가가에게 건넸다.

마쓰미야도 옆에서 화면을 들여다봤다. 유토가 오늘 스기노 다쓰야에게 두 통의 문자를 보낸 건 확실했다. 첫 번째 문자는 ‘할 얘기가 있으니 5시에 나카메구로에 있는 햄버거 가게로 와. 구로사와에게도 연락했어.’라는 내용이었다. 그에 대한 스기노의 대답은 ‘집에 일이 있어서 갈 수 있을지 모르겠어. 되도록이면 갈게.’였다. 그리고 유토가 두 번째 문자를 보냈다. ‘아주 중요한 얘기니까 꼭 와라. 우리 아빠 사건과도 관계가 있을지 몰라. 어제 형사가 요시나가에 대해 묻더라.’라는 내용이었다.

가가는 휴대 전화를 유토에게 돌려주고 나서 마쓰미야를 보았다. 그의 얼굴을 보고 마쓰미야는 움찔 놀랐다. 별로 본 적 없을 만큼 눈빛이 날카로웠기 때문이다.

31

실내 온도는 낮지 않을 텐데 마치 냉장고 안에 들어와 있는 것처럼 한기가 느껴졌다. 새하얀 벽에 둘러싸여 있기 때문인지도 몰랐다. 기다란 회의용 책상과 파이프 의자뿐인 실내 풍경도 불안감을 더해 주는 듯하다. 이 방에 온 것이 처음은 아니었다. 다케아키가 사망한 직후에 소지품을 확인하러 들어온 적이 있다.

지금 이 방에는 유토 혼자였다. 구로사와도 같이 왔지만 다른 방으로 보내진 모양이다. 그 녀석은 지금 어쩌고 있을까. 햄버거 가게에서 구로사와를 만난 후에도 유토는 셋이 다 모이면 말하려고 중요한 얘기는 하지 않았다.

뭐가 뭔지 도무지 알 수 없었다. 가가라는 형사는 왜 그렇게 다급히 스기노를 찾으려고 한 것일까. 그리고 구로사와와 자신을 이런 곳으로 데려와서 뭘 어쩌려는 것일까.

휴대 전화를 체크해 봤지만 스기노에게서는 아무런 연락이 없었다. 전화를 걸어 볼까 망설이다가 그만두기로 했다. 이미 몇 번이나 걸어 봤지만 받지 않았기 때문이다.

전화기를 주머니에 집어넣으려는데 문을 노크하는 소리가 들렸다. 유토는 등을 쭉 폈다.

가가와 마쓰미야가 들어와서 유토의 맞은편 의자에 앉았다.

"스기노 군의 행방은 아직 못 찾았어."

가가가 그렇게 말을 꺼냈다.

"지금 전 도쿄 경찰의 협조를 받아 수색하는 중이야. 원래는 우리도 수색에 참여해야 하지만 지금은 다른 임무가 있어서 가지 않았어. 그 임무란…… 자네의 얘기를 듣는 거야."

유토는 침을 삼키려 했지만 입안이 바짝 말라 삼킬 침이 없었다.

가가가 유토의 눈을 지그시 들여다보았다.

"자네가 아는 걸 전부 얘기해 줬으면 좋겠어. 3년 전 사고를 포함해서 말이야."

유토는 눈을 내리떴다. 회의용 책상 표면에 난 자잘한 흠집들이 눈에 들어왔다.

"자네는 후회하고 있을 거야. 그래서 종이학을 접었을 테고, 또 스이텐구 참배도 했겠지. 그것으로는 부족하다고 생각해서 니혼바시 칠복신 모두를 돌아봤고. 아닌가?"

유토가 놀라 고개를 들었다. 이 형사는 어떻게 거기까지 알아냈을까.

형사의 눈은 깊은 통찰의 빛을 띠고 있었다. 섣부른 거짓말은 통하지 않을 것 같았다. 하지만 햄버거 가게에서 보였던 위압감은 사라지고 없었다. 어떤 고백이든 받아 줄 것 같은 포용력이 느껴졌다.

"'도쿄의 하나코 씨'가 자네지? 그리고 그 뒤를 이은 사람이 아오야기 다케아키 씨, 즉 자네 아버지였고."

가가의 말을 들으며 유토는 더는 무리라고 생각했다. 지금이야말로 모든 것을 털어놓을 때다.

맞아요, 라고 유토는 대답했다.

가가가 후, 숨을 토해 냈다.

"다 얘기해 줄 거지?"

"네."

"그럼 어디서부터 얘기하는 게 좋을까, 사고 얘기부터 해 주겠나?"

"네. 먼저 물 한 잔만 주세요."

그 말에 마쓰미야가 자리에서 일어났다.

"물이 좋겠어? 녹차랑 커피도 있는데."

물이면 돼요, 라고 유토는 대답했다. 유토의 기억은 이미 3년 전으로 향해 가고 있었다.

요시나가 도모유키는 건방진 후배였다.

아니, 정확하게 말하자면 유토를 비롯한 3학년생들이 건방지다고 느끼는 후배였다. 그러나 실은 요시나가 본인에게는 아무 잘못도 없었다. 선배들에게 반항한 것도 아니고 연습을 게을리 한 것도 아니었다. 오히려 요시나가는 착실하고 얌전한 부원이었다.

그런 그가 3학년 선배들의 눈 밖에 나게 된 것은 부원들을 지도하러 온 졸업생 선배가 무심코 던진 한마디 때문이었다. 부원들이 헤엄치는 모습을 지켜보던 선배가 전원을 모아 놓고 이렇게 말했던 것이다.

"너희들 중 가장 이상적인 영법으로 헤엄치는 건 요시나가다. 1, 2학년은 물론 3학년도 요시나가의 영법을 본받도록."

그 자리에는 유토도 있었는데, 선배의 이 말에 유토는 적잖이 충격을 받았다. 그러나 그건 선배의 말이 터무니없어서가 아니라, 유토 자신이 어렴풋이 느끼면서도 외면해 왔던 사실을 선배가 확인해 주었기 때문이었다.

아닌 게 아니라 요시나가의 헤엄치는 폼은 아름답기까지 했다. 아직 체력이 부족해 유토를 앞서지는 못했지만 머지않아 따라잡지 않을까 생각하던 참이었다. 그리고 그렇게 생각하는 사람은 유토뿐이 아니었다.

그날 연습이 끝난 후 3학년끼리 다시 모였다. 그 자리에서 나온 얘기는 전부 선배와 요시나가를 헐뜯는 것뿐이었다.

"그 선배는 잘 알지도 못하면서. 그렇게 느릿느릿 헤엄쳐서 어쩌라는 거야."

"누가 아니래. 그런데 그 녀석 표정 봤어? 아주 좋아 죽더라니까."

"우리를 우습게 보는 거지, 뭐."

그날 이후 요시나가를 대하는 3학년 부원들의 태도가 돌변했다. 먼저 말을 거는 법도 없었고, 요시나가가 기술적인 조언을 구하면 "글쎄, 요시나가 코치님께 가르쳐 줄 게 있어야 말이지."라며 비아냥거리기만 했다. 요시나가의 기록이 좋지 않을 때는 자기들끼리 하이파이브를 하기도 했다.

그러나 소위 집단 따돌림이라고까지 할 정도는 아니었다. 아슬아슬하게 그 전 단계에 머무는 느낌이었다.

그러던 중 큰 대회가 열렸다. 부원 전원이 적어도 한 종목에는 출전했는데 슈분칸 중학교의 성적은 썩 좋지 못했다. 특히 고문인 이토카와의 기대에 크게 못 미친 종목은 계영이었다. 200미터 계영과 혼계영의 기록이 연습 때보다 많이 저조했던 것이다. 평소와 같은 기록만 냈다면 우승도 헛된 꿈이 아니었을 터였다.

"오늘 너희들에게 정말 실망했다."

시합 후 이토카와는 부원들에게 그렇게 말했다.

"뭐가 잘못됐는지 스스로 잘 생각해 보기 바란다. 그리고 답을 찾으면 행동으로 보일 것. 지금 이대로라면 추락은 불 보듯이 뻔하다."

유토는 200미터 계영 멤버였다. 다른 멤버로는 스기노와 구로사와, 요시나가가 있었다. 그날 해산한 다음 넷이 모여 얘기를 나눴다.

"결국 연습을 더 하라는 얘기 아니야?"

스기노가 말했다.

"하고 있잖아, 충분히. 이 이상 뭘 어떻게 더 하라는 거야."

유토가 불만에 가득 차서 말했다.

그때 요시나가가 "죄송해요."라고 중얼거렸다.

"제가 순위를 떨어뜨렸나 봐요."

틀린 말은 아니었지만, 참패의 원인이 그뿐은 아니라는 걸 나머지 세 명은 알고 있었다. 그러나 책임을 전가할 곳을 찾고 있던 3학년생들은 그 말을 덥석 물고 늘어졌다.

"너 말이야, 선배에게 칭찬받고 우쭐했던 거 아니야?"

구로사와가 맨 먼저 비난하고 나섰다.

"그런 건 아니에요."

요시나가가 고개를 저었다.

"그럼 오늘 그 기록은 대체 뭐야?"

"죄송해요. 내일부터 더 열심히 연습하겠습니다."

"내일부터가 아니라 오늘 당장 해야지. 그래, 지금 시작하지, 뭐. 특훈이다!"

구로사와는 좋은 아이디어가 떠올랐다는 듯이 눈을 빛냈다.

"지금?"

유토가 놀라서 구로사와를 보았다.

"어디서?"

"학교 수영장이지 어디긴 어디야. 들어갈 수 있을 거야."

"이 시간에?"

5시가 넘어 있었다. 학교에 도착하면 6시가 넘을 것이다.

"아, 맞다. 나도 몰래 수영한 적 있어. 담도 뛰어넘기 좋은 곳을 알고 있어."

스기노는 흥미가 이는 듯했다.

구로사와와 스기노의 속셈을 유토도 알 것 같았다. 특훈이라는 명목으로 요시나가를 골려 줄 심산인 것이다. 그러고 싶을 정도로 요시나가에게 화가 난 것도 아니고, 특별히 요시나가가 미운 것도 아니었다. 다만 이토카와에게 질책을 들은 울분을 풀려는 것에 지나지 않았다.

그런 시시한 짓은 하지 말자, 라고 말했어야 했다. 그러나 하지 못했다. 분위기 파악도 못하는 놈이라고 여겨질까 봐서였다. 어쩌면 스기노도, 그리고 그 말을 꺼낸 구로사와조차도 그랬을지 모른다.

요시나가 역시 거부할 입장이 아닌지라 그들은 결국 학교로 숨어들었다. 여름 방학 중이라 학교 안이 고요했다. 날이 어두워지고 있었다.

네 사람은 수영복으로 갈아입고 물에 들어갔다. 처음에는 넷이서 가볍게 헤엄쳤다. 그러다가 구로사와가 요시나가에게 전력을 다해 헤엄치라고 명령했다.

"단, 다리는 사용하지 않는다. 팔로만 하는 거야. 우리가 발을 잡고 있을 테니까 끌고 가."

방식은 이랬다. 우선 첫 번째 주자가 물에 잠긴 상태에서 요시나가의 양쪽 발을 잡으면 요시나가가 헤엄쳐 풀 한가운데까지 간다. 거기서 기다리고 있던 두 번째 주자가 요시나가의 발을 잡는다. 그 상태로 풀 반대쪽 끝까지 가면 이번에는 세 번째 주자가 교대하는 식이다. 요시나가는 발을 잡힌 채 끝없이 헤엄쳐야 하는 것이다.

이변은 25미터 풀을 두 번 왕복하고 다시 한가운데까지 갔을 때 일어났다. 그때까지는 구로사와가 요시나가의 발을 잡고 있었고 스기노가 교대할 차례였다. 유토는 풀 사이드에서 이동 중이었다.

수면에서 두 사람이 얼굴을 내밀고 있는 것이 눈에 들어왔다. 그런데 어두워서 누가 누구인지 구분이 잘 안 됐다.

"왜 그래?"

유토가 물었다.

"없어."

구로사와의 목소리가 들렸다.

"뭐라고?"

"요시나가가 없어졌어."

"그게 무슨 소리야? 네가 발을 잡고 있었잖아."

"스기노랑 교대하려고 발을 놓았는데 그대로 없어졌어."

"도망간 건가?"

유토는 풀을 바라보았다. 누가 물 위로 올라오는 기척은 없었다. 어두워서 물속까지는 보이지 않았다.

그때였다. 어, 하고 스기노가 소리를 질렀다.

"여기 있어. 물속에 가라앉아 있어."

깜짝 놀란 유토가 물로 뛰어들어 구로사와와 스기노가 있는 쪽으로 다가갔다. 그리고 세 사람은 요시나가를 끌어 올려 물 바깥으로 옮겼다. 요시나가는 축 늘어진 채 움쩍도 하지 않았다. 이름을 불러도 반응이 없고 호흡도 하지 않는 것 같았다.

스기노가 가슴을 누르기 시작했다. 그런데도 요시나가는 아무 반응을 보이지 않았다.

어쩌지, 하고 유토가 안절부절못할 때였다.

"야, 너희들 거기서 뭐 하는 거야?"

갑자기 들려온 소리에 심장이 멎을 것 같았다. 고개를 돌려 보니 손전등을 든 이토카와가 뛰어오고 있었다.

"너희들 뭐 하고 있어!"

아무도 대답하지 못했다. 유토도 입을 다문 채 요시나가만 바라보았다.

"어떻게 된 거야. 요시나가에게 무슨 짓을 했어?"

이토카와가 구로사와의 어깨를 잡고 흔들었다.

"……특훈을 하는 중이었어요."

"특훈?"

"네에, 그런데 그만 물에 빠져서……."

이런 바보 같은 것들, 이라고 이토카와가 내뱉었다. 그는 휴대 전화를 꺼내며 부원들을 노려보았다.

"그렇게 멍하니 서 있으면 어떡해! 심장 마사지 계속해. 인공호흡도 하고. 전에 가르쳐 줬잖아!"

스기노가 다시 마사지를 시작했다. 유토도 예전에 배웠던 기억을 떠올리면서 인공호흡을 했다.

이토카와는 119에 신고하고 나서 스기노를 대신해 마사지를 하기 시작했다.

"너희들은 빨리 옷 갈아입고 여기서 나가. 구급차가 곧 올 거야. 너희들은 없는 편이 좋아."

"……어디로 가요?"

스기노가 물었다.

"사람들한테 들키지 말고 나간 다음 집으로 가. 이 일에 관해서는 아무에게도 얘기하지 말고. 부모님한테도 말이야. 너희들은 시합 끝나고 요시나가와 헤어진 거야. 알겠지?"

세 사람이 입을 다물고 있자 이토카와가 다시 소리쳤다.

"알겠어?"

네, 하고 셋은 힘없이 대답했다.

"좋아. 빨리 움직여. 절대 사람들 눈에 띄지 말고."

유토와 아이들은 서둘러 옷을 갈아입었다. 담을 넘어 밖으로 나갔을 때 구급차 사이렌 소리가 들렸다.

그 후 어떤 조처가 취해졌는지는 유토도 모른다. 다만 밤늦게 전화한 스기노가 이렇게 말했다.

"이토카와 선생님한테서 연락이 왔어. 요시나가, 살았대."

그 말에 유토는 가슴을 쓸어내렸다. 그대로 죽어 버리면 어쩌나 노심초사하고 있었던 것이다. 저녁밥도 제대로 먹지 못하고 내내 방에만 틀어박혀 있었다.

"아, 다행이다. 후유, 이제 안심이야."

절로 그런 소리가 나왔다.

"아니야. 그게 말이지…… 아직 안심하긴 일러."

유토의 기분과는 달리 스기노의 목소리는 가라앉아 있었다.

"의식이 돌아오지 않았나 봐."

"뭐야?"

"호흡은 돌아왔지만 아직 깨어나지 못하고 있대. 지금도 병원에 있어."

마음이 가벼워졌던 것도 잠시, 유토는 다시 뭔가가 가슴을 짓누르는 듯한 기분이 되었다.

"내일 아침에 수영부 전원이 집합하게 될 거래. 이것저것 물어볼 텐데, 쓸데없는 소리 절대 하지 말라고 하시더라."

"그래도 되는 걸까?"

"그러는 게 좋대. 자칫하면 수영부가 해체될 수도 있다는 거야."

사실일지도 몰랐다. 유토는 자신들이 얼마나 큰일을 저질렀는지 새삼 깨달았다.

다음 날 아침 등교해 보니 학교에 경찰이 와 있었다. 수영부 전원이 불려 가 어제 일에 대한 질문을 받았다. 당연히 유토를 비롯한 계영 멤버들에게 질문이 집중됐고, 멤버들은 이토카와에게 지시받은 대로 대답했다. 경찰이 의심하는 기미는 없었다.

그 자리에서 유토는 이토카와가 다음과 같은 스토리를 만들어 냈다는 사실을 알게 되었다.

수영 대회를 마치고 경기장에서 해산한 후 이토카와는 학교로 돌아와 부원들의 성적을 정리하고 있었다. 그러다 찾아볼 것이 있어 수영부 방으로 가는 도중 풀 사이드에 누가 벗어 놓은 옷이 있는 걸 발견하고 다가가 손전등으로 풀을 비춰 보았다. 그랬더니 바닥에 사람이 가라앉아 있었다. 끌어올려 보니 2학년 부원인 요시나가 도모유키였다. 즉시 119를 부르고 심장 마사지와 인공호흡을 했다. 잠시 후 구급차가 도착하고 요시나가는 병원으로 실려 갔다.

"시합 후에 질책을 받고 책임을 느낀 나머지 다른 부원들 몰래 혼자 연습하려고 했을 겁니다."

이토카와가 경찰에게 설명했다.

이 스토리에 의문을 제기하는 사람은 아무도 없었다. 요시나가가 책임감이 강하다는 걸 다들 알고 있기도 했고, 시합 후 요시나가가 같은 학년 부원에게 '계영 성적이 좋지 않은 것은 자신의 탓'이라고 말했다는 사실도 밝혀졌기 때문이다.

그러나 유토는 마음이 몹시 불안했다. 지금은 의심하는 사람이 없다 해도 요시나가의 의식이 돌아오면 진실이 드러나고 말 것 아닌가.

"그때는 다시 입을 맞춰야지."

유토와 스기노, 구로사와를 불러 놓고 이토카와는 말했다.

"수영부 해체만은 막고 싶어서 거짓말을 했다고 요시나가와 요시나가 부모님께 사과하는 도리밖에 없어. 나도 너희들과 함께 머리를 숙일 거야. 그러나 그때까지는 입 다물고 있도록 해. 그 누구에게도 쓸데없는 말을 절대 하지 말아라."

잔말 말고 시키는 대로 하라는 식이었다.

이래도 되는 걸까 고민하면서도 멤버들은 이토카와의 지시를 따랐다. 요시나가가 하루빨리 회복되기를 기도하는 한편으로 이대로 의식이 돌아오지 않기를 바라는 마음도 있다는 것을 인정하지 않을 수 없었다.

훗날 생각해 보니 이토카와는 요시나가의 의식이 돌아오지 않을 것을 예상하고 있었던 것 같다. 실제로 요시나가는 학교로 돌아오지 못했다. 그리고 세월이 흘러 유토를 비롯한 멤버들은 마음속에 깊은 상처를 안은 채 중학교를 졸업했다.

32

유토에게 그런 블로그가 있다는 사실을 가르쳐 준 사람은 스기노였다. 한번은 스기노가 "너, 기린의 날개라는 거 알아?"라고 묻는데 그 표정이 어딘지 모르게 심각했다.

"기린의 날개, 그게 뭔데?"

"역시 모르는구나. 블로그 제목이야."

"블로그라고, 그게 왜?"

그런데 스기노는 그 질문에 답하지 않고 "보면 알아. 검색하면 바로 나올 거야."라고만 했다.

아닌 게 아니라 검색하니 금방 찾을 수 있었다. 정확한 제목은 '기린의 날개—언젠가 날아오를 그날을 꿈꾸며'였다. 블로그 주인은 여자인 듯했다. 맨 먼저 눈에 들어온 글은 다음과 같은 것이었다.

'우리 집 기린 군은 오늘도 잠자는 중. 손톱이 자란 것 같아 잘라 주었습니다. 잠을 자고 있어도 머리카락이랑 손톱은 자라는군요. 며칠 지나면 머리카락도 잘라 줘야 할 것 같아요. 다음에는 조금 어른스럽게 자르는 게 어떨까 싶네요. 다음

주면 입춘. 올해야말로 복이 찾아와 주었으면 합니다.'

뭐야 이거, 하는 생각이 들었다. 기린 군이란 게 애완동물 이름인지 자기 아이인지는 모르겠지만, 아무튼 시시껄렁한 내용이다. 스기노가 왜 이런 걸 찾아보라고 했는지 이해할 수 없었다. 혹시 이 블로그가 아닌가?

블로그에는 군데군데 사진이 올라와 있기도 했다. 일상의 잡다한 물건이나 바깥 풍경 등을 찍은 것이었다. 특별히 눈길을 끄는 것도 없고 촬영 기술이 대단한 것도 아니었다.

그런데 어느 사진 한 장이 나타났을 때 유토는 마우스를 쥔 손을 멈추고 말았다.

그것은 1월 1일, 즉 새해 첫 페이지에 올린 사진이었다. 한 소년이 휠체어에 앉아 있었다. 소년은 양복 차림에 넥타이를 매고, 머리카락을 짧고 단정하게 자른 모습이었다.

하지만 눈을 뜨고 있지 않았다. 몹시 야윈 얼굴이 정면을 향해 있는데 눈은 감긴 채였다. 목 뒤에 두툼한 수건이 끼워져 있는 것은 얼굴의 방향을 고정하기 위한 것으로 보였다.

사진 설명은 '우리 집 기린 군도 새해를 맞았어요. 새 양복을 입은 모습으로 기념 촬영을 했습니다.'라고 되어 있었다.

유토는 아연실색하고 말았다. 스기노의 의도가 무엇인지 알 것 같았다.

소년은 요시나가였다. 블로그 주인은 요시나가의 어머니일 것이다.

날짜를 거슬러 올라가 처음부터 다시 읽기 시작했다. 블로그가 개설된 건 1년도 더 전의 일이었다. 초기에 쓴 글의 내용으로 미루어 보아 블로그의 목적을 짐작할 수 있었다.

아들이 중학교 2학년 여름에 사고를 당했는데 지금까지 의식이 돌아오지 않고 있다. 의사는 포기했지만, 언젠가 회복되기를 기도하면서 가루이자와로 이사해 간병을 계속하고 있다. 그런 아들의 모습, 그리고 아들과 함께한 날들을 기록으로 남기고 싶다는 것이었다.

유토는 컴퓨터 앞에서 그대로 얼어붙고 말았다.

요시나가가 살아 있다.

사실은 이미 오래전에 죽었을 거라고 생각하고 있었다. 졸업할 시점에 유토는 요시나가의 의식 불명 상태가 계속되고 있다는 소문을 들었다. 그리고 그런 상태가 오래 지속되지는 않을 것이라고 막연히 생각했다. 아니, 좀 더 극단적으로 말해 유토에게 요시나가는 그 사고가 일어난 시점에 이미 죽은 존재였다. 그것은 스기노와 구로사와 역시 마찬가지였을 것이다.

그런데 요시나가가 살아 있다. 그때 그대로 잠을 자고 있다. 그리고 요시나가의 어머니는 언젠가 아들이 눈을 뜰 것이라고 믿으며 요시나가를 간병하고 있다.

유토는 자신들의 죄가 얼마나 무거운지를 새삼 깨달았다. 결코 끝난 일이 아니었다. 그 일은 지금도 여전히 요시나가의 부모를 괴롭히고 있다.

며칠 후 유토는 스기노를 만났다. 블로그를 봤다고 했다. 스기노는 "그래?"라고 하더니 이렇게 덧붙였다.

"뭐, 어쩔 수 없는 일이지."

유토에게 하는 말이라기보다 스기노 자신을 납득시키기 위한 말로 들렸다.

어쩔 수 없다……. 물론 그랬다. 그들이 할 수 있는 일은 아무것도 없었다. 진실을 고백하고 용서를 빈다 해서 요시나가의 의식이 돌아오는 것은 아니었다. 오히려 요시나가의 부모가 진실을 알게 되면 한층 참담한 심정이 될 수도 있다.

그러나 이대로 모르는 체해도 되는 것일까.

블로그를 체크하는 것이 유토의 일과 중 하나가 되었다. 글이 자주 올라오는 것은 아니어서, 새로운 글이 없을 때에는 지나간 날짜의 것을 다시 읽었다.

그러던 어느 날 유토는 다음과 같은 글을 발견했다.

'볼일이 있어서 오랜만에 도쿄에 다녀왔습니다. 간 김에 스이텐구에 들러 참배했어요. 순산 기원으로 유명한 신사지만 수난 구제에도 효험이 있다고 해서요. 기린 군이 사고를 당한 후로는 간간이 그곳에 다니곤 합니다. 그리고 스이텐구 신사는 니혼바시 칠복신에 속하기 때문에 나머지 일곱 신사도 마저 들렀답니다(칠복신이지만, 신사는 여덟 군데예요). 이건 여담인데요, 이 블로그의 제목도 스이텐구 신사에 갔을 때 니혼바시 다리에 있는 기린 조각상을 보고 떠올린 거예요. 이곳으로 이사한 후로는 좀처럼 갈 수가 없어서 그 점이 많이 아쉽네요.'

이때 유토의 머릿속에 '스이텐구'와 '니혼바시 칠복신'이라는 이름이 각인되었다. 그러나 그 즉시 뭔가를 하자고 생각한 것은 아니었다. 그 일이 행동으로 이어진 것은 약간의 우연 때문이었다. 어느 날 친척의 결혼식에 초대받아 어느 호텔에 갔는데 바로 그 옆에 스이텐구가 있었던 것이다.

유토는 결혼식 도중 잠깐 짬을 내어 스이텐구를 보러 갔다. 휴일이라 경내가 북적거렸다. 방문객들은 대부분 순산 기원이 목적인 듯, 스이텐구의 명물인 어미 개와 강아지 동상을 쓰다듬고 있었다.

유토는 새전을 넣고 요시나가 도모유키의 쾌유를 진심으로 기원한 후 조금 떨어진 곳에서 휴대 전화 카메라로 본전을 찍었다. 호텔로 돌아오니 어디 갔다 오냐고 엄마 아빠가 물었지만 사실대로 대답하지 않고 적당히 둘러댔다.

그날로부터 사흘 정도 고민한 끝에 블로그에 댓글을 달아 보기로 했다.

'안녕하세요. 블로그의 글, 늘 잘 읽고 있습니다. 하루빨리 기린 군의 의식이 돌아왔으면 좋겠네요. 며칠 전 스이텐구에 갈 기회가 있어서 저도 기도했습니다. 사진도 찍었어요. 힘내시기 바랍니다. 늘 응원할게요.'

닉네임은 '도쿄의 하나코'라고 했다.

얼마 후 이 댓글에 답하는 글이 올라왔다.

'감사합니다. 큰 힘이 되네요. 어떤 사진을 찍으셨는지 보고 싶어요.'

유토는 잠시 고민했다. 일단 이쪽의 신원을 숨기고 메일로 사진을 보내는 건 어렵지 않은 일이었다. 그러나 과연 언제까지 숨길 수 있을까. 이것저것 자꾸 물어보면 뭐라고 둘러댄단 말인가.

하지만 유토는 결국 사진을 보냈다. 무시하면 상대가 마음이 상할 수도 있다고 생각해서였다.

금방 답신이 왔다. 감사의 말에 이어 사진을 블로그에 올려도 되겠느냐고 물어 왔다. 물론 괜찮습니다, 라고 회신을 보냈다.

다음 날, 유토가 찍은 스이텐구 사진이 블로그에 올라왔다. '도쿄의 하나코 씨가 사진을 보내 주셨어요.'라는 설명이 붙어 있었다.

그것을 보는 순간 유토의 마음속에서 변화가 일어났다. 마음 깊은 곳에 봉인해 두었던 무언가가 해방되는 느낌이었다. 이런 식으로 속죄가 다 되는 것은 아니라며 자신을 책망하면서도 한편으로는 아무것도 안 하는 것보다는 낫지 않을까 하는 생각이 들었다. 적어도 그 사고를 잊으려고 애쓰는 것보다는 나을 것 같았다.

할 수 있는 일이 더 없을까 생각하다가 칠복신 순례를 해보기로 했다. 유토는 각각의 신사를 돌며 기도하고 사진도 찍었다. 하지만 그걸로는 충분치 않았다.

그러다 우연히 들어간 일본 종이 전문점에서 예쁜 학 종이를 발견했다. 이거다 싶었다.

유토는 남모르게 종이학을 접었다. 천 마리를 접기로 마음먹었다. 그런데 그리 간단한 일이 아니었다. 그래서 우선 분홍색 종이로 백 마리를 접었다. 그걸 스이텐구에 들고 가 새전함 위에 올려놓고 사진을 찍었다. 그 사진을 요시나가의 어머니에게 보내자 즉시 감사하다는 답장이 왔다. 기뻐하는 그녀의 모습이 전해지는 글이었다. 다음 날 블로그에 유토가 찍은 사진이 올라왔다.

그다음 달에는 빨강 학 종이로 또 백 마리를 접었다. 이번에는 스이텐구뿐 아니라 다른 칠복신 신사에도 들고 가서 똑같이 사진을 찍었다. 그다음 달에는 오렌지색 학을 접었다. 그다음은 갈색……. 다달이 색을 바꾼 이유는 같은 종이학을 계속해서 사용하는 것이 아니라는 사실을 증명하기 위해서였다. 적어도 천 마리가 될 때까지는 계속하리라 마음먹었다.

그런데 뜻밖의 일이 일어났다. 어느 날 컴퓨터로 메일을 쓰고 있는데 후미코가 불렀다. 용건은 별게 아니었다. 그러고 나서 곧바로 친구에게 전화가 걸려 왔다. 거실에서 한참 통화를 하고 자기 방으로 돌아가는데 그 방에서 다케아키가 나오는 것이었다.

유토는 당연히 항의했다.

"왜 맘대로 남의 방에 들어오는 거야?"

아빠는 대답 대신 의외의 내용을 반문했다.

"그거 뭐냐?"

가슴이 철렁했다. 작성하던 메일이 컴퓨터 모니터에 그대로 떠 있을 것이다.

"메일을 본 거야?"

유토는 다케아키를 노려보았다.

"아무리 아빠라도 할 수 있는 일이 있고 해서는 안 되는 일이 있잖아. 이건 프라이버시 침해란 말이야!"

그러자 다케아키가 쓸데없는 말 말라는 듯이 손을 내저었다.

"지금 그게 문제야? 뭐냐, 그거? 대답해. 여자를 사칭해서 어디다 메일을 보내는 거야?"

"상관 마. 나쁜 짓 하는 거 아니니까."

다케아키를 떼밀고 유토는 방으로 들어갔다.

모니터를 들여다보니 요시나가 어머니에게 보내려던 메일이 그대로 있었다. 아빠가 어디까지 봤는지는 알 수 없었지만 그 자리에서 모두 삭제해 버렸다.

분하고 화가 치밀었다. 소중히 여기는 것이 더럽혀지고 신성한 장소를 구둣발로 짓밟힌 느낌이었다.

벽장에 숨겨 두었던 종이 상자도 확인했다. 그동안 접은 종이학을 담은 상자였다. 건드린 흔적은 없었다. 그러나 유토는 종이학을 전부 편의점 비닐봉지에 털어 넣어 다음 날 등굣길에 내다 버렸다.

그 후로는 한 번도 요시나가의 어머니에게 메일을 보내지 않았다. 이메일 주소도 삭제해 버렸고 저쪽에서 메일을 보내와도 읽지 않았다. 물론 학을 접는 일도, 니혼바시 칠복신을 참배하는 일도 없었다.

한편으로 아빠와는 가능하면 얼굴을 마주치지 않으려고 했다. 그렇게 약 반년이 지났을 때 아빠가 살해당하는 사건이 발생한 것이다.

블로그 '기린의 날개'가 궁금하기도 했지만 더는 보지 않았다. '도쿄의 하나코 씨'로부터 연락이 뚝 끊겨 요시나가의 어머니가 낙심했을 것이라고 생각은 했지만 더 자세한 상황을 알기가 두려웠다. 그리고 그 일련의 일이 유토의 의식에서 차츰 멀어져 갔다.

그래서 다케아키가 니혼바시에서 살해당했다는 연락을 받았을 때도 '기린의 날개'와 연관 지어 생각하지 못했다. 칼에 찔린 장소가 신사에서 멀리 떨어져 있었던 것도 그 이유 중 하나였다.

그런데 마쓰미야라는 형사에게 니혼바시 다리의 기린 조각상 얘기를 들었을 때 유토는 머리에 찬물을 뒤집어쓴 듯한 충격을 받았다. 날개가 있는 기린 조각상이라고?

그때껏 유토는 '기린'이 실재하는 동물이라고 생각하고 있었다. 그리고 요시나가가 어렸을 때 그 기린을 좋아했나 보다고 멋대로 상상했다.

하지만 그런 게 아니었다. 요시나가의 어머니는 칠복신 순례를 하고 돌아오는 길에 니혼바시 다리에서 기린 조각상을 올려다보고 그것을 블로그 제목으로 정한 것이다. 날개를 펼치고 하늘을 올려다보는 기린의 모습에서 의식을 되찾은 아들이 건강하게 뛰어다니는 모습을 연상했을 것이다.

그런 생각이 들자 다케아키가 칼에 찔린 채 니혼바시 다리까지 걸어가 기린 조각상에 기대어 있었다는 사실이 새삼 마음에 걸렸다. 과연 단순한 우연일까.

유토는 오랜만에 '기린의 날개' 블로그에 들어가 봤다. 블로그는 여전히 운영되고 있었다. 그리고 놀라운 사실을 발견했다.

'도쿄의 하나코 씨'가 얼마 전까지 정기적으로 사진을 보내고 있었던 것이다. 최근 사진에는 새전함에 올려놓은 보라색 종이학 백 마리가 보였다. 게다가 비슷한 사진이 여덟 장이나 됐다. 니혼바시 칠복신을 전부 돌면서 찍은 것이다.

유토는 과거로 거슬러 올라가며 블로그를 계속 읽었다. 이런 글도 있었다.

'한동안 연락이 끊겼던 도쿄의 하나코 씨에게서 오랜만에 사진이 왔어요. 컴퓨터 상태가 좋지 않았다고 하네요. 이번에는 노란색 학을 접어 칠복신 순례를 하셨대요. 디지털 카메라를 새로 사셨다더니 사진이 참 아름답네요.'

유토는 화면에 시선을 둔 채 꼼짝할 수 없었다.

어떻게 된 일이지. 누군가 '도쿄의 하나코 씨'를 가장해 요시나가의 어머니에게 메일을 보내고 있다. 게다가 종이학까지 계속해서 접고 있다.

대체 누가……라고 생각할 것도 없었다. 그런 일을 할 사람은 한 명밖에 없다.

다케아키가 학을 접고 있는 모습을 상상해 봤다. 백 마리를 엮어 들고 스이텐구와 고아미 신사를 찾는 모습이 떠올랐다. 어느 쪽이나 의외의 광경이라고 할 수밖에 없지만 실제로 그런 일이 있었던 것이다.

왜 그랬을까.

아마 유토의 메일을 보고 '기린의 날개'를 알았을 것이다. 그래서 블로그에 들어가 보고 맨 처음에는 의문을 품었을 것이다. 아들이 왜 이 블로그 운영자에게 메일을 보냈을까. 왜 학을 접었을까. 세상에 많고 많은 불행한 사람 가운데 왜 유독 이 사람을 이토록 동정하는 것일까.

그리고 마침내 깨달았을 것이다. 블로그에 등장하는 '기린 군'이 과거 슈분칸 중학교에서 사고를 당한 수영부원이라는 사실을.

거기서 다시 새로운 의문이 생겼을 것이다. 불의의 사고를 당한 후배의 쾌유를 비는 건 좋지만 왜 가명을 쓸까. 왜 무관한 사람인 척하고 메일을 보내는 것일까.

가장 손쉬운 해결 방법은 유토에게 직접 물어보는 것이었겠지만 다케아키는 그러지 않았다. 뭔지는 몰라도 중대한 비밀이 있을 거라고 짐작했기 때문이다.

그리고 다케아키는 학을 접었다. 유토를 대신해 '도쿄의 하나코 씨' 역할을 끝까지 다하기로 한 것이다. '10색 일본 종이'라는 것을 사용했다고 블로그에 적혀 있으니 똑같은 것을 구입했을 것이다.

그 진의를 다 알 수는 없지만 어쩌면 아빠 나름의 사과였는지도 모른다. 사정이야 어찌 됐든, 아들의 기원 행위를 방해

한 자신의 행동이 미안해서 진상이 판명될 때까지 자신이 아들을 대신하기로 한 것 아닐까.

그리고 마침내 '10색 일본 종이'의 마지막 색인 보라색 학을 접었다. 즉 천 마리가 완성된 것이다.

유토는 빈사의 상태로 니혼바시 다리를 향해 걸어간 아빠의 심정을 이해할 것 같았다. 아빠는 아들에게 전하고 싶었던 것이다. 용기를 내라, 진실로부터 도망치지 마라, 자신이 믿는 대로 하라, 라고.

눈물이 넘쳐흘렀다. 가슴 깊은 곳이 뜨거워졌다. 이제야 아빠의 진심을 알게 됐다는 생각이 들었다. 왜 좀 더 대화를 나누지 못했을까, 왜 아빠 생각을 이해하려 하지 않았을까, 유토는 그렇게 후회하며 자신을 질책했다.

그런 아빠를 자랑스럽게 여기리라, 아빠는 산재 은폐 따위의 비열한 짓을 할 사람이 아니다, 아무도 믿어 주지 않는다 해도 나만은 믿으리라, 그렇게 다짐했다.

손수건을 꼭 쥐고 있었다. 흐르는 눈물을 닦기 위해서다. 아빠가 죽었을 때도 울지 않았는데 왜 이렇게 눈물이 나는 걸까. 그러나 부끄럽지는 않았다.

"그래, 얘기해 줘서 고맙다."

가가가 부드러운 음성으로 말했다.

“아버지가 스이텐구에 놓고 가신 종이학은 노란색이었어. 왜 중간에 있는 색부터 사용했는지 줄곧 의문이었는데 블로그를 보고 알았지. 아버지가 누군가의 뒤를 이었다는 사실을 말이야.”

“아빠가 그런 일을 하고 계셨다는 걸 알고 얼마나 놀랐는지 몰라요. 그리고 부끄러워서 견딜 수가 없었어요. 우리가 무슨 짓을 한 건가 싶고. 한 사람의 인생을 엉망진창으로 망쳐 놓고 이렇게 태연하게 살고 있다니, 인간 실격이죠.”

“그래서 셋이 얘기를 해 보려고 한 거구나?”

유토가 고개를 끄덕거렸다.

“지금이라도 늦지 않았으니 셋이서 사실을 있는 그대로 털어놓고 그 죗값을 치를 생각이었어요. 그러지 않으면 저희가 제대로 된 어른이 될 수 없을 것 같았어요.”

가가는 턱을 아래로 당기고 가만히 유토를 바라보았다.

“용케 그런 사실을 깨달았구나. 사람은 누구나 실수를 저지르지. 중요한 건 그 실수에 어떻게 대응하느냐야. 도망치거나 외면한다면 똑같은 실수를 다시 저지르게 되는 법이란다.”

“저도 그렇게 생각해요. 그런데 형사님, 이제 가르쳐 주세요. 그 사고가 우리 아빠가 살해당한 것과 무슨 관계가 있는 거죠? 전 도무지 모르겠어요.”

유토의 물음에 가가의 눈동자가 살짝 흔들렸다. 무언가를 주저하고 있는 것이다. 이 형사가 이런 표정을 짓다니, 의외였다.

그때 문을 노크하는 소리가 들렸다. 마쓰미야가 자리에서 일어나 문을 열고 밖에 있는 사람과 몇 마디 말을 나눴다. 그리고 가가에게 다가가 귀엣말을 했다. 그 표정이 심각했다.

잠시 후 가가가 자세를 바로 했다.

"스기노 다쓰야 군을 찾았어. 시나가와 역 게힌 도호쿠 선 플랫폼에서 선로로 뛰어들려는 것을 부근을 순찰하던 경찰이 발견한 모양이야."

유토로서는 전혀 예상치 못한 말이었다.

"선로로 뛰어들어요, 그 녀석이? 왜요? 네? 어떻게 된 거예요?"

"스기노 다쓰야 군이,"

거기까지 말하고 나서 가가는 잠시 호흡을 고른 후 말을 이었다.

"아오야기 다케아키 씨, 그러니까 자네 아버지를 살해했다고 실토했다는구나."

33

스기노 다쓰야는 도저히 침착하게 얘기할 수 있는 상태가 아니었다. 미성년인 까닭에 일단 집으로 돌려보내는 방안도 검토했지만 결국은 니혼바시 경찰서에 구류하는 것으로 결정됐다. 자살을 시도했다는 점을 간과할 수 없었기 때문이다.

다음 날 이시가키는 "이왕 이렇게 된 거, 취조도 자네들이 해."라고 마쓰미야에게 지시했다. 그래서 마쓰미야는 가가와 함께 스기노 다쓰야를 직접 취조하게 됐다. 하지만 스기노의 불안정한 상태는 어제와 다르지 않아 조리 있게 말하는 것이 거의 불가능했다. 그럼에도 끈질기게 질문을 계속한 결과 조금씩 사건의 전모가 드러나기 시작했다.

어르고 달래서 스기노 다쓰야에게 자백받은 내용을 요약하면 대략 다음과 같다. 단, 실제 진술은 이렇게 논리 정연하지 않았다.

사건 당일, 스기노 다쓰야는 전화 한 통을 받았다. 학교 수업이 끝나고 평소처럼 집에 가려고 했을 때였다.

휴대 전화가 울려 들여다보니 모르는 번호였다. 휴대 전화 번호가 아니라 집 전화번호였다. 망설이다가 받아 보니 전화한 상대는 뜻밖의 인물이었다. 바로 요시나가 도모유키의 아버지였다.

"3년 전에 있었던 수영장 사고에 대해 듣고 싶은 얘기가 있는데 잠깐 만날 수 있을까?"

가슴이 덜컹했다. 요시나가의 아버지가 지금 와서 무슨 일로……. 사고의 진상에 대해서 뭔가 알게 된 것일까.

"저 말고 또 누가 오나요?"라고 물어봤다.

"아니, 자네 혼자야. 물론 나중에 다른 친구에게도 얘기를 들을 생각이지만 우선은 자네한테 듣고 싶어. 잠깐 만났으면 좋겠는데."

말투는 온화했지만 그 말 속에는 거절할 수 없게 만드는 위압감이 있었다. 마땅히 둘러댈 핑계도 없고 해서 하는 수 없이 알겠다고 했다. 요시나가의 아버지가 약속 장소로 지정한 곳은 니혼바시 역 개찰구였다.

자네와 가고 싶은 곳이 있어, 라고 요시나가의 아버지는 덧붙였다.

약속 시간은 저녁 7시. 일단 집으로 돌아간 스기노 다쓰야의 가슴속에서는 불안과 공포가 소용돌이치고 있었다. 대체 무슨 얘기를 듣겠다는 것일까. 어디로 갈 작정인가.

경찰서일지도 모른다고 생각했다. 자신들이 요시나가 도모유키에게 한 짓은 살인 미수나 다름없었다. 아니, 만일 요시나가 도모유키가 죽었다면 살인이었다고 해석해도 좋을 만한 것이었다. 요시나가의 아버지는 우리 세 사람을 감옥에 집어넣으려는 것일까.

아니, 그렇게 간단한 일이 아닐지도 모른다.

하나뿐인 자식의 인생을 망쳐 놓은 우리들이다. 경찰에 넘기는 정도로는 성에 차지 않을 것이다. 자기 손으로 되갚으려고 할지도 모른다. 즉 복수다.

틀림없다. 사고의 진상을 알게 된 요시나가의 아버지가 우리 셋에게 복수하려는 것이다. 그리고 그 첫 번째 타자가 자기인 것이다.

상대가 그런 생각을 하고 있다면 어떻게든 도망쳐야 한다. 잘못을 저지른 것은 분명하지만 죽기는 싫다.

그런데 완력으로 이길 수 없다면 어떻게 해야 하나. 중년 남자라고 방심할 수는 없다. 그 나이의 남자 중에도 고등학생이 도저히 대적할 수 없을 만큼 힘센 사람이 있다. 게다가 복수할 심산이라면 흉기를 지녔을 수도 있다.

생각 끝에 스기노는 책상 서랍에서 무언가를 꺼냈다. 그것은 오래전에 사촌 형에게 얻은 나이프였다. 물론 사용한 적은 한 번도 없다. 그러나 만일의 경우를 대비해 방한 점퍼 주머니에 숨겨 가기로 했다.

약속 시간인 저녁 7시. 니혼바시 역 개찰구에 있자니 누가 뒤에서 어깨를 툭 쳤다. 돌아보니 얼굴이 볕에 잘 그을린 남자였다. 체격도 좋았다. 싸우면 이길 자신이 없었다.

그러나 남자의 얼굴에 적의 같은 건 보이지 않았다. 그는 부드럽게 미소 지으며 어디 가서 차라도 마시자고 제안했다.

두 사람은 근처에 있는 커피숍으로 갔다. 뭘 마시겠느냐고 하기에 아무거나 괜찮다고 하자 요시나가의 아버지는 카페오레를 두 잔 사서 테이블로 들고 왔다.

그리고 그가 꺼낸 첫 마디는 의외의 말이었다. 자신이 스기노에게 사과할 일이 있다는 것이다.

"실은 나, 요시나가 군의 아빠가 아니라 자네도 잘 아는 아오야기 유토의 아빠야."

스기노가 깜짝 놀라 새삼스럽게 바라보니 아닌 게 아니라 눈앞의 남자는 아오야기 유토와 생김새가 닮아 있었다. 유토네 집에는 몇 번 간 적이 있지만 아버지를 만난 적은 없었다.

"요시나가 군의 아버지라고 한 건 자네의 반응을 보고 싶어서였어. 거리낄 일이 없다면 내 전화에 당당하게 응했겠지. 그런데 안타깝게도 자네는 우물쭈물하더군. 겁을 먹었다고 해도 좋을 정도로."

대꾸할 말이 없었다. 속아서 분하다는 생각과, 왜 유토의 아버지가 이런 짓을 할까라는 의문이 머릿속에서 교차했다.

"저 말이지, 스기노 군."

유토 아버지가 다시 스기노의 이름을 불렀다.

"사실을 얘기해 줄 수 있을까? 3년 전 무슨 일이 있었는지, 그리고 그 사고의 진상이 대체 무엇이었는지 말이야. 우리 유토도 관계가 있을 테지? 자네는 내 아들의 가장 친한 친구

아닌가. 자네라면 알고 있을 거야."

유토의 아버지는 사고에 대해 의심을 품고는 있지만 자세한 사정은 전혀 모르는 눈치였다. 다만 유토가 관계돼 있다는 것만은 확신하고 있어 친구에게 진상을 듣기로 마음먹은 듯했다.

모릅니다, 라고 대답했다. 전 아무것도 몰라요, 라고. 그러나 목소리가 떨렸다. 스스로 생각해도 형편없는 연기였다. 아니, 연기라고 할 수도 없었다.

"역시 자네도 그 일에 관련이 있군."

유토 아버지는 단박에 상황을 간파했다.

"스기노 군, 난 이미 각오했어. 경우에 따라서는 유토를 경찰서에 데리고 가서 자수시킬 수도 있어. 이런 일을 덮어 봤자 자네들 인생에 득 될 게 없으니까. 솔직히 말해 줘. 유토와 자네, 둘 다 사고와 관련이 있지?"

도망치고 싶었다. 아닙니다, 라고 말한 후 자리를 박차고 나갈까도 생각했다. 그러나 다리가 말을 듣지 않았다. 그리고 여기서 도망친다 한들 문제가 해결되는 것도 아니다. 이 사람은 집요하게 진실을 파고들 것이다. 자기 아들을 자수시킬 각오까지 하고 있다.

아니니? 라고 재차 묻자 더는 버틸 수 없었다. 스기노는 고개를 끄덕거렸다.

그때부터는 제동이 걸리지 않았다. 유토 아버지가 묻는 대로 그날의 일들을 모두 고백했다. 얘기하면서 마음이 가벼워지는 것을 느꼈다. 자신이 얼마나 큰 거짓말을 품고 살아왔는지 새삼 깨달았다.

"말해 줘서 고맙다."

얘기를 모두 마치자 유토 아버지가 말했다.

"이제야 이해가 가는구나. 유토가 왜 그런 행동을 했는지 말이야."

그런 행동이란 게 뭔가요? 그렇게 묻자 유토 아버지는 스기노에게 보여 주고 싶은 곳이 있다고 했다.

"오늘은 너무 늦어서 안에 들어갈 수는 없겠지만 밖에서 바라보기만 해도 좋을 거야. 속죄가 될 거다."

어디에 가는지는 자세히 가르쳐 주지 않았다.

커피숍에서 나오자 유토 아버지는 스기노에게 따라오라고 하더니 앞장서서 걸었다.

"자네들은 용서받을 수 없는 짓을 했어. 이 사실이 공개되면 아마 거센 비난을 면치 못하겠지. 진학에도 영향이 있을지 모르고. 하지만 그런 건 기나긴 인생에서 사소한 일이야. 자네들은 얼마든지 다시 시작할 수 있어. 다시 시작하기 위해서라도 자기 자신을 속여서는 안 되는 거야."

걸으면서 유토 아버지는 모든 것을 고백하는 게 스기노 자신을 위한 길이라고 간곡히 말했다. 그 말에는 설득력이 있었다. 그러나 한편으로 앞으로 닥칠 고난을 예상케 하는 말이기도 했다.

미래, 진학…….

스기노 다쓰야는 지망하는 대학에 추천 입학할 수 있는 기회를 잡은 상태였다. 고교 3년 동안 노력으로 쟁취한 것이다. 그것도 모두 물거품이 된단 말인가.

걸음을 멈췄다. 따라가면 안 된다고 생각했다.

왜 그러지? 하고 유토 아버지가 물었다.

역시 안 되겠어요, 라고 대답했다. 아까 한 얘기는 못 들은 것으로 해 주세요. 부탁드려요.

"그럴 수는 없다. 나는 진실을 밝힐 거야. 그것이 자네와 우리 유토를 위한 길이라고 믿으니까. 자, 어서 따라와라."

유토 아버지는 다시 걷기 시작했다. 그 등에는 차마 거부할 수 없는 냉철함이 흘렀다.

그때의 감정이 어떤 것이었는지 스기노 자신도 설명할 수 없다. 다만 '이 사람을 막기 위해서는 무슨 짓이든 해야 한다.'라는 생각이 머릿속에 가득했다. 그리고 정신을 차려 보니 나이프가 손에 쥐어 있었다.

이상한 낌새를 챘는지 유토 아버지가 걸음을 멈추고 돌아보았다. 스기노는 그런 그를 향해 돌진했다.

두 사람의 몸이 겹치듯이 벽에 가서 부딪쳤다. 그때 처음으로 스기노는 자신들이 지하도 같은 곳에 있다는 사실을 알았다.

유토 아버지는 거의 소리를 내지 않았다. 벽에 등을 대고 짓눌린 채 허물어지듯 주저앉았다. 가슴에는 나이프가 깊이 꽂혀 있었다. 빼내려고 했지만 꿈쩍도 하지 않았다. 하는 수 없이 유토 아버지의 넥타이로 칼자루를 닦았다. 그 와중에도 지문이 마음에 걸렸던 것이다.

그리고 돌아서서 왔던 길을 거슬러 갔다. 그때 한 남자가 건물 뒤에 숨어 있는 모습이 보였다. 자신을 봤을지도 모르겠다고 생각하며 스기노 다쓰야는 달리기 시작했다. 있는 힘을 다해 달렸다.

집으로 돌아가서는 제 방에 틀어박혀 아침까지 부들부들 떨었다. 한숨도 자지 못했다. 당장이라도 경찰이 들이닥칠 것만 같아 겁이 났다. 그런데 아침이 되어 조심스럽게 들여다본 인터넷 뉴스에는 뜻밖의 기사가 실려 있었다.

유토 아버지를 살해한 것으로 추정되는 인물이 차에 치여 중태라는 것이었다.

어찌 된 영문인지 몰라 닥치는 대로 정보를 수집해 본 끝에 스기노는 자신에게 말도 안 되는 행운이 찾아왔다는 사실을 알게 됐다. 엉뚱한 사람이 범인으로 의심받고 있었던 것이다. 게다가 의식 불명이라니.

이건 기적이라고 생각했다. 그 남자가 깨어나지 않으면 자신은 안전하다. 아니, 설령 그가 의식을 되찾는다 해도 자신에게 의심의 화살이 돌아오는 일은 없지 않을까.

그런 생각을 하고 있던 차에 아오야기 유토에게서 문자가 왔다. '아빠가 죽었다'라는 제목을 읽고 가슴이 쥐어짜는 듯이 아팠다. 하지만 이대로 계속 숨겨야 한다고 마음을 굳혔다. 머릿속이 온갖 생각으로 요동쳤지만 있는 힘을 다해 친구로서의 위로 문자를 보냈다.

산재 은폐 건이 알려지면서 친구들이 모두 유토를 차가운 시선으로 보게 됐을 때는 정말 고민스러웠다. 유토를 어떻게 대해야 좋을지 난감했다. 하는 수 없이 일정 거리를 유지하기로 했다. 그리고 그 일로 유토가 의심스러워하는 눈치는 없었다.

마침내 야시마라는 용의자가 죽자 스기노는 모든 것이 무사히 끝났다고 생각했다. 그런데 그게 아니었다. 아오야기 유토가 구로사와와 셋이 얘기를 한번 나눴으면 좋겠다고 한 것이다. 그 이유를 분명히 밝히지 않는 것도 미심쩍었다.

그리고 어느 날 유토에게서 문자가 왔다. 당장 만나자, 수영장 사고에 대해 얘기하고 싶다, 아빠가 살해당한 사건과도 관련이 있다, 경찰이 움직이고 있다……, 그런 내용이었다.

눈앞이 캄캄했다.

모든 게 들통난 것이다. 자신이 유토의 아버지를 살해했다는 사실도 밝혀지고 말았다. 경찰이 움직이고 있으니 도망칠 수도 없다. 끝났다, 모든 것이.

절망감을 안은 채 길거리를 돌아다녔다. 어쩌면 좋을까. 어떻게 하면…….

왜 시나가와 역에 있었느냐고 물어도 대답할 수 없었다.

뛰어들려 했던 기억은 희미하게 있다. 죽었으면 좋겠다고 생각했다. 지금도 같은 생각이다.

34

이토카와는 지금껏 만났을 때와 마찬가지로 퉁명스러운 태도를 취했지만, 그 눈에는 낭패감이 역력했다. 그 증거로, 그가 손을 올려놓은 책상 표면이 약간 부예져 있었다. 손에 땀이 차 있는 것이다.

오늘은 학교가 아니라 취조실에서 마주하고 있었다.

"수영장 사고에 대해서는 지금 말씀드린 게 전부입니다. 세 학생에게 확인해 보면 아실 겁니다."

아닌 게 아니라 이토카와의 진술은 유토를 비롯하여 두 학생의 증언과 합치했다. 다만 진상을 은폐하려 한 이유에 대해서는 여전히 의문이 남아 있었다. 이토카와는 '아이들의 장래를 생각해서'라고 했지만 정말 그럴까.

"계영 멤버 네 명이 연습하다가 사고가 발생했다면 수영부 활동의 일환으로 간주될 수 있겠죠. 그렇게 되면 학교 측, 아니 고문인 자신에게 책임을 물을지 모른다는 생각에 은폐하려고 했던 거 아닙니까?"

가가의 지적에 이토카와는 눈을 치켜떴다.

"무례한 말씀은 삼가 주세요. 나는 그렇게 비열한 사람이 아닙니다."

"그러나 하신 행동은 비열하더군요."

"내가 무슨……."

이토카와의 얼굴에 증오심이 드러났지만 말이 나오지 않는 듯했다.

"다른 사람에게 발을 잡힌 채 팔로만 수영하는 연습 방법을 이토카와 씨가 고안했다고 하던데, 그 같은 사실이 밝혀지는 것도 두려웠던 것 아닙니까?"

이토카와가 양손으로 책상을 쾅 내리쳤다.

"다음 질문으로 넘어가죠. 아오야기 다케아키 씨는 사건 발생 사흘 전에 당신에게 전화를 걸었습니다. 지금까지 당신은 그가 아들과 사이가 좋지 않은 점을 상담했을 뿐이라고 대답해 왔는데, 혹시 변경하실 내용은 없습니까? 이건 증거로 채택할 예정이니 신중하게 대답해 주세요."

이토카와의 호흡이 거칠어졌다. 가슴이 두세 번 오르내린 후 그는 네, 라고 중얼거리듯 대답했다.

"변경해 주세요."

"그럼 어떤 대화가 오갔는지 정확하게 말씀해 주세요."

이토카와는 손등으로 입을 문질렀다.

"3년 전 사고에 대해 자세히 알고 싶다고 했습니다. 자신의 아들이 관여하지 않았는지 의심하는 것 같았습니다."

"그래서 뭐라고 대답했습니까?"

"신문에 보도된 것 외에 다른 사실은 없다고 했습니다."

"아오야기 씨가 납득하던가요?"

그러자 이토카와는 맥없이 고개를 저었다.

"그럴 리 없다면서 집요하게 물고 늘어졌습니다. 제발 사실 대로 얘기해 달라고요. 그것이 아들을 위한 길이라고 했습니다."

"그래서요?"

"이러시면 곤란하다고 하고 전화를 끊었습니다. 실제로도 전화를 오래 붙들고 있을 시간이 없었습니다."

그게 전부입니다, 하고 이토카와는 조그만 소리로 덧붙였다.

"사건 직후에는 왜 솔직하게 대답하지 않았죠?"

가가가 물었다.

"이 얘기를 진즉에 들었더라면 수사 방향이 완전히 달라졌을지도 모르는데 말입니다."

"그건……, 사건과 아무 관계가 없을 것 같았고, 그것이 아이들을 위한 길이라는 생각도 들어서요."

"아이들을 위한 길이라고요? 거짓말을 하는 게 어떻게 아이들을 위한 길이란 말입니까?"

"굳이 옛날 일을 들춰서 아이들 마음에 새삼 상처를 주고 싶지 않았습니다. 세 명 모두 간신히 그 일을 잊어 가고 있는데 말입니다."

가가가 벌떡 일어섰다. 그리고 그 긴 팔을 뻗어 이토카와의 멱살을 잡았다.

"상처를 주고 싶지 않았다고? 당신은 아직도 자신이 뭘 잘못했는지 몰라. 왜 스기노가 아오야기 씨를 칼로 찌르고도 자수하지 않았다고 생각하나? 그건 당신이 그 아이들에게 잘못된 것을 가르쳤기 때문이야. 잘못을 저질러도 어물쩍 넘어가면 다 해결된다고 말이지. 3년 전 당신은 세 아이에게 그렇게 가르쳤어. 그래서 스기노가 똑같은 잘못을 반복한 거야. 아오야기 씨는 당신이 잘못 교육한 아들에게 무엇이 옳은 일인지 가르치려고 했어. 그것도 모르면서 당신이 무슨 선생이야. 당신은 아이들을 가르칠 자격이 없어."

더러운 것을 내버리기라도 하듯 가가는 이토카와를 밀쳐 냈다.

35

마쓰미야가 가가와 함께 달려갔을 때 짐은 거의 집 밖으로 나와 있는 상태였다. 나카하라 가오리는 커다란 가방을 옆에 둔 채 서 있었다. 마쓰미야와 가가를 본 그녀가 손을 흔들었다.

"거들려고 했는데, 이미 끝나 버린 것 같네요."

마쓰미야가 말했다. 가오리는 어깨를 으쓱했다.

"필요 없는 것들을 처분하고 나니까 놀랄 만큼 짐이 적어졌어요. 어떻게 이러고 살았나 싶게요."

"그분 물건은요?"

마쓰미야가 묻자 그녀는 쓸쓸한 표정으로 고개를 숙였다가 곧바로 다시 들었다.

"버리기 힘든 물건이 많아서 애먹었어요. 그래도 꽤 많이 처분했어요. 구멍 난 양말이라든가……."

그녀는 애써 미소 지었지만 눈에는 금방이라도 눈물이 맺힐 것 같았다.

가가는 들고 있던 종이봉투를 내밀었다.

“이거 돌려드리려고요. 인수증에 사인 부탁드립니다.”

봉투 속에는 야시마 후유키의 휴대 전화와 지갑, 면허증 등이 들어 있었다. 가오리는 휴대 전화를 꺼내 소중한 듯 두 손으로 감싸 자신의 아랫배에 갖다 댔다.

“아빠의 유품이야.”

그런 후 그녀는 가가가 내미는 인수증과 볼펜을 받아 들고 신중한 태도로 사인했다.

“그 사람, 참 바보죠?”

인수증을 돌려주면서 가오리가 말했다.

“왜 그런 짓을 했나 모르겠어요. 돈이라면 내가 어떻게든 할 수 있었을 텐데.”

“자신이 마련해야 한다고 생각한 거죠. 아빠인 자신이 가족을 책임져야 한다고요.”

가오리는 감정이 북받쳐 오르는 것을 억누르려는 듯 입술을 꾹 다물었다. 그리고 “바보 같은 사람.”이라고 나직이 중얼거렸다.

야시마 후유키가 무슨 짓을 했는지, 그 정확한 진상은 아무도 모른다. 그러나 스기노 다쓰야의 증언 등을 통해 얼추 추측할 수 있었다.

서점을 나온 그가 니혼바시 역으로 향하던 도중 우연히 아오야기 다케아키를 발견한 것이다. 그것이 커피숍에 있을 때인지, 아니면 커피숍을 나와 걷고 있을 때인지는 분명치 않다. 아무튼 야시마 후유키는 아오야기 다케아키 일행의 뒤를 밟았다. 그 이유는 아마도 다시 채용해 달라고 부탁하기 위해서였을 것이다. 발견 즉시 말을 걸지 못한 것은 아오야기 다케아키에게 동행이 있었기 때문이라고 여겨진다.

에도바시 지하도에서 스기노 다쓰야가 아오야기 다케아키를 찔렀을 때 야시마 후유키는 지하도 밖에 있었다. 스기노가 나오는 것을 본 그는 얼른 근처에 있는 건물 뒤로 숨었다. 그리고 스기노가 사라진 후 지하도 안으로 들어갔다가 쓰러져 있는 아오야기 다케아키를 발견한다.

나카하라 가오리의 증언으로 미루어 보아 근본적으로는 착한 사람이었을 그가 그때만은 무엇에 씐 듯 아오야기 다케아키의 지갑과 서류 가방을 들고 달아나고 만다.

그 이후의 행동에 대해서는 이미 밝혀진 대로다. 하마초료쿠도 공원에 몸을 숨긴 그는 가오리에게 전화한 직후 경찰에게 쫓기다 교통사고를 당했다.

바보 같은 사람. 가오리의 말대로다. 그리고 가가가 말한 것처럼 야시마 후유키는 아빠가 된다는 사실에 압박감을 느꼈을 것이다.

나카하라 가오리는 고향 후쿠시마로 돌아간다고 했다. 보육 시설에서 지내던 시절 알던 사람이 음식점을 하는데 그 일을 거들기로 한 모양이다. 그녀가 임신 중이라는 사실도 이미 말했다고 한다.

가오리를 택시로 도쿄 역까지 바래다주기로 했다. 도호쿠 신칸센을 타려면 우에노 역이 가깝지만 그녀는 마지막으로 가 보고 싶은 곳이 있다고 했다.

"오늘은 두 분 다 왜 그렇게 멋지죠?"

택시 안에서 가오리가 물었다. 두 형사의 차림새를 두고 하는 말인 듯했다.

"오늘 제사가 있어요, 친척의."

마쓰미야가 대답했다.

그래요? 라면서 그녀는 새삼스럽게 마쓰미야와 가가를 번갈아 보았다. 가가는 조수석에 앉은 채 아무 말이 없었다.

택시가 중앙로로 들어섰다. 오른쪽에 미쓰코시 백화점이 있다. 마침내 가오리가 가 보고 싶다는 장소에 가까워졌다.

비록 멋대가리 없는 고속도로 아래 있을지라도 니혼바시 다리는 오늘도 그 장엄한 위용을 드러내고 있었다. 기린 조각상 역시 득의양양하게 내일을 바라보고 있다.

"형사님들, 있잖아요, 저 도쿄에 온 거 후회하지 않아요."

가오리가 말했다.

"후유키와 둘이서 즐거운 추억을 잔뜩 만들었으니까요. 추억은 절대 망가지거나 없어지지 않잖아요."

마쓰미야는 잠자코 고개를 끄덕였다. 말을 덧붙일 필요가 없다고 생각했다.

두 형사는 도쿄 역 중앙 개찰구에서 가오리를 배웅했다. 마쓰미야에게 가방을 건네받고 나서 그녀는 공손히 머리를 숙였다.

"배웅해 주셔서 감사합니다. 그리고 후유키의 혐의를 벗겨 주신 것, 평생 잊지 않을게요."

"그런 건 잊어버려도 괜찮습니다."

가가가 말했다.

"아이를 위해서 그 어떤 일에도 꺾이지 않겠다고 결심한 것만은 절대 잊지 마세요."

가오리가 진지한 표정으로 네, 하고 대답했다.

힘내세요, 라고 마쓰미야도 인사했다. 그녀는 다시 한 번 네, 라고 대답하고 미소를 지어 보였다.

가오리는 개찰구를 통과한 후 손을 흔들면서 안으로 들어갔다. 그녀의 뒷모습이 시야에서 사라지자 마쓰미야는 손목시계를 들여다보았다.

"이거 아슬아슬하겠는데요. 30분밖에 안 남았어요."

"정말이야? 늦으면 가나모리 씨가 가만있지 않을 텐데. 서두르지."

가가가 허둥지둥 뛰기 시작했다.

36

플랫폼에 내려서는 순간 한기에 귀가 아려 왔다. 저절로 몸이 움츠러들었지만 유토는 심호흡을 한 후 등을 쭉 폈다. 이 추위가 자신들이 놓인 처지를 상징하는 것처럼 여겨졌기 때문이다. 지금 자신들에게는 고통을 거부할 자격조차 없다고 생각했다.

옆에서는 구로사와가 하늘을 올려다보고 있었다. 하늘이 회색빛이다. 금방이라도 비가 쏟아질 듯이 잔뜩 흐려 있었다. 아니, 이런 추위라면 비가 아니라 눈이 내릴까.

가자, 하고 유토가 말했다. 구로사와가 응, 하고 고개를 끄덕였다. 구로사와의 손에는 종이봉투가 들려 있었다. 그 속에는 종이학 천 마리가 들어 있다. 둘이 접은 것이다.

도모유키를 만나러 가자고 제안한 쪽은 유토였다.

"도모유키와 도모유키 부모님께 모든 사실을 있는 그대로 말씀드리고 용서를 구하자. 용서받지 못할 수도 있지만, 어쨌든 지금 우리가 할 수 있는 일은 그것뿐이니까. 달리 할 수 있는 게 없잖아."

구로사와도 동의했다. 종이학 천 마리를 접자고 제안한 것은 구로사와였다.

유토는 자기 방에서 묵묵히 학을 접었다. '10색 일본 종이'

도 여섯 세트 더 샀다. 실은 사건이 해결되고 나서 얼마 후, 사용하고 남은 '10색 일본 종이' 뭉치가 다케아키의 차 안에서 발견됐다. 봉지마다 포장이 뜯겨 있고 노란색 이후로는 종이가 없었다. 그로 인해 유토는 아빠가 어디서 학을 접었는지 알게 되었다. 골프를 친다든가 하고 돌아오는 길에 어딘가에 차를 세우고 접었을 것이다.

학을 접는 동안 갖가지 생각이 머릿속을 오갔다. 그때마다 후회가 일었다. 왜 좀 더 빨리 사실을 털어놓지 못했을까. 왜 도모유키에게 용서를 구하지 못했을까. 왜 아빠와 좀 더 대화를 나누지 못했을까.

그중 하나라도 했다면 결과가 이토록 참담하지는 않았을 것이다. 아빠가 죽는 일도, 스기노가 살인범이 되는 일도 없었을 것이다. 야시마라는 인물은 만난 적도 없지만, 그 또한 자신들로 인한 피해자였다.

어제 종이학 천 마리가 완성되었다. 그 즉시 도모유키네 집에 전화를 걸었다. 사고에 대해 밝히고 싶은 것이 있는데 찾아뵈어도 되겠느냐고 물었다.

전화를 받은 사람은 도모유키의 어머니였다. 다케아키 살인 사건을 수사하느라 도모유키의 집에도 형사가 찾아갔을 테니 그녀도 어느 정도는 사정을 알고 있으리라 짐작했다. 그런데 그녀는 아무것도 묻지 않은 채 "기다릴게요."라고만

했다. 모든 건 직접 마주한 후에, 라는 뜻으로 여겨졌다.

"이토카와 선생님이 학교를 그만뒀대."

도모유키의 집으로 향하는 택시 안에서 구로사와가 말했다.

유토는 흐음, 하고 반응했을 뿐이다. 별다른 느낌이 없었다.

"유토, 미안하다. 그때 내가 학교에 몰래 들어가자는 말만 안 했어도 이렇게 되지는 않았을 텐데. 다 내 잘못이야."

구로사와가 울먹거리는 소리로 말했다.

"그게 무슨 소리야."

유토는 주먹으로 구로사와의 가슴을 툭 쳤다.

"말리지 않은 내게도 책임이 있어. 우리 둘 다 잘못이지. 그러니까 둘이 사과하러 가는 거잖아."

응, 하고 구로사와가 고개를 끄덕거렸다.

이윽고 택시가 멈춰 섰다. 으리으리한 집 앞에서 두 사람은 내렸다. 나무로 된 문패에 요시나가라고 쓰여 있었다.

유토는 담장 안쪽을 들여다보았다. 마당 가득 눈이 하얗게 쌓여 있고 그 너머로 현관이 있었다. 집 안에서는 지금도 요시나가 도모유키가 잠자고 있을 것이다.

용서만 구할 것이 아니라 기도도 할 거야, 라고 유토는 생각했다. 도모유키의 의식이 돌아오기를 기도할 것이다. 도모유키를 만나면 먼저 이렇게 말해야지. 그때는 내가 잘못했어. 그러니까 어서 눈을 떠. 그리고 우리를 힘껏 두들겨 패

줘. 모두가 너를 기다리고 있어.

하얀 숨을 내쉰 후 유토는 천천히 걸음을 내디뎠다.